国家出版基金项目
NATIONAL PUBLICATION FOUNDATION

古代西南少數民族漢語詩文集叢刊·回族與土家族卷

總主編　徐希平
分卷主編　孫紀文
分卷副主編　王猛　楊學娟　丁志軍

巴蜀書社

疊岫樓詩草

〔清〕陳景星　撰
丁志軍　點校

圖書在版編目（CIP）數據

疊岫樓詩草／（清）陳景星撰；丁志軍點校. —成都：巴蜀書社，2020. 12

（古代西南少數民族漢語詩文集叢刊·回族與土家族卷/總主編：徐希平；分卷主編：孫紀文）

ISBN 978-7-5531-1417-0

Ⅰ.①疊…　Ⅱ.①陳…②丁…　Ⅲ.①古典詩歌-詩集-中國-清代　Ⅳ.①I222.749

中國版本圖書館 CIP 數據核字（2020）第 235965 号

疊岫樓詩草

DIEXIULOU SHICAO

（清）陳景星　撰　丁志軍　點校

策劃編輯　張照華
責任編輯　童際鵬　張紅義
封面設計　崔建軍
出版發行　巴蜀書社
（成都市槐樹街 2 號　郵政編碼 610031）
發 行 科　028-86259422　86259423
網　　址　http://www.bsbook.com
經　　銷　新華書店
照　　排　四川勝翔數碼印務設計有限公司
印　　刷　成都東江印務有限公司
成品尺寸　170mm×240mm
印　　張　28
字　　數　360 千
版　　次　2022 年 1 月第 1 版
印　　次　2022 年 1 月第 1 次印刷
書　　號　ISBN 978-7-5531-1417-0
定　　價　98.00 元

本書若出現印裝質量問題，請與本社發行科聯繫　電話：（028）86259422

《古代西南少數民族漢語詩文集叢刊》

回族與土家族卷主編

孫紀文

回族與土家族卷副主編

王　猛　楊學娟　丁志軍

回族與土家族卷編委會（參與整理人員）

孫紀文　王　猛　楊學娟　丁志軍　李小鳳　左志南　梁俊傑　彭容豐

凡例

一、整理工作主要包括標點、校勘、輯佚、補遺等方面，除特殊情形需要説明外，一般不作注釋。部分詩文集於正文後增列附録，以利研究。

二、整理后的各集一般沿用原書名及原有編輯體例。有多個子集而無全集者，由整理者根據通行原則命名和編排；集名、體例不明者，由整理者確定體例，并根據通行原則重新命名。

三、各卷依據詩文集篇卷多寡確立分册。篇卷多者，可分多册；篇卷少者，可多人合册。

四、叢書統一采用繁體豎排，新式標點。

五、校勘工作主要對底本中的訛、脱、衍、倒作正、補、删、乙。校記置於篇末，記録异文及校改依據，一般不作考證，力求簡明。

六、俗體字、舊字形及顯見的刻抄錯誤，徑改而不出校。常見异體字不作改動，極生僻的异體字改爲規範字，必要時出校記予以説明。

《古代西南少數民族漢語詩文集叢刊》編輯出版委員會

古代西南少數民族漢語詩文成就及其意義（代序）

中國文學歷史悠久，少數民族文學同樣源遠流長。少數民族文學既有母語文學作品，又有大量的漢語文學作品，都是中華文學的寶貴遺産。早期的少數民族漢語詩文作品，或是少數民族作者直接用漢語創作，或是以本民族語言創作而翻譯成漢語并得以流傳。

中國西南地區族别衆多，少數民族文學成就巨大，但較少爲外界所知，這與其實際成就極不相符。抗戰時期，聞一多先生在參加湘黔滇旅行團指導采風活動時，尤其是在欣賞彝族舞蹈後認爲：『從那些民族歌謡中看出了中華民族的强旺生命活力，這種大有可爲的潛力還保存在當今少數民族之中。』爲此，他曾計劃寫一篇文章，標題下注明了發人深思的要點——『不要忘記西南少數民族』[一]，作出中國文學的希望在西南的判斷。其後，學界日漸重視西南民族文學和文化的研究，成果豐碩。

[一] 鄭臨川：《聞一多先生的中華民族文學觀》，《西南民族學院學報》二〇〇〇年第五期。

早在漢代，西南地區就與中原文化密切結合，武帝時期開發西南夷，司馬相如爲此積極奔走。蜀郡守文翁在四川開辦學校，以儒家思想教化百姓。漢唐時期，西南地區文學進入中華文學視野，且占有重要地位，所謂『蜀之人無聞則已，聞則傑出』。司馬相如、揚雄、王褒皆爲漢賦大家，陳子昂開闢唐詩健康發展之路，『繡口一吐，便是半個盛唐』的詩仙李白將詩歌帶到盛唐的頂峰。在這個大背景下，西南地區少數民族詩文創作也同樣被載入史册。東漢時期古羌人著名的《白狼歌》堪稱少數民族詩文最早的代表。據《後漢書·西南夷傳》記載，東漢明帝永平（五八—七五）年間，居住在筰都一帶的『白狼、盤木、唐菆等百餘國，户百三十餘萬，口六百萬以上，舉種貢奉』，成爲祖國大家庭的一員。在與東漢王朝的交往中，少數古羌部落的首領創作了一些詩歌作品。其中，被譯爲漢文并傳至今日的就有著名的《白狼歌》（包含《遠夷樂德歌》《遠夷慕德歌》《遠夷懷德歌》），成爲中華民族團結、文化交融的經典之作。詩歌之外，還有少量散文作品，如三國蜀漢名臣姜維的書表，也可以視爲西南羌人的漢語創作。

我國西南本來就是多民族地區，氐、羌、藏、漢文化交流源遠流長。二十世紀八十年代初，馬學良主編《中國少數民族文學作品選》，全書共五個分册，共收入五十五個少數民族古今民間文學和文人文學作品六百餘篇，是新中國首部少數民族文學總集，影響深遠。其書序中寫道：

『回族、滿族、白族、納西族等，也早已產生了本民族的用漢文寫成的作家文學。』[一] 其中南詔著名詩人楊奇鯤的《途中詩》，是該書所收録的最早的作家文學作品。該詩收録於《全唐詩》。楊奇鯤還有另一首題作《岩嵌緑玉》的詩，收録於《滇南詩略》。

除楊奇鯤外，南詔國王驃信作的《星回節游避風臺與清平官賦》和朝廷清平官趙叔達《星回節避風臺驃信命賦》二詩不僅韻律和諧，且頗近於隋唐王朝君臣同賦或大臣應制之作。兩詩與稍後的大長和國布燮（辛相）《聽妓洞雲歌》等呈現出西南地區烏蠻族漢語詩文創作之盛。此數詩亦皆被《全唐詩》收録。

據《舊唐書·吐蕃傳》載，貞觀十五年（六四一），松贊干布向唐太宗請求聯姻，文成公主出嫁吐蕃，吐蕃開始『釋氈裘，襲紈綺，漸慕華風；仍遣酋豪子弟，請入國學以習詩書』，又請唐朝『識文之人典其表疏』。漢藏交流十分密切。唐中宗時，吐蕃又遣其大臣尚贊吐、名悉獵等來迎娶金城公主。名悉獵漢學造詣頗高，《舊唐書·吐蕃傳》説他『頗曉書記』，『當時朝廷皆稱其才辯』，皇帝還給與特殊禮遇，『引入内宴，與語，甚禮之，賜紫袍金帶及魚袋』等。特别值得一提的是，他還參與中宗和大臣之間的游戲及詩歌聯句等文字娱樂活動。景龍四年正月五日，中宗移仗蓬萊宫，御大明殿，會吐蕃騎馬之戲，因重爲柏梁體聯句，當君臣聯句將畢之

[一] 馬學良主編：《中國少數民族文學作品選》，上海文藝出版社，一九八一年，第一頁。

時，名悉獵主動請求授筆，以漢語來了一個壓軸之句。其所作『玉醴由來獻壽觴』，不僅表意準確，而且合於格律、平仄、韻脚，相較前面唐朝漢臣所作毫不遜色，令衆人刮目相看[一]。其詩至今仍保存在《全唐詩》中[二]，留下了最早的古代藏族人漢語詩文創作的珍貴文獻記録，也成爲少數民族漢語詩文創作的典型史料。

晚唐五代時期，回族先民梓州詩人李珣、李舜絃兄妹，漢語詩文創作成就甚高。李珣著有《瓊瑶集》，雖已佚，但仍存詞五十四首。作爲少數民族詩人，李珣得以躋身《花間集》西蜀詞人群，十分耀眼。李舜絃作爲蜀主王衍昭儀，有《蜀宮應制》等詩。這些均顯示出西南地區民族文學漢語創作的成果。

宋遼金元時期，西南地區與各地少數民族漢語詩文創作都有了進一步發展。居住在四川成都的鮮卑族後裔宇文虚中及其族子宇文紹莊堪稱代表。宇文紹莊有《八陣圖》等詩傳世。西南大理國白蠻貴族的漢語修養很高，段福爲國王段興智叔父，創作有《春日白崖道中》等詩作，大理國亡時，曾奉元世祖命歸滇統領軍事。元末大理總管段功之妻阿蓋公主本爲蒙古族，所作《愁憤詩》書寫其與段功的愛情，情感真摯，是他們凄惻動人愛情悲劇的原始記載。

[一]（後晋）劉昫：《舊唐書》，上海古籍出版社，一九八六年，第六二七頁。
[二]（清）彭定求編：《全唐詩》，上海古籍出版社，一九八七年，上册，第二五頁。

明清時期，少數民族漢語詩文創作有了極大的發展，不僅是作家數量倍增，而且有了大量的個人詩文集傳承。中國社會科學出版社二〇一四年出版的多洛肯《元明清少數民族漢語文創作詩文叙録》著録更爲翔實，大略統計古代西南地區各少數民族作家漢語文集上百家，雖然亡佚不少，但現存的至少也還有八十餘家，其中不乏一些在全國有較大影響的作家，還有許多屬於文學家族。如納西族木府土司木公、木增家族，木公有《隱園春興》《雪山庚子稿》《萬松吟卷》《玉湖遊録》等；雲南白族趙藩爲著名的『武侯祠攻心聯』作者，有《向湖村舍詩》（初、二、三集）；貴州布依族作家莫友芝被稱爲西南巨儒，有《莫友芝詩文集》等。但目前僅有少量的作家文集被整理過，大多數尚未整理，這極不利於對少數民族文學成就的認識、評價和深入研究。近年出版的一些大型叢書，如上海古籍出版社二〇一〇年出版的《清代詩文集彙編》（四千餘種），國家圖書館編、書目文獻出版社二〇一七年九月出版的《清代詩文集珍本叢刊》（一千三百六十七種），收録清人別集數量十分可觀，但有關少數民族漢語詩文集數量有限。其中一個重要原因便是少數民族漢文資料總體上較爲零散，古代西南少數民族漢文別集尤其難覓，缺乏整理。因此，有必要對相關情況予以探討，以便於進一步的整理研究。

西南少數民族漢文文集文獻整理和研究，已取得一定成果，但總體而言，相關研究還是較爲薄弱。無論是稿本、抄本還是刻本，多未揭示和整理，散於各處，既不利於深入研究分析和總體評價，也不利於對民族文獻的保護和傳承，需要整合力量，加大力度發掘整理、搶救保護。

西南地區的少數民族中，大約有白族、納西族、彝族、回族、土家族、布依族、侗族等九個民族有漢語詩文集，其中尤以白族、納西族、彝族和回族較多，其詩文集主要留存情况如下。古代白族作家現有二十四人近四十多部詩文别集存世，大概有近二百五十萬字的文學作品。納西族詩人及文集，明代主要是木府家族。首先是木公（總八百零四首），其次爲木增，此外是木青，有《玉水清音》。清代則有楊竹廬、桑映斗等二十餘家納西族詩文集。彝族詩文集較多，主要有左正、左文臣、左文象、左嘉謨、左明理、左世瑞、左廷臯、左章照、左章曬、左熙俊等左氏詩文集，高光裕、高奣映、高厚德等高氏詩文集，余家駒、余珍、余昭、余一儀、余若瑔等余氏詩文集，還有魯大宗、禄洪、李雲程、安履貞、黄思永詩文集等等。回族作家作品比较多，有沐昂、馬之龍等十餘家詩文集。土家族、羌族、布依族、苗族、侗族作家數量雖不多，但有的影響不小，如莫友芝、董湘琴等，都值得深入研究。此外還有少量少數民族作家文集已散佚，如前面提到的宋金時期宇文虚中等。

西南各民族漢文别集文獻整理與研究具有十分重要的學術價值和深遠的現實意義。西南各少數民族伴隨着中華民族繁衍交融的足迹生生不息，豐富的少数民族文學不僅是中華民族文學寶庫中不可分割的一部分，更蕴藏着其歷經憂患却綿延堅韌、不失特色的生存密碼。西南地區各族文學不僅與漢文學關係密切，而且各民族文學亦互相滲透和影響。如被譽爲明代著述第一人的四川著名詩人楊慎後半生基本居住於雲南，他不遺餘力地推薦、介紹木公等雲南作家，對西南民族地區文化交流傳播和漢語詩文創作起到了促進作用。由此也可以探討中華多民族文學相互影響和促進發展的過程與普遍規律，同時對各民族對漢語的巨大貢獻，以及包容多元文化的漢語文包容多元文化，作爲多民族文化内涵載體的特性和凝聚各民族智慧結晶重要價值等也會有新的認識。中共中央辦公廳、國務院辦公廳於二〇一七年月二十五日印發《關於實施中華優秀傳統文化傳承發展工程的意見》，指出文化是民族的血脉，特别提到要加强少數民族語言文字和經典文獻的保護和傳播，作好少數民族經典文獻和漢族經典文獻的互譯出版工作，實施中國民間文學大系出版等工作。因此，全方位清理整合西南各民族漢文别集文獻，對於民族文學史料學學科建設和民族文化保護工作，尤具有特殊的意義。這對增進世人認識瞭解豐富的民族文化與文學成就，搶救和保護民族文化資源，探索民族文學繁榮發展的有效途徑，促進中華民族團結與現代社會和諧發展，都具有十分重要的學術和應用價值。

有鑒於此，我們組織申報了《古代西南少數民族漢語詩文集叢刊》國家社科基金重大招標項目，并獲得立項。本課題首次對西南少數民族漢文文學文獻做了全面系統深入的爬梳、收集和整理研究，展現其創作成就，説明少數民族文學創作與漢文學之間密不可分的内在聯繫和交叉影響，展示其對中華文化的突出貢獻。并以其依托漢文傳承文化的富有典型意義的綿延發展歷程，爲民族文化保護提供借鑒，也爲中國古代民族文獻整理和當代文學繁榮發展探索有效途徑。

課題目標主要是提供最爲全面的西南少數民族漢語詩文集，爲進一步研究奠定基礎，加深對『一帶一路』背景下南絲綢之路和茶馬古道區域内各民族文化交融的認識，發揮保護和搶救民族文化遺産的重大社會效益。

西南各民族文獻現存情况較爲複雜，各族别文集數量差异較大，極不平衡，文集版本也很混亂。除少量文集當代曾初步整理之外，大多僅存清代或民國刻本，還有一些爲稿本和手抄本，大多不爲外界所知，主要散見於西南地區各圖書館和私人手中。同時，各家文集普遍存在作品收録不全的情况。課題涉及面廣，困難不少。别集的普查，作品的輯佚，校勘，部分古代作家族别歸屬的認定，文字的考訂等都是課題難點所在。對於各種學術争論歧説，我們本着嚴謹的科學態度，不武斷，不盲從，盡力作實事求是的考辨，力求言之有據，推動學術進步。在此基礎上盡力做成最完善、最全面、集大成的西南少數民族漢語詩文文獻叢刊。

按照歷史區域文化概念，我們原則上搜集詩文的地域主要包括今四川、雲南、貴州、重慶和西藏五省區（不含廣西地區），時間一般爲清末以前，作者身份判别根據出生地、籍貫、歷史淵源、習慣定勢等因素進行綜合考量。每種文集皆校勘標點，并附簡短的叙録。根據各族文集存佚數量情况分爲白族卷，納西族卷，彝族卷，回族與土家族卷，羌族、苗族、布依族、侗族及其他各族卷等五個分卷，分别由西北民族大學多洛肯教授，麗江高等師範專科學校楊林軍教授，西南民族大學曾明、孫紀文、王菊教授擔任子課題負責人。湖北民族大學文學與傳媒學院丁志軍博士除承擔土家族相關詩文集的搜集整理工作外，還參與了點校凡例的起草與修訂。寧夏大學和西南民族大學古代文學、古典文獻學專業的部分教師和碩、博士研究生也參與了課題研究。巴蜀書社張照華先生自課題開題即全程參與，認真審讀書稿，提出許多建設性意見。中國社會科學院學部委員、文學研究所所長劉躍進研究員，國家圖書館原館長詹福瑞教授，《民族文學研究》原主編湯曉青研究員，中國社會科學院民族學与人类學研究所聶鴻音研究員，教育部『長江學者』特聘教授、西北大學李浩教授，教育部『長江學者』特聘教授、北京大學廖可斌教授，西華師範大學伏俊璉教授，福建師範大學郭丹教授，四川師範大學趙義山教授等著名學者給予本課題精心指導和熱情鼓勵。在此謹對付出辛勞和提供支持與幫助的所有朋友致以最誠摯的謝意。

由於各種主客觀條件所限，本課題難免存在一些不足，版本的選擇及文字的校勘等也不盡如人意，希望能够得到專家的批評指正。

徐希平

二〇二〇年十月三十一日於西南民族大學武侯校區宿舍

分卷前言

二〇一七年，由徐希平先生主持申報的課題《古代西南少數民族漢語詩文集叢刊》獲批國家社科基金重大項目。項目的獲批對於古代少數民族文學研究而言，無疑起到了非常重要的支撑作用。本人忝爲子課題《古代西南少數民族漢語詩文集叢刊·回族與土家族卷》的負責人，深感責任大、任務重，故與課題組的各位老師齊心合力，共謀課題研究之路徑，力求早日出成果。如今在巴蜀書社的鼎力支持下，相關的研究成果會陸續出版，欣喜之餘，就這兩個民族詩文創作的風貌略作交代。

在中華民族多元一體的歷史文化進程中，有着兼收并蓄之胸襟的各少數民族作家創造了既屬於自己民族、又屬於中華民族大家庭的燦爛文學。遠離政治文化中心的西南地區，也以其獨特的地域風貌滋養着一批批卓有成就的回族文人和土家族文人。他們的創作既表現出與中國古代『詩騷』『風骨』等文學與文化精神相融通的思想旨趣，又呈現出鮮明的地域特色和獨特的藝術審美風貌。

古代西南地區的回族詩文創作，可謂善於把握中國古代文學發展的歷史脉絡，不斷吸收漢語詩文創作的經驗，涌現出一些名家名作。早在五代時期，回族先民李珣便以自己不凡的創作成就，獲得了很高的文學聲望。李珣，字德潤，著有《瓊瑶集》，惜已散佚，王國維編成輯本《瓊瑶集》，録李珣詞五十四首。李珣被列入『花間詞人』之中，他的富有娱樂性質的小詞被前蜀後主所賞，作品被詞家相互傳誦。李珣之妹李舜絃是五代時期爲數不多的會作詩的嬪妃之一，也是有記載的中國第一位回族女詩人，惜其作品大多失傳，今僅存詩四首。經過宋元兩朝的發展，回族文人逐漸融入中華文化之中，尤其是到了明代，回族作家也都熱衷於成爲儒家文人，故而，明代回族文學也迅速發展。同時，由於文教的日益成熟，西南地區涌現出一批風流儒雅的回族文人，如沐昂、孫繼魯、馬繼龍、閃繼迪等人。沐昂，字景高，作爲明代前期雲南政壇上的領軍人物，其所取得的政治成績是顯著的，而作爲一位文人，他剛健、曠達的風格則十分引人注目。不論是抒發理想抱負、針砭時弊、關注百姓生活，還是描寫自然風光、與人交游唱和，都表現出其高潔的人格、豪邁的氣度與曠放的情韻，有《素軒集》行世。沐昂作爲雲南地區重要的文學領袖，他所主持編纂的《滄海遺珠》，收録大量與雲南有關的文人作品，可謂是明代文學的一顆明珠，對保存西南地區的文人創作風貌具有十分重要的意義。孫繼魯，字道甫，號松山，《滇中瑣記》評曰『觀其詩文，大都雄古道勁，適尚其爲人』，著有《破碗集》《松山文集》，惜已散佚。馬繼龍，字雲卿，號梅樵，著有《梅樵集》，已佚，《滇南詩略》録其詩六十八首。閃繼迪，字允修，著有《雨岑園秋興》《吴越吟草》，均已佚，《滇南詩略》存録其詩六十餘首。他的詩歌多有懷才不遇之慨，詩作格調較高。閃繼迪之子閃仲儼、閃仲侗均有詩名。閃仲侗，字士覺，號知願，著有《鶴和篇》等。清代是回族文學的繁榮時期。清代日益濃厚的爲學爲文風氣也影響到回族文人，這一時期的回族文學與整個文學發展的大潮流密切相隨，即便是在西南地區，也不乏著名的回族文人。孫鵬是孫繼魯六世孫，字乘九、圖南、鐵山，號南村。他的詩作着重意象描寫，意境開闊，想象奇特，多寫山水田園，展現西南地區特有的自然風光，詩風清新明快。李根源在《刊南村詩集序》中評曰：『英辭浩氣，磊落出群，有不可一世之概。』『氣韻格律，宗法盛唐，間摹漢魏，歸宿子美，昌黎爲近。』孫鵬的散文創作也十分出色，論説文見解獨到，議論不凡，叙事寫人則娓娓道來，情感真摯。《雲南叢書》收其《少華集》《錦川集》《松韶集》，合稱《南村詩集》。馬汝爲，字宣臣，號悔齋，以綿遠醇厚的詩風享譽詩壇，他的散文清麗纖綿，頗具駢儷色彩，有《馬悔齋先生遺集》行世。李若虚，字實夫，他的詞作在清代詞壇中獨具特色。他以卓越的藝術表現手法，爲後人留下了許多真實再現西南邊疆和藏地風貌的獨特作品，有《實夫詩存》和《海棠巢詞》行世。馬之龍，字子雲，號雪樓，他的詩歌簡峭入古，樂觀豪邁，多寫紀游山水，有《雪樓詩抄》傳世。沙琛，字獻如，號雪湖，又號點蒼山人。他爲官期間，頗有惠政，審理重案時得罪上司，獲罪戍邊，因萬民請命，感動皇帝，得以奉親歸里。家鄉滇西北旖旎的自然風光成爲他寄情物外的環境依托，多紀游山水、與人唱和之作。也正是這樣獨特的外部環境和其自身的性格特徵造就了他的詩歌多采用即景抒情、吞多吐少、欲放還收的藝術手法，具有高韻逸氣和幽潔之思，有《點蒼山人詩抄》行世。除此之外，古代西南地區還有許多回族文人，因他們的作品傳世較少，而不被世人獲悉，如馬玉麟所著《静觀堂稿》，已佚；馬鳴鸞所著《密齋詩稿》也下落不明；賽嶼著作繁多，有《夢鼇山人詩古文集》等，可惜這些作品大多已失傳，現在衹能在《石屏州志》等方志文獻中看到他的遺詩遺文。

古代西南地區的土家族詩文創作，可謂善於借鑒歷代漢語詩文創作的成就，不斷豐富創作内容。土家族主要聚居於渝東南、黔東北、鄂西南、湘西北的廣大地區，其中渝東南、黔東北屬於西南地區。這一地區，歷史上曾長期由土司統治，冉氏、陳氏、楊氏、馬氏和田氏是這一區域的土家族土司的代表。改土歸流以前，由於統治者要求土司繼承人必須入學接受漢文化教育，以及土司自身對漢文化的嚮往，一些土司家族開始形成前後相繼的家族文人群體。這個群體普遍有較高的漢文化修養，具備用漢語文進行書面文學創作的能力。渝東南土家族漢語詩文的興盛，實肇端於土司文人的創作實踐。根據現存的文獻記載，大約在明代中期以後，以酉陽爲中心的冉氏土司家族，開始出現能文善詩的文人，先後有冉雲、冉舜臣、冉儀、冉元、冉御龍、冉天育、冉奇鑣、冉永沛、冉永涵等文人從事漢語詩文創作。其中曾經結集流傳的有冉天育的《詹詹言集》、冉奇鑣的《玉樓詩卷》和《擁翠軒詩集》、冉永涵的《蟪蛄聲集》，今俱不存。清代改土歸流以後，酉陽設直隸州，轄酉陽、黔江、彭水、秀山諸縣，酉陽冉氏土司雖不復存在，但冉氏家族的進一步繁衍，使得家族文脉得以延續，涌現出更多優秀文人，且多有詩文集刊刻傳播。如冉廣燏有《寓庸堂文稿》《二柳山房雜著》等；冉廣鯉有詩集《信口笛吟草》；冉正維有《老樹山房文集》《醒齋詩文稿》；冉瑞嵩著有《大酉山房集》；冉瑞岱著述甚富，有《二酉山房隨筆》等；冉崇文爲清末酉陽冉氏文人中最有成就者，著有《二酉山房詩抄》等；冉崇煃有《雨亭詩草》；冉崇治有《容膝軒詩集》。以上所列詩文集今俱未見，但部分詩作由馮世瀛選入《二酉英華》。改土歸流之後，官學教育和科舉考試的普遍推行，加之冉氏與陳氏、馮氏、田氏等家族互通婚姻，使得這一時期的土家族詩人群體更加龐大。如陳氏家族有陳序禮、陳序樂、陳序川、陳汝燮（原名陳序初）、陳宸（原名陳序遹）、陳景星等代表人物，他們皆有詩集，其中陳汝燮《答猿詩草》，陳景星《疊岫樓詩草》，陳宸、陳寬《酉陽陳氏塤篪集》，均存民國印本。田氏家族以田世醇、田經畬爲代表，前者有《卧雲小草》等，後者亦有是儒，其中馮世瀛爲酉陽名儒，是詩集，惜未見傳本。馮氏家族以馮世熙、馮世瀛、馮文願爲代表，其中馮世瀛爲酉陽名儒，是清代後期在經學、文學上均有很高成就的土家族文人，有詩集《候蟲吟草》，今存同治刻本。此外，土家族名醫程其芝有《雲水游詩草》存世。石柱馬氏土司家族中，能詩善文者亦復不少，但在漢語詩文的創作成就上要遜色於酉陽冉氏，秦良玉、馬宗大以及土司舍人馬斗熠、馬湯等人是其中的代表人物。馬斗熠曾有《竹香齋詩集》結集傳播，後散佚，乾隆間流官王縈緒又輯録《竹香齋拾遺詩稿》傳世，今未見。改土歸流之後，石柱冉氏文脉亦得到傳承，有冉永燾、冉永燮、冉裕垕等代表，惜無别集流傳。秀山楊氏土司家族歷來多軍功卓著者，文人則不多見。改土歸流前，楊氏土司家族尚無在漢語詩文創作上有所成就者。乾嘉以降，平茶楊氏土司後裔、果勇侯楊芳及其子孫輩多文武兼擅，不但從事漢語詩文創作，而且多有作品集流傳。楊芳有《錫羡堂詩集》刊行，後其孫又輯有《楊勤勇公詩》；楊芳子楊承注有《楊鐵庵詩》；楊承注子楊恩柯有《陶庵遺詩》；楊恩桓有《卧游草》。《楊勤勇公詩》《陶庵遺詩》《卧游草》尚有抄本存世，《錫羡堂詩集》《楊鐵庵詩》今未見傳本。黔東北在明以前爲田氏土司所統治，因思州、思南土司在明初相攻仇殺，朝廷遂廢這一區域土司，置流官，建官學、興科舉。因此，明初以後的黔東北，實已無土司家族存在。這一地區的土家族漢語詩文發展，大約與渝東南同步，正德以後，涌現出田秋、安康、田谷、安孝忠、田慶遠、田茂穎、王藩、任思永、張敏文、張清理、張德徽等優秀作家，他們的作品曾結集行世，惜今未見傳本。

古代西南地區回族、土家族詩文之所以能持續發展，并能够在中國文學史上占有一席之地，很大的原因在於西南地區回族、土家族文人的文學創作既受到時代風氣的塑造，又受到地域文化的影響。同時，古代西南地區的回族、土家族文學也是與其他民族文學相交融的產物。西南地區是一個多民族地區，回族、土家族文人在與包括漢族在内的其他民族交往過程中，各學所長，形成了你中有我、我中有你的多元一體的文學格局。如回族詩人沙琛，在與白族文人師範、漢族文人錢澧、納西族文人桑映斗、回族文人馬之龍的交往唱和過程中，不論在詩歌創作風格、取材對象，還是主題内容等方面都相互影響。這就增加了回族文學的多民族因素，使得回族文學的内容更加豐富。

總而言之，古代西南地區的回族、土家族詩文以其鮮明的地域特徵和獨特的創作風貌爲後世研讀者所稱道。這些創作成就，不僅豐富了回族文學和土家族文學的内容，也爲建構更加完整的中國文學史添磚加瓦，頗有傳承價值。

孫紀文

二〇二〇年十月二十五日於西南民族大學圖書館

叙録

陳景星（一八四一——一九一六），又名其楠，字云五，號小山，後貴陽人袁思韠爲其改號『笑山』，晚年又自號『武陵山樵』，清代酉陽州黔江縣石鐘鄉人，陳汝燮宗弟，著名土家族詩人。陳景星幼時，嘗從學於酉陽名儒馮世瀛，同治間肄業酉陽龍池書院。後遭家難，不見容於鄉，乃遷貴州石阡縣，依宗人落籍。陳景星少即穎异，目睹家道艱難，愈發刻苦力學。光緒中入貴陽貴山書院肄業，其間得貴州觀察使易佩紳指點，學益進。光緒二十年進士及第。二十三年，襄辦山東賑務，深得山東巡撫張汝梅、李秉衡賞識。曾任山東福山、臨沂、文登、蘭山、日照等縣知縣，多有政聲。文登任内，以英人劃定威海租界占地太廣，民怨盈途，陳景星與英人據理力争，觸當道之忌，遂憤而掛冠，縣人爲立生祠。爲日照令時，巨盗聚集鄰邑，大肆劫掠，因陳景星官聲在外，盗賊相戒不入日照。未幾，改調滋陽，因病未赴任，隨即開缺回籍。

民國初，重游湘黔及酉陽，後寓居滬上以終。有《百尺樓詩草》《疊岫樓詩草》傳世。

陳景星現存詩歌最早創作於同治丁卯年（一八六七），最晚創作於民國元年（一九一二），時間跨度大，涉及的内容極爲豐富，有抒懷言志、吟詠山水田園之作，亦有憂國憂民、吊古諷今之作。有表現行役羈旅之作，亦有交游酬唱之作。陳景星一生輾轉於川黔、湘楚、滇粵、海南、齊魯、京津及滬上，足迹半天下，且與同時代的許多主流詩壇名宿有交往。詩歌創作所需要的江山之助與劘切之功，陳景星兼而有之。陳景星性情奡兀，加之長期流連于酉水黔山之間，故其表現山水的作品，多以排奡峭拔取勝，陳夔龍序其詩時，以『雄奇勁峭』『凌厲獨出』概括黔中詩人的整體風貌，可謂恰如其分，而陳景星正是其中的佼佼者。陳景星生活的年代，幾乎與晚清的近代化進程完全重合，因此見證了許多重大歷史事件發生，這些事件在陳景星詩歌中多有反映。例如光緒年間中國西南邊陲發生的中法北寧之戰等事件，詩人作爲親歷者，多次在其詩歌中予以記述和議論，堪稱詩史。陳景星的吊古諷今之作，多切時事，反復詠嘆，自有一種抑塞磊落之氣貫注其間，令人頓生蕩氣迴腸之感。觀其詩集中關注民生國運的作品，其忠愛誠摯之心、纏綿悱惻之感，皆發於不自覺。戴錫之序其詩云：『瓊州、澳門、海上諸詠，尤足與杜老花門、出塞諸篇相頡頏。』殆非過譽之詞。陳景星詩歌語言大多凌厲而暢達，讀之令人痛快淋漓。清末孫雄所編《道咸同光四朝詩史》録陳景星詩八首，已充分證明其創作水平爲當時的主流詩壇所認同。

陳景星的詩集在其生前至少編訂過四次。第一次爲光緒元年以前所編《養晦軒詩草》，原書今未見，但相當一部分作品被收入馮世瀛所輯詩歌總集《二酉英華》中。第二次爲陳景星自編的《百尺樓詩草》，包含光緒十一年至二十二年詩作，由陳夔龍、戴錫之、胡嗣芬作序。其中戴序作於光緒十六年，胡序作於十九年，陳序作於宣統二年，可知該集的編訂經歷了較長時間。第三次爲陳景星於宣統二年赴天津時，由陳瑜、胡嗣瑗在《百尺樓詩草》原有篇目基礎上作出的續編。此次主要補選光緒十一年至二十二年的遺篇，以及編訂光緒二十三年至宣統二年的詩作。陳夔龍序即當作於此時。此次編選，將陳景星自選（含《磨盾集》《環游集》《乘桴集》《南歸集》《鵬摶集》《雪印集》六個子集）及陳瑜、胡嗣瑗編選（含《拾餘集》《感舊集》《津門集》三個子集）兩部分合爲一集，并將趙以烱光緒十六年跋、黄經藻光緒二十六年及宣統元年跋、徐鋆光緒二十六年跋、胡嗣瑗及陳瑜宣統二年跋附於書後，仍冠以《百尺樓詩草》之集名，於天津排印。該集《清史稿·藝文志補編》著録，現尚存一册，即陳景星自編的部分。第四次爲陳景星於民國初年所編《疊岫樓詩草》。詩集含《磨盾集》《環游集》《乘桴集》《南歸集》《鵬搏集》《雪印集》《壯游集》《磨鐵集》《田居集》《塵勞集》《拾餘集》《感舊集》《津門集》《耄游集》《滬濱集》十五個子集，共分四册。這些子集并未從整體上按時間編排，陳景星《自叙》云：『就抱初所輯、序跋備載者爲初册，壺川師舊選爲次册，補拾殘剩爲三册，近日所作爲續編。』事實上，就現存的《叠岫樓詩草》來看，第一册實爲宣統二年所編《百尺樓詩草》中的首册，爲陳景星自選，作者將其中原有諸序稍加改易，作爲《叠岫樓詩草》全書之序。由馮世瀛選入《蜀詩所見》的作品，作爲第二册，含《壯游集》《磨鐵集》《田居集》《塵勞集》四個子集。此本在《二酉英華》選録的基礎上多有增删，其中被删削的多達八十五首，陳景星此次編訂并未補入。據詩人自述，主要是基於尊重其師馮世瀛的出發點，『以志昔年知己之感』。被詩人稱作『補拾殘剩』的第三册，實爲《百尺樓詩草》中陳瑜、胡嗣瑗編選的部分，陳景星在編排時保存了原書的面貌，諸家跋語盡附於該册之末。宣統二年以後所作，乃作者自編，作爲第四册，含《耄游集》《滬濱集》兩個子集。《叠岫樓詩草》於民國初排印傳世，是收録陳景星一生所作詩歌最完整的别集。

迄今爲止，《叠岫樓詩草》經歷過兩次整理。一次是川東南民族資料編輯委員會於一九八六年編輯《川東南民族資料彙編》（第一輯）時，依據編者所見《叠岫樓詩草》殘本，收録了其中的八個子集，以簡體録排，未進行點校。第二次是西南交通大學出版社於二〇一六年出版由陳彤整理的《疊岫樓詩草校注》（下稱『校注本』），係對陳景星詩集的首次完整呈現和點校，在諸多方面具有開創之功。值得稱贊的是，該校注本以影印的形式附存了作爲底本的《疊岫樓詩草》，爲後來的整理者和研究者提供了極大的便利。當然，校注本的整理在編次、校勘、補遺諸多方面均有進一步完善的必要。

目前所見《疊岫樓詩草》最早版本爲民國初年的排印本，本次整理以此本爲底本，無通校本，而以《二西英華》卷十七所收陳景星詩及《百尺樓詩草》現存作品，與底本相關作品進行比勘，輔之以他校、理校，以期最大限度地消除底本中的舛誤。值得注意的是，《二西英華》與《疊岫樓詩草》共同收録的作品中，實質性异文占據相當的比例，據整理者考察，前者爲詩人早期創作的文本，後者爲作者後期經過煉字煉句、不斷打磨後形成的最終文本，兩相比較，可以洞見詩人前後期在詩歌創作層面的審美差异。本次整理基於存真和便讀的綜合考量，充分尊重陳景星編集《疊岫樓詩草》時分册排序的初衷，對底本原有編排體例不作更改。此外，本次整理增加了補遺。由馮世瀛收入《二西英華》但未見於《疊岫樓詩草》的陳景星詩歌八十五首，作爲補遺，按《二西英華》中的原有編次，附於正集之後。同時，與陳景星有直接關聯的時人酬唱詩作，亦就整理者所見，輯存於詩集之後。總之，筆者期望爲讀者提供一個兼顧存真與便讀且作品盡量完整的陳景星詩集。當然，由於個人學識所限，本書的整理仍然存在一些問題，亟盼方家不吝指正。

丁志軍

二〇二〇年十月十二日於湖北民族大學之修遠樓

目録

雪印集乙未　丙申……一〇一

壯游集丁卯至乙亥……一一三

塵勞集己卯至甲申

津門集庚戌

滬濱集癸丑

序

光緒庚辰，余奉諱家居，未與有司之試，每見貴山、學古兩書院諸君課藝，即知陳君景星博學能文。及余丙戌通籍，官京曹，陳君以壬午孝廉入都會試，始得相晤，今忽忽又二十餘年矣。本年春，余督直隸，陳君適以山東知縣予告歸里，道出津門，出所作《疊岫樓詩》求序。披閱之，其中多憑臨遠塞、出入荒陲絶戍、蒼茫弔古之作，蓋二十年來，陳君由黔而滇、而粤，南極瓊厓海澳，西眺衡嶽，還轍燕齊魯豫，復由維揚上泝武昌，踪跡半天下矣。黔地絶遠，與中原亘古不通風氣，學術樸陋。晚近鄭子尹、莫子偲兩先生以高文碩學倡導後進，學者乃頗自奮於詞章，而雄奇勁峭之概，亦往往凌厲獨出，爲中州士大夫所未有，蓋其習尚然也。夫文章者，經國之大業，爲其抒發性情，激昂忠孝，足以摽揭風期，敦厲薄俗，於濟時致用之道有同符也。若乃儷花鬬葉，徒以靡麗相矜，使人心士氣習於浮薄，衰弱晻忽而不振，是適加之厲而已，雖工亦奚以爲?讀君之詩，恍若重山複關，蒼莽崚嶒之勢，奔騰來几案間，使人慨然生絶域之感也。君益厲其氣，以致精其術，則其所感發之功，豈在社稷生民下哉，抑豈能長爲山中之人哉！是爲序。宣統二年十月貴陽陳夔龍。

序

予自壬午與笑山交，至今已八年矣。去年夏晤於都門，笑山囑予叙其詩，已强爲之而不愜意。今年笑山自粤來，復以爲言。予惟先輩之論詩有曰：詩至有味，乃臻極品，各體之通忌曰言外無餘味。又曰：人有餘於詩文者佳，詩文餘於人者必不佳。旨哉斯言，論詩之要盡之矣。三代而後，人不論人，專論詩。其論詩也亦專以性靈、格律爲言，此出彼入，疊相爲勝，求其醰醰可咀、如醍醐之灌頂者，千篇之中不獲一見。笑山之詩，可謂有味而可咀也。然予觀笑山之爲人也，沉雄英爽，心直貌古，其言論之發，若萬斛泉源，隨地湧出，不期精粗，不擇美惡，前聲未終，後響已接，雖夸父之逐日、列子之御風無以過之。其論事亦多持大體、洞中竅要，不徒爲斤斤墨守之談。其處朋友也，亦喜竭誠盡摯以相鍼砭。又值法越搆釁、海上用兵之會，故其爲詩也，亦多悲歌變徵之音。其瓊州、澳門、海上諸詠，尤足與杜老花門、出塞諸篇相頡頏。身雖未登仕版，而忠君愛國之誠，皆發於不自覺，使人咀嚼而不厭舍，其素所蓄積然也，論者以爲有國士之風。然則觀笑山之深於爲人，即其深於爲詩可知也。笑山返粤行有日，而予猶羈棲日下，誦昔人河梁之句，能勿黯然銷魂耶？既無旨酒之餞，敬書此言，爲笑山别。光緒庚寅端午前一日戴錫之識於京師之吾生如寄軒。

序

始余與笑山投分雅遊，締交綺歲。撫徽應縵，遺玖酬琚。有茝蘭之臭言，似槐榆之昆季。寓捉月同醉，追懽達晨。停雲不來，貢夢勞夕。兩情無間，十稔於茲。頃自家鄽，來遊郡會。寓居蕭寺，訪我舊廬。清覯再申，嘉招時赴。涉趣猶昔，研唫半花。攄懷匪今，富摧前藻。裒所造述，屬爲校詳。良儔溢獎，書欲答乎子綱；後世相知，意廼懃於敬禮。夫謳詠所發，肇繇生民。英華既騫，迭扇來葉。近代作者，有徒實繁。徒以直抒任情，潛孿忘素。學惟膚受，師以耳承。遂欲標美藝林，鬻聲談苑。襞縉相曜，啚帚自珍。匪好彈於臨淄，甯免訶於季緒。君負姿邁羣，劭業務早。希蹤離俗，因性練才。侈羅羣軸，則瑤閟更搜；虛鑒眾流，而璇源已導。故當蘊思吮毫，放辭申紙。煙霧霏態，風雨會靈。傾液一囊，漱葩四座。既馳新製，仍契舊規。固宜齒在弱齡，譽邀英目。其篇什散著者已棌入《蜀詩所見集》中。休文誦而報函，元常覩而閣筆。以今方昔，未足多也。抑又聞之龍門自叙，探奇少年。禦寇好游，觸物圓覽。揣形六合，已次大愚之名；戢景一廬，終乏濟勝之具。君迺一適越徼，再窮滇荒。浮湘望衡，入蜀窺峽。攬轡燕路，則緬樂薊之風；驅車大梁，則揖鄒枚之客。身閱萬里，腹蟠千秋。俱託長謡，克萁狀采。若夫界横絶嶼，鄉指窮瀛。鱷浪一吹，鬣颿千尺。斯時縹鶩，與景盪浮。乃渺栗思，遂籀椽筆。鮫客窺硯，如泣珠璣。氣落楄〔一〕，皆成金碧。矧復戈船猶沓，戰檄罷飛。璚島議防，珠巖惜對。安得壯士〔二〕，羣傚魯連。亦有書生，孰知陸賈。此《乘桴》一集，徐引妙諷，尤駭偉觀。光影瑰奇，意氣槃薄。僕斤鈍玃室，轡緩壽陵。比有兼營，愈難孤進。豈敢騰口稷下，衒曲郢中。高語焱流，盛評月旦。然重綢繆之誼，五字特商；遂忘傅會之思，十年未就。或者譽丹非素，論甘忌辛。偏執方隅，競從格調。弗工形似，則云古義寖微；稍示變遷，則謂衰音彌濫。建安之傑既遠，永明之體遂輕。烏識時會縱殊，性靈咸稟。漢南獨步，思騁逸鑣。江左承流，尚彈嗣響。倘持斯作，强就彼譚。難合枘投，必招鋒辯。通方廣恕，真賞其誰。得失心知，佳惡意領。不與於會，亦何曹焉。昭陽大荒駱歲相月晦日景威胡嗣芬。

【校記】

〔一〕此句疑脱一字。

〔二〕『壯』後原衍『蜃』字，據《百尺樓詩草》删。

自叙

秋蟲春鳥，應候而鳴，所以自動，其天也。而勞人思婦，與夫幽憂疢疾之士，觸之而感不能已，昌黎韓子乃取譬於風雷，一蟲一鳥之應候，豈足以發騷人逸客之情哉！殆以天感天而出於不自覺耳。少居鄉僻，盲無所知；壯游四方，從賢士大夫游，始學爲詩。就質於酉陽馮壺川先生，先生爲選百餘首，入《二酉英華録》，復删訂入《蜀詩所見集》。奔走滇黔楚粵，濫竽齊魯間，前後幾數十年，有所感觸，輒寄於詩。宣統庚戌告歸，訪家抱初、仲瑀於津門，抱初復爲選印二百餘什。家居一載，亂事起，邊禍尤烈，避地滬上。暇輒搜輯散遺，就抱初所輯、序跋備載者爲初册，壺川師舊選爲次册，補拾殘剩爲三册，近日所作爲續編。良以師友所選輯不能分别年次，而年次仍寓其中。吴淞號劇區，海内諸名宿咸避地結社，詩壇林立。鈞天廣樂之奏，黄鐘大吕之音，噌吰響答，震鑠東南，而以秋蟲春鳥之聲嘶其間，毋乃不自量乎？不知蟲鳥之感時，本自動其天也，余之詩亦所以自鳴其天也。際兹陽九百六時，流離之子，板蕩之篇，或不爲大雅所鄙棄乎？癸丑祀竈日武陵山樵識於上海之餘樓。

磨盾集 乙酉

都匀道中

驢磨勞勞役未休，岡巒行盡見田疇。雲邊山色參差出，樹裏河聲曲折流。茅店午餐方駐馬，苗人醵飲正椎牛〔一〕。荒城漸有承平象，沸耳笙歌響戍樓。

【校記】

〔一〕『醵』，《百尺樓詩草》作『劇』。

舟宿打略汛〔一〕

孤舟如榻小，高臥嬾推篷。石骨磨船怒，灘聲壓枕雄。溪迴雲氣入，沙煖漲痕鬆。日暮停何處，黄蘆淺竹中。

【校記】

〔一〕『汛』，原作『汎』，據《百尺樓詩草》改。按：『汛』爲清代軍事駐防單位專名，千總、把總、外委統率之緑營兵統稱『汛』。打略汛在都江廳（今三都水族自治縣）。

古州雜感四首

又指桃花弔戰場，萬峯青翠落危檣。徒聞諸葛留遺跡，尚有頑苗薦瓣香。露布已前銷度刼，雲鬟猶帶古時裝〔二〕。苗人男婦均不薙髮。車江北與都江合，滚滚濤聲日夜忙。

淩煙彪炳壯千秋，底定勳從殺伐收。終古邊疆思李牧，有誰功罪訟條侯。讖符黄鵠言空驗，事過紅羊刼又留。想見當年籌畫苦，白雲深鎖五榕樓。

鑾煙輻輳廣場寬，漏盡春光柳色寒。山水助搜奇句易，風雲終覺將才難。幾曾洛下逢雙陸，漫向軍中借一韓。日暮蘆笙吹不斷，獨携瑶瑟倩誰彈。

脈脈離懷付緑波，撩人春色奈愁何。眼中文物消磨盡，亂後詩篇感慨多。南下江流通粤嶠，北來鎖鑰重牂牁。請纓待展扶天翼，又對乾坤發浩歌。

【校記】

〔一〕『鬘』，《百尺樓詩草》作『鬟』。

登古歡閣懷易笏山先生

山水無賞音，汩没波濤間。至人得山水，寄情非等閒。先生抱古心，至樂尋孔顔。自從戎馬暇，撫此苗民頑。政平弊乃絶，吏察民不殘。豈意凋瘵餘，竟培元氣還。公餘登此樓，遐賞尋古歡。烟波渺無際，嵐翠浮雕闌。領此味外味，敢忘艱厥艱。濟猛古遺愛，憂時今范韓。文章乃餘事，亦摩唐宋壇。我昔試階下，頗蒙刮目看。明珠一拂拭，萬里騫鵬翰。金臺未及謁，余出良鄉，適先生入都，交臂竟失。蜀道渺雲端。荷戈赴行役，學步來邯鄲。先生古之徒，一體竊恐難。俯觀浩瀚流，近挹嶔奇山。懷想不可極，仰止興長嘆。

榕江竹枝詞四首

纓足朝朝濯淺汀，青絲斜簇髻瓏玲。蘆笙吹徹江波緑，侗妹如花帶笑聽。

一片歌聲咽水流，江干都是侗家樓。樓前記取雙榕樹，郎到門前可駐舟。

雙環垂項貌如花，並蒂芙蓉出侗家。愛絶銀梳裝束好，一彎新月鬢邊斜。

半鈎斜月照榕江，鈎起新愁上畫艭。願得常如江上月，清宵流影總雙雙。

老堡口

牂牁南下奔濤吼，車江都江滙而走。羣山莽莽挾江來，一峯突截江心陡。濛濛江上水雲開，一江横抱土城來。兩水合流勢益大，舟人估客争喧豗。我聞此水發源古宜北，中與洪江一線隔。平岡蔓衍若舟横，朝發楚兮夕至粤。倘假人力事疏攻〔一〕，三省帆檣一水通。從來天事資人事，人功極處天無功。道旁一叟三嘆息，君念雖奢究何益。劍門五丁開，太華巨靈擘。夸娥負山亦偶傳，幾人能具神禹力。我聞此語不謂然，眼光直注三千年。江河一朝事疏鑿，龍門迸裂瞿唐穿。當其排山倒峽出奇險，風霆雨雹神鬼争奔闐。奈何世人委瑣齷齪不集事，徒以岡連嶺複歸之天。吁嗟乎！海可填，天可補，精誠竭處神工苦，區區頑石豈能峙終古。四海雖遥遥，中豈無能者。君不見蘇爾士河既開通，美人且鑿巴拿馬。歐洲至中國開蘇爾士河，已減水程二萬里。若美洲開巴拿馬，不過數十里，至中國可減水程三萬里。

【校記】

〔一〕『攻』，疑當作『功』。

羅池謁柳文惠公祠

蘚蝕碑殘字尚完，千秋祠廟肅江干。驚風葉颭芙蓉碧，捧日心争荔子丹。山水蒼茫成往蹟，文章逋峭亦奇觀。春猿秋鶴猶如昨，盼斷靈旗暮雨寒。

謁劉司户祠

大策煌煌動上台，孤忠難叩九閽開。科名後世猶呼屈，宰相何人解薦才。羣醜柄權天下壞，勤民野死古今哀。城南切近先生墓，猶見銜枝鳥日來。

清明後三日偕李旭初軍門，張益香、吴幹臣兩刺史，饒景五茂才同遊柳州對岸立魚峯

媧皇斷六鼇，坤維乃奠位。羣魚各驚竄，化石矗雲内。巉巉萬鱗甲，捫之森可畏。山木亞洪濤，濃青皴蔚薈。洞口巨蚌張，呼吸浮雲潰。左闢右復開，上升下忽墜。竅穴互瓏玲，光明透腸胃。黝池隱岩隙，乳滴寒光碎。疾行穿石出，卓立神魚背。俯瞰龍江流，動觀天宇大。城郭鬱葱然，人烟横晻靄。山腰皮樓閣，倒影澄潭對。曾聞石魚湖，窪樽浮碧瀨。昆明刻石鱗，秋風動澎湃。千載臥波心，陳因同一嘅。粤山天下奇，奇特兹峯最。掉尾立天半，風雨百靈會。我欲效琴高，横跨游域外。矯變若虬龍，鯨鯢歸剪汰。揚鬐叩天閶，功成身乃退。鵶聲送歸客，午渡斜陽曬。下方吼蒲牢，颯颯摇天籟。

龍江酒樓送張益香之粵東二首

龍江江上柳城西，意外相逢手又攜。逐客千秋憐子厚，雄文一代訪昌黎。柳公祠有昌黎《羅池廟碑》，猶存廡間。近郊野寺隨花入，隔岸奇峯壓樹低。謂立魚峯。五日共君游賞徧，印來鴻爪幾曾迷。

別離何必悵吾曹，談笑聲中氣益豪。二月鶯花詞客醉，一江烟雨酒樓高。喜聞大捷來飛檄，時得諒山復克信〔一〕。敢吝交情脱寶刀。同掣長鯨滄海去，漫將清淚灑征袍。

【校記】

〔一〕『復克』，《百尺樓詩草》作『克復』。

憫忠吟爲楊雲皆軍門玉科作

將軍忠勇洵天人，將軍膽大周於身。結髮從戎誓百戰，妖氛痛掃滇邊塵。大理蠻酋負險絶，蒙段封疆皆瓦裂。金銀氣積洱海頭，關外桃花關上雪。將軍撲賊如飛猱，横行蹋壁擣其巢。妜徒勢急自出縛〔一〕，人血淨洗昆吾刀。蒼山平定邀上賞，沅湘退署江湖長。連衢第宅擬通侯，徹夜笙歌調急管。步障藏春仿季倫，短衣射獵忘李廣。一朝鼙鼓越南來，番蕉紅捲陣雲開。孱王南走龜兹失，漢將東歸鐵騎摧。我皇神武赫然怒，欲固藩屏驅跛扈。得臣走死馬謖誅，詔舉將才整邊務。將軍聞詔躩然興，毀家殺賊臣請行。背嵬五百常摧敵，胡椒千斛盡輸軍。妖鳥夜啼殘月黑，虜騎突逼諒山側。猛士登陴正鬬鋒，元戎小隊先奔北。將軍力戰扼雄關，軍容難撼屹如山。已拚哥舒鏖死戰，幾曾先軫望生還。象馬奔蹂圍數匝，奪纛大呼短兵接。十盪十決氣無前，軍鋒所過皆洞札。賊怒燃礮攻將軍，黑烟坌湧天爲昏。援枹奮擊鼓未絶，鐵雷迸裂如山崩。血渠一決開數里，礮聲過處將軍死。肉雨飛沾士卒衣，紛身碎骨無完體〔二〕。竟掬心肝報至尊，嗚呼南八真男子。九重震悼恤孤忠，九泉茅土重褒封。當年歌舞汾陽似，此日衣冠閣部空。一門正氣猶足尚，魏犨婢子能偕葬。公妾某氏亦殉。紅拂甘心殉越公，千秋奇案翻新樣。吁嗟乎！將軍豪富工心計，金穴銅山騰寶氣。倘教酣豢老湖山，浩氣安能塞天地。翻然投袂效馳驅，不辭烟瘴糜身軀。精忠已足光青史，一慟還能感緑珠。我來荷戈賦行役，持杯獨向東風哭。半壁空聞道濟亡，百身恨不子車贖。幸聞祠宇肅蠻荒，靈旗風馬時徜徉。願看弓掛扶桑緑，来薦天南荔子香。

【校記】

〔一〕『怏』，原作『怏』，據詩意改。按：怏，憂憤貌。

〔二〕『紛』，《百尺樓詩草》作『粉』。

古泥道中

輪蹄歷碌走牛車，草淺沙平一道斜。昨夜薰風殊解事，猩紅吹上木棉花。

鴉落塘

去馬來牛走未休，旌旗横捲識風遒。四圍黑箐啼姑惡，一路青山盪客愁。和局只知拋象郡，大軍空説駐龍州。書生詎有高人識，總覺填胸憤莫收。

曉過崑崙關 狄青破儂智高處

崀屴雄關困仰攻，酒筵一霎變兵戎。將軍半夜恢奇策，佳話千秋豔戰功。響震鐵胎飛霹靂，歸除銅面想英風。我來正值朝暾上，猶認當年刼火紅。

舟宿六冲墟 粵滇接界處

鷺堠圓如蓋，漁燈閃似星。露涼螢火大，月黑虎風腥。地僻人難寐，祠荒蟲不靈。瑶歌何處發，淒咽動人聽。

響水潭瀑布

大江到此流不去，巨石摩空争峭厲。作勢一落千丈强，倒捲銀潢噴天際。雄雷萬古不收聲，漫天匝地飛狂霙。鐵弩三千一脱手，潮頭怒激天爲驚。層潭震撼鼉難住，巨魚蹴起飢蛟怒。紛然争戰水底翻，濛濛散作蚩尤霧。初從山趾驚奇變，白走蒼崖横巨練。螺旋蚓曲至山頭，閃睛鑠目銀花眩。下層跌作千布懸，江風吹曳鳴濺濺。中權忽樹趙軍幟，混茫一白摇晴天。一層再上窮思議，風霆亂簇長天箠。玉山頽倒海水飛，但有晶濤無大地。初疑天宫亂掃瑶台雪，神丁擁出金銀闕。翻空直瀉不可收，轟作瓊峯千萬疊。又疑邊外層冰積洪荒，大聲破裂如崩牆。砰訇轇磕地軸動，神車十萬推阿香。軍行正逢大暑酷，荷戈苦受驕陽暴。陡然對此大清涼，恍如置身冰雪窟。人馬噤慄不敢喑，鬚髮森豎肌生粟。消炎不藉北風圖，自咤平生饒眼福。昔年曾讀《甌北記》，盛誇此瀑南中異。響潭從此獲知名，自是人間一奇事。夢寐常思作臥遊，滇雲萬里無由至。不圖槖筆來南荒，竟得途中一相遇。始知奇境有奇緣，頓忘今世疑前世。投鞭大笑喜欲顛，人聲瀑聲騰峯巔。趙公去後無人賞，遥遥待我一百年。銅壁關前公叱馭，公乾隆間從征緬甸過此。請纓我又越南繼。後先遭此兩奇人，山水頓覺生光氣。吁嗟乎！昔時太白觀瀑登匡盧，後五百年來髯蘇。我今亦繼甌北後，古今佳話洵非誣。惜無小李將軍偕至此，奇景獨看心難摹。不然抽毫拂紙代我一揮寫，畫我雲中看瀑圖，此時快意更覺千載無。

上西洋坡

雞鳴整輿馬，殘月耿簷坳。意將乘早涼，急行避炎熇。高嶺忽障面，深黑隱林梢。風腥防虓虎，藤臥眠飢蛟。螺旋蚓復折，足礙輿亦輟。輿夫色沮喪，仰視氣不囂。舉趾不及寸，掣曳時呰謷。踟躕苦征馬，負重難嘶咆。失勢一傾側，人馬隨風飄。我意良不忍，舍輿披深茅。前者出我上，緣樹如登轢。後來踵我輿，累綴如懸匏。况復暑炎逼，洪鑪飛赤熛。四時瘴厲氣，染人堅漆膠。嗟哉從軍人，冒暑趨南交。荷戈事行役，道險逾函崤。邊民憚鋒鏑，竭力供征徭。小憩不復起，病如秋葉焦。同行復同役，相顧爲怛忉。山川在天地，大氣同并包。滇南十萬山，此嶺一漚泡。胡爲阻行旅，終古峙嶕嶢。征夫各有家，貧達隨所遭。與其歷險巇，不如安枝巢。豈知壯士懷，横視無九皋。馳驅易寒暑，努力賦同袍。頗聞虜氛惡，氣奪孱王驕。虜破富春，其王棄城而走。元戎朝按劍，勁旅夜鳴骹。兩軍苦戰時，霆擊萬丸跳。名城爲墮裂，大地爲動摇。濃烟噴不散，虜騎餘血膋。地營互穿插，積雨泥没尻。百戰不言瘁，矧此行路勞。但存效死心，詎有山能撓。連山若虬龍，廿里松栝饒。緑陰積霜露，涼味逼旌旄。驟解大暑酷，健行逾猿猱。林罅得酒肆，伙伴同招邀。松聲忽四應，滿座飛清飈。軒爽豁心目，快飲傾村醪。且領味外味，已忘高山高。

楊柳井二首

歷盡崎嶇得坦平，數家流水一橋横。緑陰小坐看楊柳，動我春時送別情。

倦倚茅簷懶趁程，軍粮減盡客裝輕。長條那管征人苦〔一〕，只解依依作送迎。

【校記】

〔一〕『苦』，原作『苦』，據《百尺樓詩草》改。

哭僕人楊五

累女萬里來，辛苦不可説。途藺雙足瘡，身瘁一生血。去秋戰事殷，我學棄繻客。招女賦偕行，輟耕來草澤。十月發蜀道，水積堅冰冽〔一〕。殘冬寓筑垣，鶉衣鏖雨雪。今正月十三，從軍赴西粵。天低兩岸昏，榕裏半江黑。扁舟滿載愁，浮沉憑一葉。孟夏軍成行，出關事征伐。冒暑至廣南，日鑠旌旗裂。甫值和局定，全軍同日撤。惟女似任安，不作中途別。樸質訥語言，心骨堅於鐵。襆被爲攜持，飲食爲脩潔。我獨知女賢，人皆譏女拙。女亦不之較，循循守常轍。獨矢一片誠，不爲游詞惑。前日至江那，漸覺行蹩躠。積受山瘴氣，毒蘊五中結。昨午道開化，病已膏肓徹〔二〕。窮途遇故人，女聞大欣悦。冀女疾瘳時，風塵脚暫歇。冬初遣女歸，承歡慰白髮。鬼伯夜相呼，一慟成永訣。淒涼旅館中，撫棺增慘咽。葬女北郭外，新墳培馬鬣。生蜀死厝滇，魂返關山隔。骨肉不入夢，何以安女魄。主僕性命依，棄予如遺孑。去歲不女招，團圓守田宅〔三〕。多少鄰里人，安居恆耄耋。女今一行役，霜隕叢蘭折。苦境有甘回，女身長茹蘗。問年十七齡，浮生真一瞥。悲哉吾誤女，累女來駱越。駱越大瘴癘，死人日千百。女塚北邙上，左右皆梟桀。辭家仗長劍，慷慨輕七尺。豈知遘陽九，喪亡相枕藉。生存抱壯志，既死餘白骨。猿鶴與沙蟲，一例紅羊刼。女今雖賚恨，不失爲義烈。獨我離家園，節已寒暑閱。妻孥不相見，惟女常侍側。仗女耐勤勞，家常話肝膈。女亡失一臂，患難誰扶挈。地遥書莫通，久別家難測。女母日倚閭，望女歸心切。凶耗何可聞，哭斷天涯月。我更形影孤，東行將獻策。誓將去此邦，委女非我刻。囊空無一錢，歸骨何由得。女生惟我依，以外無親特。一死入泉下，茫茫無一識。新鬼故鬼間，相依復誰擇。年年墓草青，寒食誰奠醊。悲哉壯遊子，此想何堪設。生前幸勤敏，性識應難滅。願女早輪迴，來生饒福澤。富貴老故鄉，補盡今生缺。哭久燈欲昏，窗風鳴瑟瑟。酒冷茶不温，欲唤無臧獲。回思女在時，低頭爲痛絶。

【校記】

〔一〕『冽』，原作『冽』，據詩意改。

〔二〕『肓』，原作『盲』，據《百尺樓詩草》改。

〔三〕『圓』，《百尺樓詩草》作『圞』。

輓田鐵儂 儲

曾逃炸礮一身輕，君攜數卒探視宣光城垣，賊以炸炮擊之，子落身後，幸不炸。甫入關門瘴厲攖。與我神交因筆墨，誤人死路是功名。辭家萬里生如寄，殺賊千言策未行。君上《攻宣光十策》，岑節帥極嘉賞。多少胸中難瞑事，爲君感慟淚齊傾。

丙戌元日時駐軍開化〔一〕

旭日曈曈照戟牙，彩雲天上擁朱霞。大千瑞色攢松葉，人家門外徧插松樹。第一春風到杏花。城中杏花大放。虎旅借屯名將壘，時屯紮鮑帥舊營。蜺旌高傍使星槎。時周星使偕岑制軍住此。南交此際真平定，會見蒲桃入漢家。

【校記】

〔一〕『時駐軍開化』疑當爲題注。

貴陽寓中生日感懷

船唇馬背耐奔馳，世味年來已熟知。溷俗偶師《齊物論》，欺人悔作大言詩。浮名少味憐鷄肋，烈士何心説豹皮。驢磨欲休休不得，劇憐傀儡上場時。

曾隨浪泊數飛鳶，出塞高歌《寶劍篇》。萬馬防秋朝草檄，一樓聽雨夜籌邊。大廷摟伐中興日，屬國山河破碎年。豈料議和成定局，鴻溝劃斷漢家煙。

青山重認半螺青，蹤跡仍浮水面萍。軍事何堪談駱越，詩名猶聽唱旗亭。十年杜牧狂如昔，一枕邯鄲夢未醒。鎮日追歡忙不了，瑤笙錦瑟簇銀屏。

酒錢笑解鸕鷀裘，醉倚瑶京十二樓。紅燭燒餘吟席煖，黄花香爲侑觴留。夢縈湖海添豪興，雨洗雲山豁醉眸。麟閣鱣堂隨位置，男兒原各有千秋。

環游集 丁亥

元日安順道中

樓臺隱隱雪漫漫，奔走風塵此蹔安。萬事又從今日始，一晴驅盡去年寒。時平敢幸從軍樂，金盡纔知作客難。還是故園歸計穩，梅花香夢正闌姗[一]。

【校記】

〔一〕『姗』，疑當作『珊』。

二月初四日抵滇城作

五華煙樹鬱朝晴，海色渾淪抱郭明。不戰豈能銷殺運，大功畢竟出儒生。塔鈴自語前朝寺〔一〕，笳鼓新停漢將營。偶向碧雞坊下過，東風摇曳玉簫聲。

偏殘屬國剪藩籬，黠虜深謀事可知。兩部名王皆就執，百年和局豈能支。鐵船已指無雷國，銅壁闕名須堅未雨時。一角頗關天下重，金湯此日是滇池。

【校記】

〔一〕『鈴』，原作『鈐』，據《百尺樓詩草》改。

訪陳圓圓粧臺舊址

黄土香銷戰骨枯，荒臺猶聽訴啼烏。閲人眼竟如紅拂，削髮心堪質緑珠。春草已迷殘輦迹，野花空泣故宫蕪。逆天自合亡劉濞，莫認西施又沼吳。

上巳後二日，胡月亭通守昶宣招同楊文輝、饒景五兩茂才買舟徧覽滇海、西山諸勝，步太瘦生題壁九首原韻

振袖揮雲氣，危欄俯萬尋。日高城郭隱，濤噴海天陰。樹古鴉棲葉，窗虚鶴看琴。煙村羣

緑混，數點認平林。

平生幾兩屐，華髪未飄蕭。海月窺青舫，雲山夢碧嶢。碧嶢書院，明楊升菴先生所建〔一〕。搜奇天不吝，載酒客相招。日暮偏迷路，翻疑寺太遥。訪華亭寺迷道，歸宿農家。

奇峯高瞰寺，老樹鬱參天。筍密如争長，花多不礙禪。閒情尋古碣，瘦影證癯仙。島佛無從訪，雲歸在鶴先。海雲堂詩僧某圓寂久矣。右華亭寺。

太華青不斷，松徑入雲高。兵火紅羊刼，江聲白馬濤。殿頹蝸篆壁，樹禿鵲移巢。導路僧雛健，飛行似野猱。右太華寺。

絶頂疑無地〔二〕，嵌空有路通。神仙留異迹，混沌賴人功〔三〕。繭犢猶餘井，杯蛇總誤弓。樓船仍入望，莫再墜罡風。

數葉煙中認，來舟柳外停。海容吹作赭，石骨怒鑱青。鼯鼠飛無跡，魚龍喚不醒。壁詩憑我讀，一鳥下檐聽。

古今勞戰伐，憑弔極蒼涼。青史歸諸將，紅粧誤叛王。勢窮元濟縛，言大阮生狂。累世談忠孝，何如八百桑。

萍蹤聯萬里，孤棹忽飛來。鱸菜思鄉味，龍鸞盡異才。詩壇雄壁壘，波影動樓臺。略抵吞雲夢，胸懷早放開。

殘星猶掛樹，破曉又迴舟。煙水含餘韻，湖山勝莫愁。梵音喧夜静，柳色絢春游。他日標名勝，應題第一樓。

【校記】

〔一〕此注《百尺樓詩草》無。

〔二〕『疑』，原作『凝』，據《百尺樓詩草》改。

〔三〕『賴』，原作『死』，據《百尺樓詩草》改。

西山石室

西山俯臨滇海，壁削處，郡人鑿曲徑若賨，長里許，石齒齒護體成欄。闢石室二，高廣如堂，凡門爐堦砌及室内神像、花鳥、龍魚各物，皆鑿石腹而成，盡態極妍，無毫髮爽。雄瞰大海，氣象萬千，真人巧極而天妙呈矣。遊者目眵舌撟，驚爲神鬼，洵奇觀云。

五丁輸此巧，石脈破崑崙。但覺人功極，全無斧鑿痕。山光開混沌，海色變朝昏。悟得虛空碎，捫天想戴盆。

登大觀樓

金碧山川入望收，魚龍出没水天浮。足行萬里初觀海，胸有千秋獨上樓。王氣已從元代盡，雄心空肆漢皇謀。長聯未必如崔灝，且放孫髯出一頭。

旅次感懷

罵人何暇作山膏，自寫酸吟代楚騷。眼内才人堪屈指，懷中名刺久生毛。嚼來白蠟枯無味，熟到黄粱夢亦勞〔一〕。祇悔深源輕一出，折腰争及著書高。

【校記】

〔一〕『粱』，原作『梁』，據《百尺樓詩草》改。

太華寺弔孫屏山先生

先生名某，道光末解元，負才略。咸豐間，滇亂初起，總督某欲盡殺回民。先生上書，請釋回以弭亂，弗聽，遂遁西山以隱。當事疑爲回用，使客殺之。時咸豐七年也。余過寺，覩廊石上血痕掌大，鮮溼如新，駭不敢詰。後晤魏春皋，始知爲先生畢命處。事隔廿餘年，而血痕不滅，殆沈冤未白，故留其跡，以待後人之哀籲乎？

亂世無全術，危言竟殺身。天高寃莫籲，刧盡血猶新。風雨難磨跡，文章不化燐。可憐《鸚鵡賦》，同是有才人。

馬龍州

山城如斗大，寺塔補峯奇。圃廢花猶媚，春歸鳥未知。午陰翻麥浪，風味豔蕎絲。土產蕎絲極佳。向晚聞喧笑，街欄汲井時。

由平彝至亦資孔，數十里中皆杜鵑及山躑躅花，春夏之交，紫爛紅蒸，燒天繡谷，雖赤城之霞、陸渾之火不足喻其奇也

燭龍燒天天爛赤，雲裳觸處皆碎割。百蟲使者驅不停，散作窮荒萬花魄。埋藏冰雪幾何年，枝亞巉巖根没磧。年深光氣鬱難舒，橫迸孫枝千萬億。隴頭一夕春風歸，冶葉倡條抽絡繹。初猶點點簇輕脂，山北山南星的皪。霞帔仙人取次來，枝頭羃遍雞人幘。阿麼翦綵競争奇，錦障鬥窮王石力。鐵柯隨地長珊瑚，火齊通宵然琥珀。晚日朝霞相激射，漫天蒸作紅雲豔。我疑武侯自蜀來，火井重窺朱焰赫。連營又疑永安宫，七百里内飛餘焱。否則阿房三月火猶紅，十萬嬋娟向空泣。匈奴舊失胭脂山，得毋遷逼龍埸驛。年年風雨杜鵑啼，血染千山鳴轉急。烽煙回憶念年前，門焦户爛階生棘。紅羊幸已大刼過，繡出承平花豔爐。秦人洞口潘岳縣，對此頓令增慙恧。筍輿深入萬花叢，偏裹朱霞無處匿。前峯未盡後峰横，四面掀張漢軍幟。欲仿昌黎咏祝融，汗流早僵皇甫湜。欲尋孫綽賦天台，微詞未必鏗金石〔二〕。惟乞花神吳絳仙，餐英飽賜羣芳液。靈府融成九轉丹，噴向毫端成五色。光焰熊熊不可禦，輝騰萬丈森虹霓。不然去年過值花爛熳，今年再過花愈熾。似與奇花有夙緣〔二〕，磨驢步步仍陳迹。清風忽捲綺羅叢，嫣紅姹紫紛迎揖。足信封姨果解人，儼助周郎燒赤壁。從今不羨芙蓉城主石曼卿，願學重陽呪花再開殷七七〔三〕。

【校記】

〔一〕『鏗』，《百尺樓詩草》作『堅』。

〔二〕『緣』，原作『緑』，據《百尺樓詩草》改。

〔三〕『殷七七』，原作『殷匕匕』，據詩意改。按：殷七七，唐道士名，自言能開非時之花。

宿鑽子窰，讀題壁詩，哭魏笏臣師

先生名廷錫，雲南昆明人，知貴州甕安縣，壬午分校黔闈，丁艱後應岑彥帥聘往滇，卒於寓所。詩乃赴滇時過此所題。

滇雲萬里恨來遲，（景星到滇時，先生早一月卒矣。）壇杏花催失故枝。白玉有樓迎李賀，黃金無像鑄袁絲。松鷊（驛名）遺墨成千古，甕水循聲冠一時。（先生宰甕安多善政。）淨掃壁塵莊録去，終身長當鼎銘持。

敬録原作

途次感懷用太瘦生題壁韻

捧檄無端悵去遲，春風簇豔滿芳枝。幞依嚴武彈長鋏，余奉岑宫保聘赴戎幕。政拙陽城愧繭絲。萬里馳驅垂老别，一年辜負賞花時。衰齡未已安邊志，還想金符出塞持。

宿茅口河，步縷卿女史題壁韻

新月如眉照户斜，細披佳句想風華。小書端署江南柳，信是人間絶代花。自署江南縷卿柳氏印爪，書法亦極端媚。

附原作

草草粧梳鬢影斜，青青辜負好年華。香風吹徹莓苔雨，開到薔薇四月花。

桂林寓中喜鄢師竹琦過訪

年前惡耗誤傳疑，今日生逢喜不支。畫筆早馳三管譽，奇峯收入一囊詩。古來賢達多流寓，海内才人半别離。分得梅花風味好，空山明月慰相思。師竹工畫梅。

難得高軒過我纔，又攜蠟屐踏蒼苔。不妨謝客呼山賊，誰識王維是辯才。小座衣憑雲氣溼，久留客爲雨聲來。故鄉情話知無限，滴盡銅壺尚未回。

登獨秀峯感懷二首

絶無依傍自凌空，矯首神鼇迴不同〔一〕。塵俗界能超衆表，峯巒中亦見英雄。江騰怒浪吞孤塔，風捲殘雲鎖故宫。刼火那堪回首憶，金田遺孽久沙蟲。

瑶篸玉筍插天寒，鐵綆横江壓怒瀾。山水雄奇原不負，人生孤立本來難。關懷無日忘憂樂，獷俗何年化殺殘。留得嶔奇真面目，風塵任作等閒觀。

【校記】

〔一〕『迴』，原作『逥』，據《百尺樓詩草》《道咸同光四朝詩史》改。

疊綵山弔瞿忠宣式耜張忠烈同敞二公即風洞山

瀕危百戰保殘疆，千古忠臣自不亡。身爲乾坤扶正氣，髮留天地有奇香。忠宣被執，堅不薙髮，絶命詩有『二百餘年遺澤厚，髮絲猶帶滿天香』句。生逢盛世原伊吕，死幸同時異許張。我過空山頻下拜，嶙峋石骨尚蒼蒼。

與鄢師竹、王集之義生茂才重登獨秀峯

二分垂趾倚蒼苔，卓立層霄氣象開。石到峯尖尤崛起，雲從樹罅亂飛來。飽儲邱壑增奇骨，恢拓江山要異才。目極灕江浮不盡，中流誰障碧瀾回。

午日陽朔舟中

大風横捲波濤惡，估帆争向堤根泊。蓬窗墨壓片雲來，怪石森如奇鬼搏。羣峯影裏一樓藏，緑樹青山好城郭。平生夢想不能到，一笑相逢償宿約。憶昨扁舟下桂林，十萬填胸飽邱壑。到此如會百靈朝，簪笏森攢天一角。况逢午日醉蒲觴，置箭爲召天神博。各酹巖前酒一杯，一峯俯瞰千峯愕。拔幟爲張背水軍，麾幢縱舞天魔樂。赤日難禁火繖張，青霄險被銛鋒割。我疑大地煽洪爐，江心鑄劍來干莫。峯峯都作不祥金，倒擲翻騰向天躍。又疑天公逞游戲，鶉火光中横貫索。高懸角黍仿唐宫，萬弩飛空矢相撥。奇觀不必競龍舟，佳節何妨共鷟勺。喜獲名山豁倦眸，天待吾儕原不薄。君不見坡公九日太華峯，酒灩黄花稱巨作。白也中秋過牛渚，倒聽楓葉敲篷落。我今午日過陽江，佛頭濃蘸青蓮萼。若非千秋有替人，古今山水皆寂寞。大呼我欲兩公從，汗流願附奔走末。可惜采石已無鯨，赤壁已無鶴，只見峯影臥斜陽，縱横蹴踏騰蛟鰐。始知勝事非尋常，唐宋以來千五百年無此樂〔一〕。

【校記】

〔一〕『千五百年』，原作『五千百年』，據《百尺樓詩草》《道咸同光四朝詩史》改。

昭平峽

山勢到昭平，放眼局一變。似人忽冶容，螺鬟隱葱倩。誰知不平氣，餘猶怒未斂〔一〕。險從山趾藏，湧向江心見。石骨磨虎牙，銛鋒撑纛扇。五百背嵬軍，十萬横磨劍。縱横數十里，嵯岈排水面。鴟蹲虎象獅，雨激風雷電。天旋地轉中，怒蹴蛟龍戰。鬚髮爲之豎，耳目爲之眩。奔避尚恐覆，矧乃激如箭。曲屈出重圍，呼吸争一綫。勢急篙工尊，客久性命賤。前帆石罅穿，後帆浪中現。脱水如脱兔，尚覺肌肉顫。估客喜勸餐，杯酒儼相唁。離家五寒暑，九州行過半。元龍氣益豪，長卿游未倦。西南好邱壑，羅胸星宿爛。區區離江流〔二〕，塵芥奚足算。神完境自超，時危膽須鍊。險盡轉平平，見慣司空厭〔三〕。因思喜愕場，轉在當前幻。愈幻愈神奇，愜目有餘戀。譬閲異人文，險語祛俗豔。天驚石破時，回頭轉生羡。

【校記】

〔一〕『猶怒』，《百尺樓詩草》作『怒猶』。

〔二〕『離江』，《百尺樓詩草》作『江灘』。

〔三〕『慣』，原作『憒』，據《百尺樓詩草》改。

羊城喜晤郭竹居中廣年丈，出其詩集見示，敬呈二律

貂裘擁雪走幽燕，瞰盡齊州九點烟。載酒呼鷹豪可想，閬風緤馬氣無前。懺除綺語應成佛，味到詩心欲證仙。果有來因君記取，前身慧業四禪天。

故鄉情味溯牂牁，海外翻欣遇老坡。愛我自然寬禮數，不窮何致説愁多。長門賦好金難賣，短簿詩成玉待磨。欲竊靈山真妙諦，還希一笑示維摩。

舟宿香港

鴻溝劃斷虎門烟，無數樓臺幻海堧。萬肆燈明星貼地，一舟火掣電行天。封疆莫救盧龍賣，臥榻長留猛虎眠。徒抱杞憂究何補，終宵心逐暮潮懸。

六月初十夜夢笏臣師，誨導逾於平昔。噫！師歸道山已半載矣，滇池、瓊海相去萬里，竟能見夢，異矣。嗟乎！琴劍飄零，海天寥寂，師殆有默爲牖迪者在乎？醒後作詩誌哀

一棺寒雨哭青門，師歿後，厝滇城西關之青門寺，二月到滇時，曾往一奠。別後難招萬里魂。撰杖忽陪終夕話，啣環莫報九原恩。久彈長鋏慙賓客，説到荒莊愧子孫。欲碎焦桐歌楚些，斷猿啼月海天昏。

題完少恆紅梅寫意帳額，即以送別

滇南梅花天下奇，銀柯鐵幹蟠虬螭。黑龍潭北最古崛，有唐中葉留孫枝。傳聞二月香成海，闔城傾動車馬馳。今春滇徼我再到，餘香猶獲披霜姿。別來忽忽已四月，彩雲時夢華山陲。少恆先生滇故里，少時梅巷相娛嬉。手種梅花數十本，妃紅儷白相參差。自從游宦到炎嶠，庾嶺雖近家園離。兵戈擾攘不覿面，吟魂縈繞龍潭西。貌將一本置臥榻，老饕暫慰饞眼飢。我來瓊海得快睹，聊發讕語爲解頤。君別此梅廿五載，叔隗今遣重耳姬。南柯試領眾香國，東閣且醉

羣賓厄。成烟彷彿抱紫玉，披帷聊復比紅兒。此窩安樂得高臥，定生鶴子呼梅妻。鷄鳴夜夜勗同夢，斷除紅豆無相思。朝來詣我忽告別，梅影相對含顰悽。他日思君或造訪，高敏夢中愁路歧。巡檐索笑君記取，絳樹煩歌絶妙詞。

夢中得詩一首

山雲忽下地，水雲忽上天。上下互蟠礴，一氣同飛騫。君如山上雲，妾如山下泉。相距太遼闊，照影空纏綿。安得隨斑龍〔一〕，垂飲來澗邊。相聚不復憶，嗟嗟果何年。

【校記】

〔一〕『斑』，《百尺樓詩草》作『班』。

瓊州秋懷二十首

陣雲蒼莽接高秋，落日孤城動客愁。碧掩萬髏知地惡，青排五指插天浮。樹攢椰實漿俱美，花落檳榔瘴未收。檳榔花時，瘴氣極盛。圖畫山川知險要，籌邊誰仿李崖州。

神州天外接蓬萊，局換殘碁弔刼灰。山藉偉人生色去，地留甌脱待今開。雲擁樹影扶欄出，月湧濤聲渡海來。記得炎天浮棹至，荔支紅處認瓊臺。

刀耕火種育狼豺，草薙烏容長亂荄。秦代已聞開郡縣，漢人休議棄珠崖。大旗影肅軍威壯，刁斗聲高殺氣埋。只要文翁能化俗〔一〕，將軍何用起臨淮。

商音嗚咽夜吹螺，毒蟒聞聲吐霧過。某洞有巨蟒，能竊知人姓，夜呼之，應輒隨去。纏臂好憑藤纜命，蛇總管，藤名，作釧帶之，能避蛇害。殺人翻借藥爲魔。黎人有妖術，能以藥殺人，官兵死者甚衆。裹來馬革英雄恨，深入蠻鄉瘴癘多。願假神荼離度索，盪除牛鬼息羣痾。

鯨鯢横肆噴蛟涎，餘毒腥流半壁天。洞裏生黎紛百狀，山中神樹總千年。海風七月猶餘熱，戍火終宵只見烟。已掠驚濤還復起，凌空跕跕有飛鳶。

巢傾烏鼠鬬榛蕪，短堠長亭合虎符。生黎境中已開十字大路。挺鹿勢窮思走險，池魚灾後骨俱枯。花紋屢見盈頭刺，木實真能果腹無。爲望長官除害馬，鮫人應免泣垂珠。

角斂天狼暫息烽，揮戈壯士盡歸農。背嵬那信鷄無介，曳落須防蠆有鋒〔二〕。碧海環窺終養患，緑林嘯聚易成癰。輟耕恐起豪强嘆，遑問通侯幾輩封。

築壘因糧百費捐，老成規畫計安全。扶桑古驛千峯日，楊柳春旂萬井烟。革面羣黎争賣劍，攻心上策是屯田。侏儷一律遵冠履，削木從新記漢年。生熟黎人皆薙髮繳械。

中興血戰溯神威，海外名王泥首歸。獅力豈爲擒兔用，牛刀偏試割鷄微。騎騰鐵甲三千奮，蚨擲金錢百萬飛。老羡伏波能報國，壺頭誰議畫蛇非。

絳帕焚香擁道周，沉檀芬馥裊朱斿。班超父子皆能將，李廣偏裨又列侯。薄宦枉悲前敵死，大功仍望後人收。懷疑莫慮長蛇狡，海客無機可狎鷗。

棋枰先着定張華，克敵程期甫及瓜。只冀甘霖周火鼠，驟聞飛電斷金蛇。瓊局電線達海中斷。

幾人束手紆長策，竟夕愁心捲暮笳。怪底楊朱悲路阻，公私惟解問園蛙。

銀鞍白馬問誰如，檀板金樽月上初。閫外疑兵排鶴鸛，軍中惡少雜龍豬。賈生不合言時務，趙括都傳讀父書。顛倒英雄殊可嘆，鬅霜愁絶坐茅漁。

海洋殺賊最知名，霹靂摧空捲礮聲。廉頗不終爲趙用，孟嘗端賴有齊迎。未應白眼輕權貴，好矢丹心對聖明。早說樓船横海去，瓊波何故未澄清。

竟忘㦸下拾桐焦，才氣居然亞管蕭。事後定嗤殷浩假，軍前豈任莫敖驕。未聞豪傑因人熱，縱有聰明要福消。放眼漫嫌塵世窄，也應回念舊金貂。

估船來往總聲吞，香港脣亡又澳門。卧榻踞來官勢屈，榷關占盡鬼權尊。海關榷税爲洋人包收，時葡萄牙又索香山地。百年後事何堪想，列族陰謀詎感恩。聞説姚崇憂國甚，幾番垂涕叩天閽。

海錯横陳一市腥，魚蝦賤賣徧郵亭。蜑船醉月珠娘麗，蠱俗成風木偶靈。郢曲有誰憐住住，方言何用覓猩猩。雨餘熱退長宵朗，鄰笛還思一再聽。

黄金銷盡不醫貧，難向京華踏軟塵。時擬赴都，以無資不果就道。未必陳琳終草檄，可憐王粲尚依人。故山霜後多紅葉，天末風高動白蘋。回首去年歌舞地，緇衣猶染酒痕新。

漫從江上怨芙蓉，沅芷汀蘭不易逢。欏布輕凉同絮薄，土産挐欏布極佳。伽楠香味比花濃。明珠詎肯夷光换，瓌寶還應間氣鍾。見説名賢祠墓近，擬攜鷄酒拜剛峯。海公墓在城外。

南游蒼洱值春殘，柁轉珠江歷萬灘。今春三月由滇返黔，復赴桂林，五月買棹來東，渡海至瓊。信是飛仙能絶迹，全空溟渤壯奇觀。凌秋雕鶚搏風起，静夜魚龍跋浪寒。準擬明冬冰雪泮，好花看徧古長安。擬明冬入都。

罪言甫就又高歌，酒後談兵奈醉何。恨少奇才追北地，幸逢前輩得東坡。聞鷄且喜聲非惡，市駿原知價不多。一事至今慚往哲，未曾相對有黎渦。

【校記】

〔一〕『俗』，疑當作『蜀』。

〔二〕『鋒』，《百尺樓詩草》作『蜂』。

洗夫人祠

奇他巾幗起高涼，心殉陳亡力保疆。六代英雄歸女將，一門夫壻佐興王。靈風肅處金支捲，沉水薰來繡甲香。贏得歷朝祠廟古，歲時簫鼓徧榆鄉。

中秋對月作

前年看月中華外，賭咒河邊月子大。營門影肅夜蕭蕭，瘴雲如海笳聲沸。去年看月竹王城，蘆笙羌笛紛來迎。美人置酒相娛樂，好月窺人近檻明。誰料今年行更速〔一〕，如磨旋驢車轉轂。人日發習安，冰稜撐馬足。花朝到滇海，太華窺日浴。亂山踏徧回金筑，筍輿到門剛浴佛。駒隙驅人不少留，榕江波漲揺輕舟。桂林萬峯首獨秀，振衣笑豁青天眸〔二〕。山靈懼搜頻逐客，移棹灘江月初魄。陽朔山水天下奇，午日醉逢爲叫絶。蒼梧南下走珠江，三十六江江水長。越王台下吹簫夜，綴燈成月月成霜。火輪電掣來瓊海，海水翻騰天地改。月暈生風黑浪鳴，飽嘗荔子心無悔。竭來戎幕三月餘，終宵雨滴玉蟾蜍。鯨魚雖跋滄溟浪，鴻雁難修故國書。風晦連旬今忽朗，萬里波澄秋色莽。碧天擎出水晶盤，白閃毫光騰萬丈。空庭人坐寂無聲，忽聞絃管嘈嘈鳴。明識侏㒧不叶樂，到此入耳難爲情。半生奔走餘皮骨，屢見銀蟾出復没。兩戒河山不隔天，海外故人惟一月。月兮照我當如何，年年對酒空煩多。海錯既不趙普贈，歸裝又無陸賈馱。燕台咫尺行不到，輦金牧豎皆鳴珂。古今才人半羈旅，對君多少淚如雨。不訴閒愁寫勝游，祇有袁宏一牛渚。我亦遭逢謝將軍，來作揖客人交欣。從知此事不足貴，侯門曳裾何紛紛。慚顔羞與姮娥對，露冷三更螢火碎。亘古孤明耐缺圓，閲徧愁人千百輩。吁嗟明月幾經秋，萬八千户人争修。不是廣寒如許大，焉能飽貯人間愁。

【校記】

〔一〕『料』，原作『科』，據詩意改。

〔二〕『眸』，原作『畔』，據《百尺樓詩草》改。

歸舟感事

黄金銷又盡，感慨去來今。不切求才念，難知報國心。蛙空智井倨，鵬奮大溟深。但祕鈞天響，終須遘賞音。

謁海忠介公祠

荒祠薜碣臥荊榛，出郭携樽弔直臣。萬里寫忠坊泣血，明亡，公石坊流血數日。九閽冒死疏披鱗。充將浩氣彌炎海，贏得清風感路人。竟有犯寒梅崛起，錚錚相配骨嶙峋。

上袁錫臣太守思韡兼請校定拙集

海内推袁已廿年，揮毫曾到九重天。曾預修實録。一門簪組南黔望，兩粤聲名北斗懸。雷電摽輪晴壓浪，蛟龍捧硯夜籌邊。巡洋周數千里。歸帆正值東風便，飽看梅花意已仙。

魯公碑版照寰瀛，寸璧珍逾十五城。愛士寵邀三握髮，余謁公，適逢櫛髮，即延入見。賜書榮過再題名。蒙惠楹聯，并易拙字。願看霖雨周天下，敢説歐陽畏後生。修謁只憑詩一卷，乞公披汰揀金精。

除夕

滇雲滬雪粤烟波，兩度羊城弔尉佗。塵夢久酣孤客慣，鄉愁偏逐五更多。錦棚霞漲三千蠟，花爆雷轟十萬鼉。眼醉繁華心醉酒，天涯何處有悲歌。

乘桴集 戊子

接益香欽州書却寄

絶好紅梅詠，真成白雪詞。詩寄示紅梅二律〔一〕。相思同豆種，高韻衹花知。雲壓邊軍壘，春寒海舶旗。孤亭何處望，一角悵天涯。天涯亭在欽州海岸。

【校記】

〔一〕『詩』，《百尺樓詩草》作『時』。

送竹居年丈之黄浦 時奉委辦理水陸師學堂差務

舉世談洋務，如公有數才。地原雲嶽對，對面即白雲山。帆到海天開。竿簇流飛電，濤平蟄怒雷。籌邊非耀武，陶鑄濟川材。

火艦横獅海，金戈撼虎門。自從開穽柙，無復制鯨鯤。弊極牢從補，時危藝乃尊。澄清公夙志，談笑整乾坤。

絶學灰秦後，空言誤後人。公平日所論。數窮天轉橐，刼盡海無塵。遠略恢中外，奇思創鬼神。儒家談戰事，求實即經綸。

風信吹黄浦，春江正緑波。桃花臨水近，芳草奈愁何。狗監文誰薦，烏公禮盡羅。獨憐身不遇，作郡送人多。

登鎮海樓

晴飈高捲五層樓，擊劍歌呼弔故侯。沿海近關中外命，暮潮長咽古今愁。金湯雄勝連三管，珠翠迷藏繡一州。满塢木棉開欲爛，朱霞紅出半天浮。

歌舞岡訪南越王舊址

朝漢台空舊苑荒，至今歌舞尚名岡。當時不負任囂囑，後世猶涎陸賈裝。别祀寶鷄開霸業，恥争秦鹿乃真王。可憐五百田横島，那及蠻夷大長强。

光孝寺乃虞翻故宅，暇日往訪

投逐炎荒老著書，孤臣忠憤鬱難攄。同時不借周瑜宅，異代空悲庾信居。絲竹音沈喧鐵馬，圖經灰燼響鐘魚。菩提也换龍華刼，何論區區魯壁餘。六祖手植菩提树，乾隆中毁去，今树乃重植者。

花朝日偕友人游花埭二首即素馨斜，南漢葬宫人處，花事極盛。

黄土埋香鬱不消，幻將色豔鬥芳朝。林園十里成春海，花艇三更狎暮潮。金粉幾曾和骨化，彩幡低護抵魂招。玉鈎斜畔揚州路〔一〕，明月無情送兩朝。

幸逃執挺伴降王，羅綺春風換北邙。寸草尚含亡國恨，萬花開出返魂香。影疑殿脚三千女，夢逐堂西廿四娘。近得南漢馬廿四娘墓券。悟得是空還是色，鐘聲幾杵破斜陽。

【校記】

〔一〕『揚』，原作『楊』，據《百尺樓詩草》改。

舟出虎門

大江將出洋，奔如渴猊赴。大山將入洋，屹若蹲獅住。水挾山欲飛，山束水愁涸。水嘯石争鳴，羣峯莽來助。一峯入江心，一峯截江路。風潮互吐吞，磨牙勢逾怒。藉此捍重洋，虎視諸蕃部。籌邊痛昔年，盡撤江邊戍。致令五羊城〔一〕，竟藪三窟兔〔二〕。空貽壯士悲，此錯何人鑄。觥觥張與彭，虎臥北門護。重關鐵牡扃，夾岸銀刀互。礮台聳青霄，營竈分碁布。貔貅壓壘强，魚鼈無橋渡。沿江一舉烽，霆擊萬丸注。東南半壁天，倚若金城固。自笑虎頭痴，徒作馬周慕。英雄何代無，廣武言堪妬。地力自一時，人謀休再誤。山色更夷猶，貪看忘日暮。長嘯谷風驚，片雲落江樹。

【校記】

〔一〕『致令五羊城』，《百尺樓詩草》作『五羊自令城』。

〔二〕『竟藪三窟兔』，《百尺樓詩草》作『三兔竟搜窟』。

横檔洋

内海卅六江，外海斗六門。相匯成大洋，波濤千里昏。賴此一拳石，横束東流奔。浮雲莽莽來，風潮相吐吞。疇昔偶戒嚴，内寇防孫恩。自從道咸來，萬舸横鯨鯤。關門一朝撤，刼火紅中原。重城失鐵牡，野哭號煩寃。和戎豈上策，聊羈吐谷渾。年前復告警，燧象蹂邊屯。使節臨江皋，策戰息羣喧。鐵船練水卒，金甲明朝暾。雄壘列巨礟，霆摧山岳崩。虜騎竟不犯，先聲奪崑崙。始知兩粤局，全在固齒唇。有險不知守，焉能清邊塵。當時諸將相，真若虱處褌。鑄此六州錯，徒羞千載魂。

由獅子洋出蓮花洋〔一〕

一山一迴束，百里百殊狀。海氣鬱魚龍，門户蹲獅象。誰擲青蓮花，倒矗銀濤上。峨峨六海門，摩空屹相向。日落風雨横，雲闊波濤壯。泱漭不可名，半壁青天障。由此歷五洲，萬里無堐岸。輪舟避水雷，不敢逆黑浪。電氣一搏擊，海水飛千丈。行軍廢戈矛，孫吴無此戰。天心本仁愛，忍使長禍亂。毋嫌宇宙陋，另闢新花様。樓船昔渡海，楊路矜奇創。試以昔較今，拙哉兩庸將。

【校記】

〔一〕『蓮花洋』，《百尺樓詩草》作『蓮洋』。

過零丁洋弔文文山相國

惶恐灘，公洒泣。零丁洋，公被縶。塊肉難存趙氏孤，厓山血湧鯨波赤。張世傑，陸秀夫，忠魂憤逐滄海枯。昨日南軍横戰艫，今日北軍樂歌舞。金輪已没六斗門，敵舟拘繫成俘虜。悲來雪涕寫孤吟，汗青長照心千古。公昔少年登上第，後堂絲竹耽聲伎。宰相將無浪子呼，一孔之儒多物議。豈知忠孝根性情，聖賢仙佛皆精誠。朝呼歌妓調銀管，夕請勤王奮甲兵。可惜六更天已明，杭州三日潮不生。提兵一蹶不復振，三年大節完錚錚。王莽盧杞無姬侍，會之夢炎皆科名。若非丹心照魏闕，難禁赤舌燒長城。吁嗟乎！五里坡，全家獲。七里瀨，歌聲咽。三閩四廣已成空，朱鳥空山叫秋月。昔年挾策走幽燕，弔公柴市悲啼鵑。今來弔公重洋内，恨不銜石填精衛。讀公《正氣歌》，並過睢陽廟，海水飛鳴山鬼嘯。天地黯淡風雨愁，濤頭山立魚龍浮。

舟中望厓門弔南宋張陸諸公

樓船衝擊海波開，颶母飛聲戰鼓哀。天地也知臣力盡，風潮如助敵軍來。焚香已了中興局，負扆空悲宰相才。正氣兩朝消不去，厓門死烈又燕臺。

澳門

夕陽閃過帆，海水成金碧。一瞬五百里，諸險回頭失。巉巉露淺峯，上有孤亭矗。蜃樓幻海堧〔一〕，雉堞隱崖隙。望氣識金銀，鱗比鮫人室。惜哉藪逋逃，捋蒲千萬擲。數錢姹女嬌，負眊姎徒集。寶刀辟鵜光，美酒蒲桃汁。疍艇及沙船，晝夜轟如織。咫尺粤澳天，魍魎行白日。竊據自何年，投杯增嘆息。白雲不敢膺，老鸛咳巖壁。瀛海九萬里，日月走西東。扶輿不相接，終古長鴻濛。彼族自明季，市舶來雙艟。詭詞輸琛賮，願假一甌脱，俾爲東道通。從此田横島，踞作扶餘宫。獲利既不資，垂涎乃無窮。康居卅六城，相率乘高墉。一朝潰隄防，沿海争傳烽。熒熒一星火，狂燒天地紅。犄角掊晉鹿，公然請盧龍。鴻溝既允畫，馬市甯無從。致令九州廣，難爲丸泥封。追維魏絳議，徒深周顗恫。前朝林總制，林富。後來林文忠。授麾肇禍始，燒艇持禍終。天心未厭亂，人謀終無功。且勿論成敗，還當惜英雄。夷吾稱攘夷，江統論徙戎。千古豪傑士，先識破羣蒙。有幸有不幸，讀史悲填胸。此島實禍水，流毒徧寰中。安得巨靈來，裂碎員嶠峯。潴廢作巨澤，一洗鱗介空。感此鬱孤憤，嘯歌凌天風。起看雙龍劍，脱手成長虹。

【校記】

〔一〕『海堧』，原作『樓堧』，據《百尺樓詩草》改。

重泊瓊州

海波静不興，椰樹森然緑。沙長抱虎牙，牝牡嚴扃束。海南本奇甸，天啓衆香窟。伽楠間水沉，四時花散馥。峨峨五指山，近日叢蛇蝮。騷除動大軍，草薙窮山谷。去夏荔香時，曾賦鐃吹曲。揖客傲將軍，載酒瓊台宿。陳迹不可尋，長嘯潮聲逐。山海既雄秀，文物猶繁昌。前明海忠介，名並邱文莊。忠介洵偉人，抗疏犯天閶。清風動百世，不愧剛峯剛。文莊一代賢，理學宗紫陽。續成《衍義補》，亦足資勗勷。誤獎秦會之，遺臭爲流芳。千載叢訾議，賞奸開濫觴。近有應聲蟲，更爲大表揚。竟稱檜和議，功被宋社長。此乃賊後身，豈止心病狂。語本邱倡之，悖理非尋常。九原若有知，慚汗如蔗漿。郭北蒼翠中，下有東坡井。澄然水一泓，雲臥白龍冷。公昔謫海南，瘴毒不可飲。負瓢郭外行，獲此瀹新茗。喜成洞酌吟，藉唤春夢醒。公去已千秋，片石猶留影。風來浮粟香，菴静桄榔暝。我昔寓瓊台，胸病如骨鯁。沉疴久不瘳，僉謂水爲眚。後乃掬公泉，豁如醐灌頂。餘甘舌本留，病失雙眸炯。始歎古賢豪，瑣事皆精審。即此一勺微，恩波涵萬頃。讀詩丐公餘，飲水飫公瀋。惠我公已多，揚甌先拜領。

由烏雷洋至龍門港

後枕貓尾洋，前瞰白龍尾。中擁礮臺高，雄哉烏雷壘。一夫振臂呼，萬舸皆旗靡。昔年馬新息，樓船從此駛。角聲沸海潮，十萬天戈指。駐軍浪泊間，飛鳶跕不起。功名累椒房，禍機藏薏苡。壺頭偶不利，謗書遂盈匭。雲埋戰骨高，瘴酷英雄死。沉冤莫可籲，藁葬秋園裏。乘時擇主智，寡恩漢家恥。潮痕蝕斷碑，苔蘚無遺址。銅鼓静不鳴，落日悲青史。烏雷洋伏波廟。

摩天十萬峯，崱屴青無際。林箐既險惡，蠻獠復潛翳。妖星墜狗頭，萑苻争嘯聚。月出滄海明，風緊片帆利。負甿帶鈴子，横空森殺氣。商舶漁寮間，刼奪恣狂噬。鹽户满載回〔一〕，矯若飢鷹逝。官軍不敢攖，恩循憂不細。幸值越事興，争奮南溟翅。荷戈作前驅，頭顱償敵去。戰場與瘴鄉，一例蟲沙瘞。隱患既已消，海色依然霽。憑眺一推篷，鷺點遥山翠。狗頭山。

海水目斷處，平沙皓如雪。一展數百里，矯如龍尾折。北海此襟喉，犟帶華與越。蠢兹蛟蜃輩，饞食思吞嚙。界已劃鴻溝，踞仍思虎穴。睚眦一與争，元黄重洒血。豈知甌脱地，所關非淺屑。河山一寸金，鑄錯九州鐵。榻側容卧虎，往事何堪説。中宵看長劍，憤氣胸中裂。願斬郅支頭，來朝懸北闕。白龍尾。

【校記】

〔一〕『户』，原作『尸』，據詩意改。

三口浪

在烏雷對面大海中，常起連珠巨浪三口，聲響如雷。舊傳浪有九口，伏波射之，浪減其六云。

子胥怒湧海門潮，錢鏐射之天吳逃。馮夷怒激連珠浪，伏波射之減大半。從來奇情寓至理，伐罪除殘天子使。樓船十萬指南交，天威讋慄鱗堂徙。區區泡影何敢狂，白羽落處蒼冥死。至今餘沫留三口，輥輘尚蹴潛虬吼。長依公廟逐潮鳴，如轟巨礮前驅走。嗚呼當日神威有如此，何論徵側徵貳兩女子。

龍門港

海水奔騰入難出，重關疊鎖蛟龍蟄。東鱗西爪互駢羅，七十二逕紛如織。撑波壓浪天下無，天矯愕顧窮形摹。淮陰背水戰，武侯魚腹圖。森然聚此一隅内，背嵬拐子紛相對。後倚猫尾洋，前掉白龍尾。屹然中闢一重門，鬐鬛掀張雄壁壘。交趾古城此關鍵〔一〕，控制重洋安海甸。漢唐兩次遣樓船，春戈直指雲屯縣。所憾地險藏奸易，孫恩盧循患相繼。幾經争戰戮鯨鯢，百年來幸銷烽燧。近日長蛇肆翦食，欲窺門户焫林邑。賴有風雲起將材，血戰南關飛霹靂。沿海島邑護安全〔二〕，疍人魚子皆酣眠。黧帆獵獵衝濤起，蠔殼纍纍比雪鮮。我聞黄河疏鑿來神禹，龍門萬仞鬱風雨。支祈脱鎖不敢狂，波濤汩汩流終古。古今遊息多名賢，後隱文中子，前寓司馬遷。揮洒江山得神助，陶鑄將相紛蟬聯。此地名勝又相類，控華涵海同無邊。我來峨峨駕大艑，神魚前導鵬後騫。奇蹟窮搜幾萬里，遥遥相待三千年。平時久切登龍慕，今日龍門竟飛渡。昂然長揖李膺舟，歸來笑拂珊瑚樹。

【校記】

〔一〕『古』，原作『占』，據詩意改。

〔二〕『護』，《百尺樓詩草》作『獲』。

天威遥

志載高駢討安南，由交至邕，海道中有青石爲碍。相傳伏波不能治，駢鑿之，雷霆助擊，石碎道通。因名。

龍尾關前天威逕，諸葛大名今古震。南人不反讋神威，功矗雄關森萬仞。萬古雲霄日月光，論定蕭曹無敢並。區區何論高千里，時無英雄羞豎子。西川移節鎮揚州，富强雄壓東諸侯。正當朝貢媚天子，胡乃安坐忘戈矛。是時唐室遘陽九，旄頭西指乘輿走。不聞振旅誓勤王，但講求仙聚羣醜。果然誠格天神通，雉集府舍城邑空。惡此出師一應讖，逍遥河上成終凶。嗟嗟駢真鄙夫鄙，千秋遺臭汙青史。暮氣惟知事鬼神，天威何曾嚴尺咫。當年渡海伐南交，鑿石開道人民勞。馬援不治駢能治，軍中莫敖胡太驕。雷霆下擊石骨裂，託爲奇幻矜殊遭。聳聽俗耳愚後世，大書爲署天威遥。後來禱祀事基此，居心不潔禍安逃。從古英豪多矯矯，撑天拄地超八表。寄人簷下就功名，轅駒局促規模小。何况竊附古人蹤，蟲豸蠕蠕徒自擾。王招遠比諸葛公，腐草螢光同笑倒。

積雨連旬，欽江暴漲，孤燈碎雨，旅夢無聊，作此以柬益香

南方五月多炎歊[一]，頳雲不捲朱霞熛。人物醞鷄一甕包，汗雨頻揮白羽燋。忽然暑退狂飆飄，簷前大雨翻天瓢，十日不止聲瀟瀟。欽江暴漲齊虹腰，大聲怒走鋒難撓。江口陡截貓洋潮，尾閭不洩相戰鏖，亂流横軼江海淆。環城藻井成濮瀁，魚龍上屋鷄犬嗥，婦子煢煢升木猱。君

居近市遠塵囂，天吳何敢相剔呶，公然尺地無波濤。我來東海學釣鼇，夢魂終夕鯨波摇，到此乃得安枝巢。多君高誼憐貧交，一椽借庇忘薪勞〔二〕，風雨不動杜陵茅。快談終日連昏朝，誰知白雨連旬歊。重闉水阻深没尻，城内城外空相招。君時移家城外。杞憂時抱心忉忉。東南民力元氣凋，兵戈後望年穀饒，萑苻歛跡隱患消。蛟鰐何敢窺堂坳，天公視民何不恌，刼火未已風水遭。我欲問天徒首搔，古今民物胥同胞，一身雖安情總憀。回頭一笑自解嘲，干卿底事奚繁囂。當今四海多人豪，有十禹稷廿夔皋。書生大言五石匏，鷦鳥只合長蓬蒿〔三〕，中流砥柱非吾曹。城頭高視水滔滔，估船貼近青楊梢，白馬如來浙海遥，青童大肆角木蛟。日光偶見如浮泡，未審何日開晴飈，夜闌聽雨一燈挑。雨師雨師休相撩，我今高託龍門郊。大瀛杯水直秋毫，三千鐵弩弓不弢。濤頭一射陽侯驕，颶母屏息阿香逃。碧空仍復青寥寥，陽烏躍出炎天高。

【校記】

〔一〕『歊』，原作『敲』，據《百尺樓詩草》改。

〔二〕『借』，原作『惜』，據《百尺樓詩草》改。

〔三〕『蓬』，原作『逢』，據《百尺樓詩草》改。

黄節母節孝詩爲黄詔三參軍全易〔一〕尊母譚太孺人作

霜華滿地爐烟紫，姑病籲天病竟起。鬼車啼月月昏黄，夫病籲天夫竟亡。此時甘心殉一死，膝前焉置呱呱子〔二〕。前室遺子，方二歲〔三〕。况兼珠孕未分明，九原應諒妾精誠。彩繩圍宅佳兒育，母淚兒啼聲滿屋。熊羆不向死前生，鸞凰折盡生前福。拚身捨作未亡人，泉下藁砧纔瞑目。折蔓捶，畫荻教，母訓切切惟忠孝，一瞬青雲雙食報。灞上連營柳徧垂，河陽滿縣花都笑。板輿親送入城來，大府飛章争入告。綸音駢賁下天閶，雪漬寒梅徹骨香。坊表當門雲有色，萊衣繞膝鬢無霜。路人嘖嘖稱奇節，甯識廿年長茹蘗。想當鏡破麟未投，淚竭山頹天洒血。吁嗟乎！截鼻剺面節不燬，憂患極時天亦悔，瀧江瑩瑩誰比美。君不見懷清台，古井水，海枯石爛心不驚，綱常重處生死輕，芳徽烈烈誰齊聲。君不見女緹縈，男程嬰，嗚呼孺人一身兼之節更苦，龍龕高高同終古。

【校記】

〔一〕『易』，《百尺樓詩草》作『锡』。

〔二〕『置』，《百尺樓詩草》作『知』。

〔三〕《百尺樓詩草》無此注。

輓袁錫臣太守

寥廓聲名動九州，熊軒未御遽驂虬。人間乞字闐珠海，天上修文小玉樓。疏奏屢褒還特詔，公一歲中兩邀西撫特薦，傳旨嘉奬。華夷争仰况諸侯。平生高雅超塵俗，手擷梅花薦藻羞。絳帷從未謁扶風，情話聯從大海東。勗我千秋同水部，公代易拙字，並以王笑山先生相勗。拔人一字感山公。知音語盡遺書内，嘔血心枯壁畫中。多少孤寒同下淚，神歸無處仰高嵩。

鍾蒲珍參軍酷嗜余詩，屢索見贈，作長歌以應

奇士不出門，常抱埋頭痛，螢枯蠹爛將何用。奇士一出門，更覺依人苦，跼天蹐地如俘虜。人生出處兩俱難，富賞飽煖貧賤寒〔一〕。盤古遺下百苦惱，倉卒遭之非草草。顔子原憲安之不足辱，韓子逐之再三瀆。惟有阮籍太猖狂，醉來便作窮途哭。君我相遭不復爾，拂衣大笑翩然起。毛錐投去挺長矛，賊血濡漬征袍紫。有時下馬作露布，生氣勃勃出十指。名王拜伏夷使驚，振

轡揚鞭快無比。往昔曾歌出塞行，如蝗礮雨裂連營。歸來又仿鴟夷子，南浮琼海西蒼洱。今年偶作龍門遊，暫伏穹廬編野史。君我人海不再逢，知音何幸合俞鍾。焦桐感到無聲處，臭味翻從淡處濃。贊我新詩不絶口，乞我貽詩敦促久。劉邕奇癖嗜瘡痂，對君轉覺慚顔厚。愛君性情無矯飾，談鋒觸處何犀利。腕底烟雲鬱怒濤，鮫螭奮愕鯨魚肆〔二〕。人驚王粲已無雙，我覺鍾繇真寡二。暫羈騏驥屈鹽車，鵬摶會有風雲至。廟堂今日楚材多，乘時大吐儒生氣。君不見石崇小兒富金谷，珊瑚論尺珠量斛。奴輩一旦利資財，黄犬未牽巢已覆。又不見許史子弟連椒房，貂蟬滿座誇銀璫。一朝冰山偶失勢，門巷燕子飛斜陽〔三〕。古今酣豢何足責〔四〕，富貴浮雲無休歇。爲君擊案一高吟，快飲同浮三大白。

【校記】

〔一〕『賞』，《百尺樓詩草》作『貴』。按：疑當作『嘗』。

〔二〕『鮫』，疑當作『蛟』。

〔三〕『斜陽』二字間原衍一『飛』字，據《百尺樓詩草》删。

〔四〕『責』，疑當作『貴』。

送鄧華溪維琪庶常歸黔己丑　庚寅

海舶衝濤泊五羊〔一〕，珠江燈火話偏長。風塵骯髒憐奇士，歌舞樓台弔越王〔二〕。寓後即南越王歌舞岡。椽筆揮來惟晝日，宮袍榮極是還鄉。此行更覺歸裝豔，帶得梅花萬樹香。

【校記】

〔一〕『泊五羊』，《百尺樓詩草》作『五羊泊』。

〔二〕『越王』，或作『粵王』，集中數見。

題黄竹莊詩集

經年擱筆懶爲詩，獲誦君詩喜不支。杖國已臻仍健骨，檻書飽讀又佳兒。偶耽林壑才都斂，老伴梅花俗豈知。難得一鴟時借我，掛帆翻恨識君遲。

題李小石茂才《業緗校書圖》

不須頰上更添毫，奕奕丰神認李翺〔一〕。到眼古今皆雪亮，籠人意氣薄雲高。千秋有志希文苑，一卷隨身讀楚騷。笑我與君同結習，篝燈猶自校讎勞。

【校記】

〔一〕『奕奕』，原作『弈弈』，據《百尺樓詩草》改。

珠江送別謡

周穉香司馬將赴閩中〔一〕，招飲珠江燈舫。酒闌人醉，爲賦此章，即以送別。時同坐者費堯農、范芸卿兩司馬也。

鬱金礧砢塋欐香，珠江新雨澄秋涼。晚來燈混魚龍色，明波閃爍金蛇光。花艇層樓撑漢起，旃檀爲棟琼爲几。迴闌複閣錦重重，十里胭脂暈潭水。管絃謳啞歌聲動，珠翠迷離香霧重。三百霓裳競舞衣，三千珠履來仙從。鐵絙壓潮潮不驕，笑聲漲處潮聲消。素馨斜畔無凡豔，迷樓真度可憐宵。銷金鍋子年如故，秋月春花人不悟。杜牧心拚薄倖名，漢皇老誓温柔駐。竟有奇人周伯仁，少年俊鵠出風塵。枇杷門巷時停屐，桃葉舟邊屢問津。一朝擲杯不復顧，一舸閩江竟飛渡。短衣長劍揖營門，落日大旗明古戍。昔日花田今柳營，昔時公子今游人。虎鈐爛讀略揮灑，妖氛那復來邊塵。日邊近事尤駭聽〔二〕，夷人紛紛傳壓境。廟堂宵旰求良材，萬里風雲飛一瞬。我與君兮同梓桑，肝膽意氣相頡頏。痛飲酒樓不願醒，名花十隊環紅粧。持杯兀兀與君別，濡頭大叫猶横絶。胸中奇氣裂有聲，粤女如花都動色。吁嗟乎！羚峽長兮虎門矗，白鵝潭水流碧玉。握手挽君君不留，臨别一言爲君囑。釣龍台上共振衣，七鯤身邊爲濯足。功成勒石烏石山，飽餐仙荔紅雲簇。歸來重作珠江游，蘭橈醉艤沉香洲。萬緑叢中誓一醉，何事人間萬户侯。此時此意已千秋，嗚呼此時意氣真千秋。

【校記】

〔一〕『穉』，《百尺樓詩草》作『犀』。

〔二〕『日邊近事』，《百尺樓詩草》作『近日邊事』。

重陽日偕曾小梧宗泗司馬游南粵王歌舞岡，登鎮海樓，徧訪三君祠、學海堂諸勝

罷訪波羅廟，王梅卿鹺使約往南海神廟觀劇不果。來尋歌舞岡。霸圖餘落日，海國又重陽。秋氣寒羚峽，潮聲下虎洋。西樵高絶處，遥帶片雲黄。

奪得安期宅，重新角里祠。時以鄭仙祠改祀虞仲翔與韓、蘇二公。地因游宦重，儒比佛仙奇。狉俗成鄒魯，鴻文耀海湄。典型垂百世，鼎足復何疑。

倚檻窮千里，危樓矗五層。海横疑地盡，峯峻縱人登。邊患無今古，英雄感廢興。休談佗儼事，蛟蜃懼掀騰。

呼鸞猶故道，朝漢祇空臺。氣盡降王去，波翻海禁開。尋詩雙足健，媚佛萬人來。底事誇繁富，扶輿已竭才。

講舍依青嶂，崇祠羃緑陰。經師尊許鄭，學海陋蹏涔。樹古穿檐出，篁虚引徑深。避喧尋

曲磴，小憩滌塵襟。

去留都少策，相對感窮途。此味真鷄肋，甘心溷狗屠。陰濃榕不覺，秋老菊仍無。回首鄉園樂，銜杯正笑呼。

題王梅卿慶鹺使《苦吟賸稿》〔一〕

不矜門第是烏衣，嗜好殊科世所稀。蘇氏詩篇雄嶺海，陸家兄弟有雲機。謂令弟曉雲孝廉。枳棲鸞鳳官如寄，管屈虬龍墨怒飛。君工隸書。妙有雲郎能捧硯，捶琴低唱正依依。

【校記】

〔一〕『賸』，原作『賸』，據題意改。按：『賸』同『剩』。

南歸集 辛卯

將去廣州留別同人六首

不堪回憶去來今，四載浮沉作越吟。璞返卞和仍抱玉，裝歸陸賈竟無金。禺山久寄成流寓，海水何從判淺深。爲喜木棉開及早，赤城霞起半天陰。

東南卑溼少嘑鵑〔一〕，悵觸愁心又一年。佗儼可憐無霸業，夷齊焉肯飲貪泉。也將泥雪留鴻印，幸有江山助馬遷。不合時宜歸去好，梅花含笑待吟鞭。

時平儒士諱談兵，絳灌猶輕況酈生。詞賦進身無狗監，王侯食客半雞鳴。漸開宇宙成機巧，又見冠裳襲會盟。奇事古人多未覩，蒼蒼終古莫能名。

升斗都勞友代謀，天涯萬里轄争投。謂黄定侯軍門，張益香、李彦白兩刺史，鄧芰午、史潤甫兩大令，郭竹居年丈，曾小梧司馬〔二〕。愧無倚馬千言賦，兢臥元龍百尺樓。入幕未邀嚴節度，憐才偏遇董糟邱。情深知己難爲别，甘竹潭迴不忍流。

素馨船到六街香，春煖花田柳萬行。椰酒有情容易醉，荔支雖好不多嘗。青迴羚峽催歸棹，緑上螺峯憶故鄉。燈火笙歌無斷續，珠江明月幾時忘。

羅浮風雨望週遭，未獲攜笻慰老饕。滄海不聞無地載，白雲終是在山高。破囊雄壓書千卷，小艇春融水半篙。銅柱朱崖游已倦，侈談行迹也恢豪。

【校記】

〔一〕『唬』，原作『虢』，據《百尺樓詩草》改。

〔二〕『梧』，原作『吾』，據文意改。按：曾宗泗字小梧。

過峽山寺

峽静聞猿嘯，舟輕逐鳥還。名留唐代寺，雄冠粤中山。地已無金布，人猶説玉環。憑欄看流水，争及老僧閒。

層崖高萬丈，飛瀑自天懸。樹頂峯承寺，山門水泊船。梵音波外聽，野火雨中燃。小病遲登跡，山靈應我憐。

白廟峽

碑誌：神某姓女子，唐時起兵破黃巢，後人思其功，立廟祀之。壁間有乾隆間學使李調元詩碑，甚工。

一戰黃巢走，千秋白廟崇。尚留奇女跡，足並洗家功。崖石欺狂浪，神旗捲怒風。舟人勤報賽，雞酒奠幽宫。

觀音巖

後峽看前峽，天然闢畫圖。穴如探宛委，奇不讓夔巫。野水碧千尺，桃花紅半株。磬停巖響寂，雲伴一僧孤。

曲江謁張文獻祠

祠堂肅穆傍崇岡，風度如公冠有唐。十載開元真宰相，千秋垂鑑大文章。盧龍早聽誅阿犖，野鹿焉能入上陽。事後太牢空遣祭，何如長擷嶺梅香。

宿白馬瀧

小船衝細雨，竟日上灘勞。山影穿林出，濤聲挾艇高。溼岩斜掛纜，凹石淺容篙。側膝仍篷漏，憑天任所遭。

新金瀧

人聲不敢咳，商艇聚成堆。帆背飛狂雪，濤頭走怒雷。一桅牽纜去，萬石搏灘回。神定尋荒店，沽春又舉杯。

謁昌黎祠步壁間韻

桃林紅綻萬峯巔，瀧水奔騰不計年。衡嶽開雲潮變俗，江河行地日經天。臣心可質陽參議，佛骨譏同謝自然。我亦三年瓊海寓，瓣香思借大賢傳。

宿平石夜大雷雨

雷聲振林木，電影燭江紅。夜雨愁孤客，荒江杙斷篷。花明雙港外，筍迸萬山中。夢繞衡湘路，船歸祝順風。

永興舟中病勢漸起

曉起欹篷坐，山光豁病眸。擔喧蔬味美，甌瀹粥香流。鴻雁疏家信，魚龍撼客舟。禽聲如慰我，隔岸喚鉤輈。

望衡嶽

萬峯環碧嶂，一點透蒼穹。離火資雄鎮，風雷走祝融。毓奇鍾上將，徼福謝神功。氣魄恢張極，真堪抗華嵩。

舟中懷黎文肅師公湘潭人

文章勳業邁時流，籠藥曾將馬勃收。自恨未能分一體，名山慚愧説千秋。

長沙謁賈太傅祠

痛哭憂時轉自煎，龍蛇鵬鳥莫非天。宫廷已見虚前席，絳灌焉能毁少年。封事漸開鼂董派，文章雄踞馬班先。憐君雖靳才人福，萬古長沙自豆籩。

偕張以詩大令正基游定王臺

郎當舞袖礙回旋，舊日山河久變遷。留得漢家抔土在〔一〕，蘋花簫鼓自年年。

高臺西望屢神傷，純孝天教國祚昌。畢竟雲孫綿正統，西川王業繼高光。

【校記】

〔一〕『抔』，原作『坏』，據詩意改。

銅柱在會溪坪側，五代時馬希範鑄。

懾盡羣蠻氣，風雲鎖柱銅。銘留前代字，績繼伏波功。萬木森相護，千巖勢競雄。分茅無處訪，獨立耀寰中。余修《欽州志》，遣人訪分茅嶺銅柱不獲。

四月二十四日抵家

萬緑叢中老屋存，梅松繞徑竹當門。問名一笑還成喜，去日兒童已抱孫。

鵬摶集甲午

二月初六日偕同鄉蔡薇階少尉嵩禄弟仲瑀登城西大觀亭二首

突兀孤亭碧漢撐，倚欄遥矚緑波平。北來山帶英雄氣，東去江流日夜聲。十幅蒲帆商舶影，一簾茶話故鄉情。潯陽九派都收盡，瀉入胸懷不用驚。

廿年兵火刦灰留，吳會襟喉此上游。將相勳名高北斗，江山形勝甲南州。廣場簫鼓喧春社，廢壘桃花認酒樓。我是釣鼇三島客，笑談依舊指瀛洲。

將去皖城北上，留别家豹初大令〔一〕

滇海珠江倦往還，梅花相約隱鄉關。偶因霖雨思賢宰，去冬南下，訪君於皖。又逐閒雲出故山。

蹭蹬一官遲甲第，蹉跎卅載歷辛艱。阿婆老去猶塗抹，只恐東風笑厚顔。

【校記】

〔一〕『豹初』，集中或稱『抱初』『葆初』，陳瑜字。

留别家仲瑀司馬

任俠風懷易累身，性情摯處見天真。同遊吴楚三千里，又到煙花九十晨。世閲榮枯增傲骨，

書當飽讀慰慈親。燕臺文戰期君早，猛着先鞭莫讓人。

四月十二日揭曉口號

報録紛來了不驚，回頭辛苦慨平生。登科未服廉頗老，五十年華四十名。

喜仲瑀到都

風塵何僕僕，喜極轉生憐。幾日征途滯，連宵大雨懸。才華仍雋上，閱歷勝從前。共此一樽酒，高談忘夜眠。

捧檄我將去，驅車君忽來。阿兄曾共患，謂豹初兄。吾弟最憐才。槐影摩挲認，荊花取次開。一軍期汝殿，燒尾莫徘徊。

天津鐵橋

聚鐵瞻奇製，垂虹跨潞河。車聲篷頂怒，帆影鏡心磨。板曲斜支楯，欄空倒嚙波。鑄成原匪錯，利物濟人多。

東光道中

孤舟隨柳轉，萬緑影中流。僕小如銀鹿，顔魯公僕名。隄寬矗土牛。沿隄置土成垛〔一〕，謂之土牛。市廛臨水近，禾黍際天浮。一雨真堪賀，宵涼暑病瘳。

【校記】

〔一〕『垛』，原作『堤』，據《百尺樓詩草》改。

桑園

午天雷雨過，斜日下荒原。草帽民風健，并刀俠客尊。地衝游騎衆，桑古怒虬蹲。幸有年豐象，禾麻緑滿村。

日午過平原，雷雨驟至，人家皆閉門不納，及投店，已曛黑矣

林木掀騰風捲地，車帷撞裂開還閉。大聲如虎怒哮空，赤日驟陰人馬悸。雲角初看黑一痕，

须臾大展垂天翼。雹光乍掣雄雷鳴，雨勢倒峽排山至。横攻直搠巖瀑崩，近望城闉飛不去。輸道愈長雨愈疾，車篷滲漏衣裀溼。馬毛灑淅汗交流，雨珠汗血攙泥汁。同人瑟縮車夫喑，我意暴風難終日。怪哉雨師更肆狂，廿里暄隨未稍息。遶城競思急投店，婦孺緊閉窺門隙。道上洪流滚滚來，輿前白點縱縱擊。冒死憑渠戴雨馳，幾没車箱平馬脊。小僕淋漓慘欲號，兩車陷澤争呼吸。大聲我唤勿恐怖，咫尺不聞如間壁。忽逢茅屋車争投，藻井波濤高過膝。進門已似落湯雞，襆被亂投囊亂擲。油幕紛披孔盡穿，檢點零星到書籍。此次閒雲偶出山，妄想爲霖起枯瘠。誰知觸怒東海神，故遣蛟龍相迫逼。入境雖幸雨隨車，過多或恐長河溢。崇朝徧雨天下蘇，一身雖瘁不遑恤。且傾熱酒潤饑腸，暑退階涼風習習。挑燈忽憶李衛公，夢駕神虬瓶水滴。醒回田隴盡漂流，鄉園一片成溝洫。我今明挾甘澤來，千里芃芃甦黍稷。笑他來去總夢中，争似青天飛霹靂。

平原夜坐感賦二首

美人笑客死堪哀，竟有如姬效死來。同是一般紈絝習〔一〕，平原終遜信陵才。

力控雄城阻賊謀，魯公兄弟各千秋。只憑一點忠貞氣，壓倒山東二百州。

【校記】

〔一〕『絝』，原作『袴』，據詩意改。

過平原二十里鋪

午餐投店息車羸，逐隊妖姬挾瑟過。我已十年身面壁，天花難着病維摩。

渡河

氣壓魚龍静，帆張車馬過。尾閭趨大海，腹地困長河。白璧東封祀，青山南岸多。澄清知有日，攬轡意如何。

濟南秋日雜感八首

老樹輪囷抱郭偏〔一〕，鵲華山色落階前。未窮秦觀三更日，且瞰齊州九點煙。叔季人材推管鮑，山川雄勝拱幽燕。書生雅習絃歌化，樂向名邦近大賢。

頻聞河患禍齊東，偏野嗷嗷悼澤鴻。勢決銅箱穿馬頰，誰驅鐵弩射蛟宮。桃花漲憶三春汎，瓠子歌傳一代雄。議塞議遷無上策，茫茫禹績歎神功。

岱嶽鍾靈啓素王，祖龍燼後氣銷亡。誰知鼓篋歌風地，已變探丸結客場。宇宙漸開新運會，詩書猶襲舊文章。隱憂東望之罘島，鐵艦縱橫徧黑洋。

前後東邦兩藎臣，廿年蔀屋戴深仁。力儲府庫臻强盛，盡戢干戈事拊循。軌順黃流波淼淼，倉餘紅朽粟陳陳。不知百萬金繒積，付與何人結要津。

誤我聰明字識丁，風塵隻眼孰垂青。大開賓館延儀衍，隱拒儒冠避尹邢。竿牘承迎千載盛，科名除授十年停。閒居坐困安仁賦，應悔生平抱一經。

藥籠夾袋薦書陳，白袷彤纓盡上賓。張耳驟榮厮養卒，李斯坑盡讀書人。戰功虛飾羌酋笑，元氣傷殘國帑貧。散盡黃金身死後，猶愚黔首禍貞珉。

茭防入夢便彈冠，門左千人亦巨觀。但有高軒都使鶴，絕無餘棘可棲鸞。官山自古稱强國，宦海於今少静瀾。薪積也同竽濫廁，瑶琴塵涴幾時彈。

無端世味沁秋懷，破屋孤燈窄似蝸。有豸當年章甫頌，無魚終日太常齋。塵中孰擅雙丁譽，歷下詩推七子佳。多少牢愁消不去，笑拈新句續《齊諧》。

【校記】

〔一〕『輪困』，原作『輪困』，據《百尺樓詩草》改。按：輪困，盤曲貌。

秋日游大明湖

湖景數江浙，須從城外探。湖光在城市，惟滇與濟南。一瀉昆明波，一源趵突潭。昆明海心亭，魚躍恣餌貪。濟南大明湖，倒影浮晴嵐。兩地齲屐齒，詩酒同興耽。細較風月勝，此湖猶淵涵。荷花千麗姝，凌波香霧醃。疏柳寫濃翠，拂檻青虬毿。畫船絲管喧，游賞夜彌酣。後枕鐵公祠，傑閣林端嵌。前山面千佛，螺髻横蔚藍。瀹茗試泉水，看花縱雅談。酷暑不敢偪，浹膚涼味醰。幽豔出塵表，至樂誰與參。

歷下亭二首

蒲葦縱横界，荷花瀲灩開。迴波迷畫舫，孤嶼幻樓臺。山水琴樽地，乾坤李杜才。古今成一瞬，載酒幾人來。

士女春秋盛，笙歌晝夜忙。湖山天下少，花月水中央。波静日無暑，風來亭盡香。登樓一縱目，點點鵲華蒼。

謁鐵公祠

丹墀背立任烹煎，忠骨錚錚死亦堅。恨不叛藩糜鐵板，致令降將啓金川。孤城獨奮螳螂臂，結局終傷燕子箋。長爲此邦扶正氣，荷花簫鼓侑神絃。

中秋夕鍾芷卿渭賢邀張子才孝廉煦春同泛大明湖，徧游歷下亭諸勝

晴日游湖塵擾途，雨日游湖雲模糊。惟有月夕湖波皎，龍宮大放光明珠。濟南風景頗奇勝，平湖萬頃寰中無。朋儕買棹趁秋夕，湖面拍拍隨鷗鳧。蘆根蕭槭荻花老，蓮蓬剥落荷葉疎〔一〕。此時湖心更空闊，晶波送槳摇船孤。捲簾酌酒月并入，一杯瀲灩浮銀蜍。歷下有亭今猶昔，繞欄惟見高柳扶。叩門不應樓閣悄，水禽格磔驚菰蒲。移棹城北訪古寺，堦石百級光凝酥。瑩滑涼淨不可唾，重城倒影披畫圖。鵲華隱隱露煙際，佛髻青與羣山殊。久坐漸訝衣袂溼，清露湛湛涼浹膚。鐵公祠下舟再訪，冰輪已轉西南隅。忠魂傍湖湖生色，浩氣凜冽凌天樞〔二〕。惜乎懸板擊不中，丹心耿耿明月輸。叛王不死臣應死，俎豆今與明湖俱。得公始覺此邦重，西湖于岳名相於。後起紛紛邀祀典，南豐以外孰爲徒。明月不言船暗轉，樽酒未罄朋相呼。人生快意貴適志，今夕何夕歌嗚嗚。不有良緣接良晤，塵中局促真轅駒。感君情深比湖水，澄潭百尺無塵汙。柝聲漸繁漁火隱，船頭顧隱真凌虛。忽憶棘闈正酣戰，重門深鎖扃雙趺。倘教襆被入簾去，詩酒那得同歡娱。始知湖山得我輩，較赴湖約尤相須。預留圓月苦招引，費盡造化千錘鑪。我謝湖光入城寓，明蟾偏又隨歸途。仰天一笑魂魄動，此身依舊澂冰壺。

【校記】

〔一〕『蓬』，原作『逢』，據詩意改。

〔二〕『洌』，原作『列』，據《百尺樓詩草》改。

重九日甘心泉大令本源招登千佛山

昨日撤棘闈，君如鳥脱韝。深院閉深黑，鬱極不可瘳。幸值重九期，思豁青天眸。淩晨約我出，同作千佛游。城闉甫及閈〔一〕，人馬喧道周。行行雇短車，前驅争挾輈〔二〕。肩摩轂更擊，衣履防絓糾。塵土十丈高，來去風馬牛。遥望佛崖畔，壁立無潛邱。人影羃山黑，浮動如波揉。蠕蠕攘攘間，頗駭人聲稠。攝衣步山麓，磴道狹且修。有石皆踞人，有樹皆羅甌。林木既無多，赤日燃火毬。古寺互層巘，几案横觥籌。螘聚密無縫，此去彼乃投。百錢賃一座，座得人乃休。渴極不擇茗，得水權潤喉。人語動山岳，汗雨蒸潭湫。買此百苦惱，絶無一清幽。仰視惟确石，俯視景稍優。荒原莽秋草，繞郭炊煙浮。城樹滃葱鬱，參天拏萬虯。華峯峙東南，秀削真花侔。當年齊晉戰，三繞戈争投。霸圖今已矣，刼盡餘樵謳。黄河走脚底，浩浩無安流。貽患匪自今，洵爲齊魯憂。感歎發長嘯，曰歸胡敢留。醉客滿山路，斜陽紅未收。佛法奇至此，擾擾嗟蜉蝣。

齊俗事徵逐，令節成贅疣。在昔登牛山，景公悲千秋。風俗競流傳，真堪嗤楚咻。我意借此暇，詩酒爲唱酬。得一不償失，黄花笑掉頭。仰面看飛雲，天地空悠悠。

【校記】

〔一〕『開』，疑當作『閞』。按：『閞』古同『閉』，於詩意不合。

〔二〕『挾』，《百尺樓詩草》作『扶』。

泰安早發，出城甫三鼓，寒風釀雪，昏黑異常，天明已行八十里矣

三更即展車，帶夢出東郭。人家甫就眠，繁點傳宵柝〔一〕。天黑不見掌，微聞振車鐸。寒風撲面來，掀篷如欲攫〔二〕。曠野寂無人，叢木隱深惡。意將驅馬回，既行姑聽若。輿前萬竅號，輿下一燈灼。霜凝漸起稜，石利森成鍔。寒犬噤不嗥，羸馬拘難躍。驅左忽右旋，將前翻後卻。瞥睹大光明，知是逢村落。欲捲車帷看，手拳如凍雀。道旁熾瓦窯，火光燭天紫。人語靜不聞，煙焰明半里。沉冥恐懼中，林莽風霾裏。得此數丈光，陡覺雙輪駛。客心爲一壯，疲僕欣然喜。茫茫望前途，意有他車比。急急聽雞號，意可朝陽俟。誰知道阻長，愈走愈茫瞇。倦眼續殘夢，睡味尤甘美。忽聞咄咄聲，隱約隨馬耳。得毋暴客逢，挺劍翻然起。隱約復隱約，乃是輿夫語。

旁有一人隨，相晤如舊侶。似聞所議論，前有冰澤阻。少焉車轍停，瑟縮解衣履。敝襦縛車箱，赤身露腰膂。輿夫促上轅，競前持轡組。大聲忽驚寒，牽車入洳沮。是時風更號，黑釀雪將舞。有水皆結稜，着膚甚刀斧。乃敢挾輿渡，履薄忘痛楚。馬蹶雖怯堅，一蹴成胏腐〔三〕。砰磕滑澾間，人馬皆力努。冰破水乃聲，鏗如波劃䲙。毛凍漸垂條，人行已没股。任教火炙身，莫慰此時苦。須臾陟彼岸，人僵馬亦趦。當其阻昏黑，泥淖迷處所〔四〕。若非覓導師，誰肯臨險滸。僅酬數十錢，相争互齟齬。我爲長太息，舌撟不能舉。似此風雪宵，百金難雇女。所獲不償勞，性命值腐鼠。耳聞猶齒擊，矧乃目親睹。行行路漸明，紅日將東吐。急起視車沿，霜華積寸許。

【校記】

〔一〕『柝』，原作『析』，據《百尺樓詩草》改。

〔二〕『篷』，原作『蓬』，據《百尺樓詩草》改。

〔三〕『胏』，原作『肺』，據《百尺樓詩草》改。按：胏，乾肉。胏腐，殞命之意。

〔四〕『處所』，疑當作『所處』。按：『迷所處』，不知身在何處。

沂州道中早發

上車便熟睡，甜鄉忘暝黑〔一〕。一任車顛摇，畏寒誰復詰。霜氣入重裘，夢寐驚凜冽。恍惚過荒村，腷膊鷄聲澀。冷極不成眠，微覺曙光徹。嚴寒倍往常，膚皴指欲裂。隔帷一展視，晶光射窗潔。積雪一尺深，横壓原頭白。縱横石路平，上下冰凌結。昨夕未飛霙，驟睹駭奇絕。始憶出泰安，風號林木折。彼地肅嚴霜，此處霏狂雪。百里不同天，况乃里數百。午日烘不化，宵風鍊成鐵。想見飛舞時，漫空玉龍血。時事不可膠，天事猶難説。倘囿拘墟見，定教書咄咄。夏蟲難語冰，瞽人難語月。不見所未見，古今成鼠穴。路盡得荒村，村盡得平陵。陵岸陡絶處，浩浩河水澂。驅車行渡河，無河只堅冰。馬怯步不前，强之反噴騰。衆力迸一車〔二〕，意可一蹴能。擺簸未五步，馬蹶車亦凝。踬僵起復仆，十鞭無一興。冰力能拒馬，馬力難摧凌。智盡手足竭，馬起人力乘。乘勢一呼湧，冰碎如裂繒。晶光破一道，玉片浮千層。後車喜相逐，同慶彼岸登。長驅入城市，石嚙聲鏗鏗。解鞍酬馬勞，芻豆不敢矜。人喘馬汗溼，相顧猶競競。

【校記】

〔一〕『瞑』，原作『瞑』，據《百尺樓詩草》改。

〔二〕『迸』，疑當作『迸』。

諸葛武侯故里三首

神龍一出碧天翔，誰識瑯琊有故鄉。一自草廬三顧後，後人只解説南陽。

簫鼓年年賽武侯，沔陽祠墓有千秋。只緣蜀魏成讎國，未獲當年正首邱。

何處他鄉不故鄉，南陽争後更襄陽。西川又自成家業，車蓋童童八百桑。南陽於臥龍岡建侯祠，襄陽謂隆中實在襄城西郭外，南陽乃借託也。

王右軍故里二首

東晉諸王半重臣，烏衣巷口謝家鄰。如何故里無名字，只記題橋作序人。

涇渭難分代族繁，同時王導又王敦。一門自古賢奸溷，盜跖居然有子孫。

早發紅花埠

道途多苦心〔一〕，醉夢乃借慰。《齊諧》誌怪言，未必果妖異。惟境界兗徐，民風多悍厲。昏黑刦人財，屠殺等兒戲。東隣錯犬牙，投鼠器多忌。已竭千軍力，難除百年弊。宵來有戒心，兵衛嚴警備。五更治車出，沉沉村舍閉。風腥虎欲哮，月落蟾先翳。簌簌野蘆鳴，重重林木蔽。軌迹走蛇旋，昏燈疑鬼伺。須臾騎衛來，始免心膽悸。車後喧馬鈴，車前馳步隸。三里一代更，僕僕索名刺。銷差殆借言，賞賚希微利。廿里鷄始鳴，駛入江南地。前馬競告歸，旭日全舒麗。規模頗整肅，營堠亦華飾。梅柳雖未春，漸有欣欣意。一瞬攫奪場，變爲雍熙世。聊賦短歌行，爲補征程記。

【校記】

〔一〕『心』，疑當作『辛』。

峒峿

直待朝曦出，晨餐集峒峿。氣融殘雪淨，塵轉朔風麤。生意梅枝逗，春魂草際蘇。馳驅長坂路，我馬莫嗟瘏。

宿遷道中

晨發戒征車，曲折登隴阪。俯視碧茫茫，曠野來蒼莽。泰脉千里馳，到此始大展。雄奇磅礴中，横壓浮泱漭。愈下勢愈危，塵影滔天漲。坡勢亘三層，層疊皆峻敞。屏蔽兗淮徐，形勝直無兩。古人事盟會，南北争雄長。一旦易兵戎，攻擊恣屠慘。此地據上游，虎牢函谷仿。能提十萬軍，縱横誰與攩。争之角秦漢，失之成勝廣。扼險乃稱奇，擣虚先制吭。有此敵不摧，雄封成廢壤。半生域蠶叢，瞥睹心目爽。始知操地利，一任千夫往。霹靂摧半空，馬首不敢仰。邇來腹地平，桑麻事長養。時聞負耗徒，行旅偶奪嘬。撫馭賴循良，寬猛生慚感。鷄犬無擾驚，肆刼夫誰敢。未雨毖來今，勿爲傷既往。回視車路經，陡絶雲烟蕩。支麓走平原，形狀尤咤罕。蜿蜒不可收，汹汹騰萬蟒。

宿順河集

嶺坂真雄峻，征車下百盤。地因邊務重，隄束運河寬。日色高原薄，風聲大野寒。料知船估集，簇簇露桅竿。

淮陰侯釣臺

荒臺落日莽蒼蒼，淮水東趨晝夜忙。高鳥盡時無猛士，釣魚拋去作真王。將才何不生今日，片石空教峙故鄉。争似子陵甘坐隱，一竿煙雨老錢塘。

清江舟中感懷二首

如山巨艦熸重洋，又聽烽烟逼鳳凰。横海六軍亡鐵杖，摩天一嶺屹金湯。籌邊事驗張居正，剿賊才非戚繼光。太息于思頻棄甲，琱弓何日掛扶桑。

將士星飛壘不屯，軍裝橫壓大車奔。男兒幾個如南八，鎖鑰何人鎮北門。窟穴尚思窮鳥鼠，樓船翻聽避鯨鯤〔一〕。孫吴凋盡臨淮老，誰竭心肝奉至尊。

【校記】

〔一〕『鯤』字原脱，據《百尺樓詩草》補。

夜過揚州

一丸寒月湧冰流，帆飽江風勁不收。燈火滿隄人影亂，夜深吹笛過揚州。

高郵道中

饑蚊凍死朔風哀，小艇衝寒冒雨來〔一〕。莫問露筋祠下路〔二〕，白蓮凋盡早梅開。

【校記】

〔一〕『衝』，原作『衡』，據《百尺樓詩草》改。

〔二〕『問』，《百尺樓詩草》作『向』。

瓜州早發

凌晨泊瓜州，兩岸人聲閧。闤闠不能容，擾擾驚睡夢。旌旆壘森嚴，水陸途錯綜。船艇櫛魚鱗，互夾無少空。孤舟蝨其間，喧擠力難縱。奮篙與船争，一呼答者眾。水柔不拒船，船綻開一縫。鼓行如兔脱，後有千波送。擊楫出瓜口，帆影欺春凍。洶湧大江横，彌望駭洚洞〔一〕。浪闊地無踪，岸浮天欲動。青青北固山，笏列争媚貢。金焦峙中流，秀拔真伯仲。一葉任掀騰，東西隨簸弄。投鞭斷天塹，此語堪腹痛。鐵鎖亘長江，運去仍無用。何如攬霸圖，笑傲風月共。飛雲何處來，遥遥指鐵甕。

【校記】

〔一〕『洚』，《百尺樓詩草》作『洚』。

金陵懷古

秦淮輕淺水無波〔一〕，鍾阜嵐光擁翠螺。龍虎山川雙闕閉，帝王卿相六朝多。脉殘已洩金根氣，客過猶聞玉樹歌。莫問《青溪風雨録》，百年遺跡早銷磨〔二〕。

【校記】

〔一〕『輕』，疑當作『清』。

〔二〕『遺』，原作『遣』，據《百尺樓詩草》改。

雪印集 乙未 丙申

川沙署中與蕭伯平鹺使話别

入門一笑便情投，賓客紛紛集選樓。履舄駢羅今北海，江山閒領古東甌。沙隄鴻雪留新印，珠海鶯花促浪游。時將赴粤。預訂異時相晤處，春申浦外月如鉤。

題《稻畦耘菜圖》四首爲黎太守受笙汝謙母蕭恭人作

太守幼遭亂〔一〕，家無宿儲，恭人於禹門砦以稻畦種菜佐食。恭人歿後，太守繪圖誌哀，題詠甚廣，日本人居半〔二〕，以太守兩使東瀛故也〔三〕。

寸草恩思報〔四〕，春暉景不留。猶餘寒菜影，寫出故園秋。色養逾華潔，心孤并葉抽。北堂藼背處〔五〕，乃是未忘憂〔六〕。

饑溺鄉鄰切，凶荒寇盜侵。壺漿周恤意，巾幗聖賢心。地鬱生機暢，經鋤世澤深。至今傳儉德，閒話稻畦陰。

式穀貽賢子，耘瓜誌苦辛。畫圖馳海外，佳話補前人。粉本三山拓，圖爲日本女士所繪。烟痕萬影皴。禹門猶好在，應薦此溪蘋。

小人原有母，風木十年違。對此霜根老〔七〕，難禁雪涕揮。一莖同菜味，千古獨萱幃。共抱家山恨，白雲何處飛。

【校記】

〔一〕《百尺樓詩草》『亂』後有『世』字。

〔二〕『居半』，《百尺樓詩草》作『居大半』。

〔三〕『東瀛』下原無『故』字，據《百尺樓詩草》補。

〔四〕『恩思』原作『思恩』，據《百尺樓詩草》乙正。

〔五〕『藼背』，原作『背藼』，據《百尺樓詩草》乙正。按：《詩經·衛風·伯兮》：『焉得諼草，言樹之背。』毛傳：背，北堂也。後世多以『萲背』『北堂』指母親居处，或代指母亲。明李光縉《景璧集》卷一《贈郡刺史蘿陽程公歸養序》：『北堂萲背，故人生極樂地也。』

〔六〕『乃』，《百尺樓詩草》作『仍』。

〔七〕『根』下原有『難』字，係涉下文而衍，據《百尺樓詩草》删。

重九日，受笙太守招同郭竹居年丈出羊城北郭，至寶漢茶寮小飲二首

綠陰團坐飫秋光，太守風流快舉觴。不斷遊人緣地勝，獨恢奇論闢天荒。竹居丈縱論古今，太守驚爲奇創。碣留苔蘚摩殘字，寮有南漢馬廿四娘墓券。帆溯牂牁憶故鄉。竹居丈時將返黔。欲散萍蹤仍小聚，客中難得此重陽。

東南喋血正橫戈，我輩投壺尚嘯歌。時事忽新天意幻，江山如故客愁多。庚寅重九曾偕小梧司馬出游。荒臺往日争朝漢，橫海於今杳伏波。欲假一尊澆磈磊，杈椏無奈酒兵何。

送郭竹居年文中廣回黔之荔波廣文任四首

揖別四五年，重客七千里。信有香火緣，萍聚珠江水。珠江何浩浩，來去舟如矢。朝載遊子還，暮載征人駛。離愁日千萬，橫壓波瀾紫。憶歲辛卯春，別公返桑梓。公意把臂難，挽留嗟不已。驚瀧走雷電，峻嶺橫嵳峨。王孫久倦游，蜷伏鞭難起。誰知星未周，覿面成驚喜。我覊公又歸，循環無定軌。蹭蹬同一官，升沉難預擬。白雲出五嶽，隨風騰俶詭。歸者返本山，舒卷紛羅綺。離者任飛揚，輪困憑轉徙〔一〕。塵勞與逸樂，尋丈相尺咫。未敢信膚寸，覆物功如許。未敢信崇朝，偏爲天下雨。

公姿具敏悟，聰明淨冰雪。眼橫一寸光，上下千年徹。讀書過千萬，學識高羣哲。古人萬疑案，時政百決裂。一語發聵聾〔二〕，層膚洞癥結。一義析微茫，濡縷皆見血。曠觀五大洲，事權非阢隉。雄辯息羣囂，小儒咸咋舌。只緣神解超，觸手疑似決。高可揖唐虞，下亦頏莊列。初聽駭爲狂，繼乃心爲折。牢溪亦通儒，受笙太守。相契合符節。謦欬未及終，拍案先叫絶。

士燮生廣州，此邦多僚友。甘棠植先代，重來陰橫畝。十上困公車，和璞終難剖。闌干苜蓿盤，位置殊非偶。鄙棄不之官，鴻冥脱塵垢。既悟乘田微，無損東家某。決計賦歸與，絃歌三徑守。旁觀增太息，争搔問天首。胡以一片氈，屈此才八斗。我意竊賀公，遭遇非恆有。去角予以齒，才大無不受。公歸擁皐比，奇氣彌户牖。枕葄百城書，宇宙窮樞紐。撰述富曹倉，垓埏不脛走。虞卿老一編，終古名山壽。况今天道迍，厄運遘陽九。血肉糜砲火，東南鮮安阜〔三〕。黔中一角山，桑麻絶紛蹂。奚慕脂韋榮，自蹈兵戈藪。才屈志益伸，知止福彌厚。麒麟與鳳凰，幾見逐鼯鼬。瑶草與琪花，幾見雜稂莠。惟其閟之深，是以珍之久。古今王侯人，傷哉草木朽。

人生聚散事，殊非意所期。我歸不出山，飢寒爲迫之。攜兒踏槐黄，便擬安巢枝。秋風促征帆，忽泛沅江湄。長嘯出洞庭，瞬若浮雲馳。息足皖公城，歲暮嗟無衣。高吟傲霜雪，氣懾千熊羆。去春赴幽燕，仍下舊主幃。公我鴻爪跡，重尋倍公思。秋高捧檄去，山左百日羈。行行别泰岱，將復游九嶷。擬赴粤西〔四〕。天公予閒曠，乃得瞻鬚眉。傾談席未煖，愁聽歌將離。延津既會合，何必整征騎。燕勞既相避，何必接履綦。造化弄吾儕，所思恆匪夷。得此小邂逅，終勝天一涯。黔粤犬牙錯，擊柝聞聲知。鱗鴻易飛遞，無爲悵路歧。願公秉鐸暇，手經課佳兒。十年文史足，貽穀大門楣。味此蔗境甘，愛公天意私。特以侑别觴，勝折楊柳枝。公聞定首肯，大笑掀吟髭。

【校記】

〔一〕『輪困』原作『輪困』，據《百尺樓詩草》改。

〔二〕『瞶』，疑當作『聵』。

〔三〕『阜』，《百尺樓詩草》作『阜』。

〔四〕『粵西』，《百尺樓詩草》作『西粵』。

過西門舊館弔黃定侯超羣軍門

三年賓館感慇懃，舊宅重過日又曛。沿海近增新戰壘，灞陵誰憶故將軍。數奇不博封侯貴，血戰將湮殺賊勳。欲採遺聞傳偉烈，〔一〕只愁才弱乏鴻文。

【校記】

〔一〕『遺』，原作『遺』，據《百尺樓詩草》改。

題黎受笙太守《牢溪生詩集》二首

展卷初驚句倔强，繼看作作吐光芒。别從塵海開生面，但覺叢編茁古香。河嶽英靈蒐史乘，韓蘇政學被炎荒。此中醞釀關經濟，莖草將成百丈棠。

兩度東溟耀使星，皇華高唱接前型。黎蒓齋觀察曾使日本。氣淩員嶠三峯紫，天矚中原一髮青。

曼衍魚龍談海市，雕搜蟲鳥補山經。才雄想見揮毫疾，風雨沉冥走百靈。

受笙太守題拙藁矜寵過甚，依韻奉謝

古今大才人，虛衷耿襟抱。能燃太乙藜，自識瑯琊稻。卓哉黎太守，雅量符大造。愛才性命如，洪纖皆愜好。驅馬歷中原，曲盡山川奧。泛舟入扶桑，日月窮分秒。境奇詩亦奇，所到成獨到。著述富叢叢，才可白人了。已踞崑崙巔，何妨天下小。乃於襪綫微，五夜詩魂繞。矜寵惠珠璣，賞鑑出塵表。感激知己恩，山戴巨鰲腦。語語入心脾，甘苦真能道。横覽徧九州〔一〕，巨眼如公少。侯喜生何幸，得遇昌黎老。雒誦口沫流〔二〕，如獲波斯寶。皇甫序《三都》，藉以光吟藁。此樂抵登仙，勝惠安期棗。

【校記】

〔一〕『徧』，原作『偏』，據《百尺樓詩草》改。

〔二〕『沫』，原作『沬』，據詩意改。

題太守詩集意有未盡，再疊前韻

昨題牢溪詩，尚未罄衷抱。愈咀味愈出，果腹勝粱稻。源從漢魏探，室已唐賢造。俗豔鄙今人，嗜古敦夙好。善窺宛委藏，奇境窮深窅。搏獅具大力，須彌納芒秒。時輩走且僵，此境真難到。猶日勤丹鉛，此事何時了。我幸瞻嵩高，一豁胸襟小。瑶篇等趙璧，已還猶夢繞。想見驅嶽才，俯視無八表。既躡杜陵蹤，復鹽昌黎腦。孤鶴唳青霄，餘子何足道。學濬識乃超，才多鍊彌少。賈誼文本雄，馮唐年未老。擴此忠愛心，儲作廟堂寶。功德言並宏，千秋珍祕藁〔一〕。我向佛頭汙〔二〕，酷嗜成羊棗。

【校記】

〔一〕『祕』，《百尺樓詩草》作『秘』。

〔二〕『汙』，原作『汗』，據《百尺樓詩草》改。按：『汙』同『污』，『佛頭污』即『佛頭著糞』之意，典出《景德傳燈録》。清黄彭年《題顔氏〈喬梓聯吟集〉七言截句四首》其三：『却把瑶函重索句，詩成翻恐佛頭污。』

陸石蓀孝廉應暄寄題拙集並示所作《白蓮》《柳枝》等詩，賦此以報

偶借蓮花示化身，稜稜俠骨露天真。龍文百斛扛才子，鴛塚千秋護美人。君捐貲重修前明麗人張二喬墓。隋苑笙歌楊柳月，秦淮烟雨板橋春。鵑魂蝶夢都迷幻，只認年年屐齒新。

宏編到眼便心驚，羊石風騷此正聲。豔跡再諧金屋寵，君遇亡妾再生事，甚奇。詩壇重見玉溪生。證來禪悦花争舞，補盡情天海亦平。笑我佯狂如李白，也思低首謝宣城。

歲暮感懷四首

媧爐無石補青天，滄海桑田又變遷。地力倒行三萬里，儒家翻案二千年。操將水火風雷劵，滅盡神仙鬼佛權。混沌鑿完原不死，愈開孔竅露機先。

天心變幻已難知，幻到人心幻更奇。五技鼠真饒黠智，百鑽龜竟有窮時。劉叉不畏干清議，子產何妨受俗欺。太息冰山高十丈，寒蟲相視等嵯巇。

輕易輸心懟兩眸〔一〕，那堪談笑隱戈矛。烏衣竟出摸金尉，鮒轍銜深下石仇。韓子枉將窮鬼送，桓温偏喜臭名留。漸臺終有焚巢日，武庫何曾赦莽頭。

南來草草一年居，夾岸春波柳又舒。妄冀守株能待兔，何曾緣木可求魚。礪鋒欲試横磨劍，振策仍驅問俗車。翹首岱雲高絶處，垂青紆碧正招余。

【校記】

〔一〕『懟』，《百尺樓詩草》作『對』。

丙申人日友人招游花埭二首〔一〕

人日尋春舉國狂，如蜂如蟻聚舟航。喜陪吟侣游花埭，已勝題詩寄草堂。孔翠媚迎欄外客，牡丹争捧卉中王。嶺南景物真奇麗，蘭菊桃梅并一香。

笑向帆檣罅裏行，往來潮送復潮迎。地居炎徼全忘冷，天爲游人特放晴。花塢樓臺含海氣，戈船鉦鼓沸江聲。飛鴻爪跡曾經處，又指烟波作去程。時將買舟北返。

【校記】

〔一〕《百尺樓詩草》無『丙申』二字。

武昌上凌晴霄觀察卿雲四律

騷壇雄踞勝分茅，列宿羅胸萬象包。才力直空前後輩，飛騰如挾雨風交。觀察出示試帖五十首，用三肴全韻。倒戈莫盼歸猿鶴，題爲『悔教夫壻覓封侯』，因感時事而作。拔劍真能斫虎蛟。生面別開詩界闢，洛陽生紙定争抄。

百家宫徵競笙匏，對此真當自呰謷。魯史褒譏歸詠歎，楚騷哀怨隱詼嘲。神獅搏象饒全力，老鳳孤鳴炫九苞。爲寫拳拳忠愛意，始知稷契異由巢。

饑溺關心偶代庖，垓埏民物感同胞。恩波四溢周江漢，愷澤旁流到魯郊。公時總辦山東賑務。拜命會看持玉節，長歌原冀奏金鐃〔一〕。名臣風骨詩人膽，萬頃汪洋總不淆。

爲感昌黎識孟郊，堦前盈尺許推敲。此行幸得瞻嵩華，拜賜榮於錫土茅。公使人以美饌相饋。

燕國萬言欽手筆，鴻文千古證心交。願公呼叱如黃石，一卷從今孺子教。

【校記】

〔一〕『金』，原作『全』，據《百尺樓詩草》改。

壯游集 丁卯至乙亥

題詞

酉山崱屴高，榛苓饒彼美。夙聞陳驚座，英妙近無比。瓊樹遲解渴，景行思仰止。天風日昨吹，萍約五溪水。我學蔡中郎，迎門忘倒屣。

惠我出新詩，盈篇皆珠玉。宛如出水荷，秀色奪波緑。披閲雙眸争，迴環竟夕讀。餘芬濺齒牙，雋永縈心曲。饞涎笑老饕，得隴重思蜀。

琅琅楚遊篇，八九吞雲夢。魚龍奔腕底，佹譎不可控。寶璐燦星冠，衙官卑屈宋。擬綴飛霞珮，籥雲相伯仲。跛跸轉自慚，仙驥難追從。

同治庚午仲夏壺川馮世瀛題於味無味齋

壯志

虎子未成班〔一〕，已具食牛氣。烈士當華年〔二〕，跅弛難爲馭。結客拭青萍，讀書窮緑字。縱横徧古今，跼蹐小天地。肯學齷齪儒〔三〕，埋頭死章句。蠖屈有時伸〔四〕，昂頭天外去。

【校記】

〔一〕『班』，《二西英華》作『斑』。
〔二〕『華』，《二西英華》作『妙』。
〔三〕『肯』，《二西英華》作『不』。
〔四〕『有時伸』，《二西英華》作『有伸時』。

辰河晚泊

餘霞爛滿天，夕陽沉水内。移船依樹泊，數峯澹相對。何處訪漁謳，荒村聞犬吠。大魚燈外出，瀺灂星光碎。滅燭擬臥遊，一笑蒙頭睡。終夜響瀟瀟〔一〕，驚人疑水魅。曉來重放槳，落葉打篷背。

【校記】

〔一〕『終夜』，《二酉英華》作『徹夜』。

青浪灘

灘長二十餘里，怪石林立，風濤噴薄，奇險逼人，舟行其間，耳目爲之震駭〔一〕。

雙槳破浪來，山影滿船壓。高歌和榜人，舟穩平如榻。一瞬天回旋，長江勢忽狹。亂石立如林，萬怪千形雜。纍纍兜鍪堅，稜稜劍鋒插。後勁踵前茅，再厲復再接。初疑漢淮陰，背水出奇法。赤幟立趙壁，環攻腹背夾。又疑忠武侯，八陣圖周匝〔二〕。風虎鳥蛇具〔三〕，分布夔巫峽。恍惚百靈朝，陰陽互開闔。一葉泛其間，心愕神更懾〔四〕。長嘯白雲驚，千峯争響答〔五〕。惘惘出重圍，江風猶颯颯。

【校記】

〔一〕『爲之震駭』，《二酉英華》作『爲之一變』。

〔二〕『圖』，《二酉英華》作『圍』。按：作『圍』似較勝。

〔三〕『具』，《二酉英華》作『俱』。
〔四〕『心愕神更懾』，《二酉英華》作『神愕心更懾』。按：『愕』重神態，『懾』重内心感受，由神態而内心，更合由外而内的層次感，似較底本爲勝。
〔五〕『峯』，《二酉英華》作『岩』。按：作『岩』似更貼切。

上萬箐頭

振衣上高山，山形何磊砢。人行巀嵲間，步步煙霞裹。仰首望前峯，插天峙巍峨。回頭認故岑，重疊煙嵐鎖。嶺樹互層層，隻身殊眇麼。迎眸更千變，去住無一可。安得夸娥氏，移置太行左。安得撼山鞭，剗道成平妥。賈勇越飛澗，奔騰愁足跛。道旁有酸梨，霜實垂顆顆。解渴等瓊樹，猛噉枵腹果。山頭獲少憩，且藉蒼苔坐。野人問姓名，竟忘我爲我。

憫旱三首

不雨已三月，天意杳難知。久旱望雲霓，切如望王師。自從夏五始，雨脚斷淋漓。陰陽熾爐炭，禾黍困炎曦。中間偶淅瀝，未慰三農期。一寒敵十暑，況復數過之。酷烈日蟲蟲，草木無青枝。禱祈力已竭，蕣瘞空爾爲。仰首占雲漢，昭回長不疲。蒸黎靡遺子，恐非上帝慈。

倏見一片雲，崛起南山阿。出岫本無心，奇峯且不多。僅如曳匹練，澹澹長空拖。覆物既靡定，安能沛滂沱。長風西北來，飄盪何其苛。捲此輕羅去，一去無停梭。雲去莫可遏，空揮魯陽戈。靡草悉以死，奚論原上禾。懸知饑與饉，指日臻薦瘥。安得呪神龍，一雨蘇羣疴。

道逢老農來，相對嘆且泣。爲指高陂田，一家相仰給。可憐旱太甚，禋祀無圭璧。桔槔臥斜陽，車救嗟何及。園蔬灼已盡，井泉徒勿羃。浮生七十餘，荒欠恆親歷。終遂今年旱，垂死身偏值。衰朽筋力殘，會作溝中瘠。我聆乃翁語，中心尤戚戚。願學李衛公，一寢龍宮覓。代作行雨師，瓶水馬鬣滴。俯洒故鄉地，山川舒滃滃。

送別陶養軒司馬

吾鄉匯蠶叢，一隅偏西北。自羅朱蒙禍，妖氛煽楊墨。嵎負日鴟張，邊民困鋒鏑。幸賴郡伯賢，騷除淨鬼域。民氣雖暫蘇，久安殊乏策。矧茲無蟹地，不易監州得。誰歟符竹分，厄窮恤山澤。庶幾瓦礫場，變爲安樂國。

治理夫何如，約略儂能數。甄陶首士類，校録忘寒暑。夏屋敞渠渠，俊髦齊鼓舞。惡俗斂飲羊，渡河驅虓虎。掩骼培荒圻，鬼雄安故土。萑苻悉已淨，鄉村無警鼓。大萑一本拔，强宗皆色阻。遂使荊榛地，蒸蒸化鄒魯。誰云蕞爾區，英雄難用武。

朝聞驛書至，喬木賀鶯遷。循聲動大府，藉以佐旬宣。枳棘豈久棲，瓜代行且然。父老攀轅切，擁道不得前。士林同聲惜，祖帳羅長筵。憶公莅此地，哦松僅一年。宦囊益肅瑟，從不名一錢。相與雇僕夫，遠送涪江邊。匪惟人情厚，感激使君賢。公身雖難留，公德咸心鐫。佇見甘棠樹，蔽芾參南天。

上梅子關弔譚都戎咸豐十一年遇賊，戰死於此。

一徑駭蛇盤，雙峯森馬耳。行人懼不上，險絶剛容趾。我來躡芒屩，稜稜踐石齒。云是梅子關，坐定汗猶泚。桓桓譚將軍，旌旗曾駐此。禦賊力不支，竟殉空城死。年來宇宙平，兵甲天河洗。猰貐全授首，九原應色喜。關頭弔忠魂，陣陣英雲起。剔蘚拾殘槍，日暮楓林紫。

烏雅觀訪炳參上人留宿

我從武陵來，雨洗長天淨。偕行日已暮，白鷺飛成陣。舊識烏鴉觀，頗擅溪山勝。相約訪仙蹤，遂發山陰興。隱隱認螺鬟，盤旋緣石磴。隔林未見寺，風送一聲磬。昏黑試敲門，野鶴先僧應。入門各識面，驚喜争相訊。虛堂極幽廠〔一〕，丈室尤清瑩。塵途得少憩，漸覺吟魂定。煮茗話名山，夜闌猶未竟。一笑指窻間，萬竹垂頭聽。

【校記】

〔一〕『廠』，疑當作『敞』。

唐鐘歌

寶鐘出水時，萬牛輦不起，黔人挾之走若駛。由來神物關興廢，石城重器都輸此。上鐫汧國趙公造，官觀察使兼本道。瘦削不類五石匏，當時範冶真奇奥。獨惜未將年月記，考訂千秋留憾事。可是盛唐佞佛多，琳宫紺宇憑遷置。抑當五代銷銅像，有人匿向龍宫葬。爲鎖蜃蛟静碧波，不隨鼉鼓鳴淙浪。沉埋澤國一千年，河伯震恐未敢懸。一夕風雷挾鐘吼，神魚負出延江邊。扶持依舊歸山縣，苔蘚模糊時代變。追蠡難尋晁氏銘，化龍未逐延津劍。我聞唐運終梁代，孔烏莽頭無一在。蘭亭帖出昭陵穴，紇干雀飛筍簴壞。何況邊陬半椎魯，鑾銅不辨諸葛鼓。黄鐘毁棄瓦缶鳴，歷朝喪亂無完礎。奇哉此鐘善刀藏，鬼呵神護存蠻荒。居然九鼎出汾水，徒令銅雀悲紅羊。迄今移置泮宫側，戛擊鳴球昭聖德。有時大叩則大鳴，磬管鞉敔皆生色。竭來訪古快一見，當作銅狄摩挲遍。緘銘儼入魯廟觀，循牆或睹東家面。永傍笙鏞光俎豆，錚錚漫許長鯨叩。好隨木鐸大昭宣，宫懸長共簫韶奏。君不見寶室寺鐘唐銘久，埋没鄜州色黯黝。好事搜尋墨榻新，足與此鐘傳不朽。又不見岐陽石鼓溷煙蘿，牧童敲火昌黎歌。熙朝移置成均内，神物從兹無坎坷。

大水行

疾風捲地號枯木，漫天黑雲頽壓屋。三更重聽雨師狂，倒瀉銀潢恣㕓蹷。峯頭浪挾雷霆下，沙石崩摧無完麓。明晨四顧尚波翻，田疇泱漭成濠濮。奇禍更聞沙子鹹，卜晝觴賓還繼燭。忽值蛟龍起平地，室廬漂没曁人畜。傳言水勢最盛時，聲如萬馬來空谷。蓊匒但驚川氣黄，葱蘢盡失桑麻緑。豈因填海遇秦鞭，逆流乃爾横坤軸。不然鎖脱巫支祈，得意天吴相徵逐。浮骴遂至少留蹤，幾處招魂惟野哭。可憐吾鄉兵燹餘，鋒鏑生存纔五六。頻年飢饉已堪傷，沉災又罹懷襄酷。我生慣抱屈子愁，忍見哀鴻紛满目。勉爲長語慰邦人，熱淚且休落盈掬。我輩雖乏周孝侯，斬蛟早去鄉閭毒。悔禍倘能挽疾威，收成猶有高原穀。從此商羊不再來，安知失馬非後福。祇愁長吏忘痌瘝，培養遲謀元氣復。卓魯龔黄無世無，瀝膽作歌告當局。

中秋日雨

去年無月過中秋，雨脚不斷終宵愁。老親弱妾同卧病，愁心耿耿浮雲浮。今年大雨仍無月，喜心翻倒何幻絶。爲因旱極得嘘枯，旱魃走死羣物蘇。不嫌無月蚌無珠，祇要汙邪满篝車。比户盈甯婦子樂，勝入廣寒聽仙樂。嘉禾涓滴關死生，仙桂何須問開落。甘霖片刻不能待，秋月圓明猶可再。新穀雖登麥未種，縱對蟾光豈心快。人生哀樂各有時，愁雲喜雨惟相宜。嫦娥深鎖能知否，我欲停杯一問之。

冬夜與王少霞賞雪用東坡聚星堂韻

夜寒煖酒燒楓葉，窗外爬沙響狂雪。雪花如手打窗穿，拍案有人同叫絶。更闌已添一尺厚，大聲忽聽籬竹折。青螺影失色偏明，紅蠟淚凝光不滅。欲拈惡韻鬥尖叉，句奇恐被六丁掣。老梅忍凍立牆頭，花影争春舒笑頰。黨家羔酒陶穀茶，數典無須忘瑣屑。酒酣拔劍歌復歌，滿座嚴寒驅一瞥。芭蕉點綴畫得無，除却王維誰可説。多君訪戴竟重來，莫嗟銷盡輪蹏鐵。

十二月十一日水車坪道中遇雪，登最高峯，仍疊前韻

馬蹏踏碎千山葉，一夜寒風吹怒雪。平明立馬看遥山，滕六神通驚幻絶。塔尖縹緲露玲瓏，山勢蜿蜒迷曲折。可惜時平烽堠閒，不然一戰蔡州滅。雲頭有隙漏朝曦，激射寒芒森電掣。倘教凍死不出户，高臥何能舒睡頰。即當嘉會宴羣僚，藉地仍煩儲木屑。何如振策此間來，耳後奇峯過如瞥。半生豪矚兹爲最，壯觀歷歷從誰説。漫拈凍管賦梅花，一任心腸譏石鐵。

月夜聞王少霞吹笛

吹裂山間石，寥寥天地空。峯圍人影外，梧戰月明中。夜語此時寂，秋聲何處同。餘音飛十指，逸響答驚鴻。

晚秋即事

满几散書卷，夢回亭午涼。俗塵三斗積，詩思一年荒。貼水秋荷老，翻風晚稻香。雁聲何處急，數點碧天長。

醒後口占

朗朗燈猶在，蕭蕭風乍鳴。五更人醒夢，一夜雨停聲。史籍千年事，親朋萬里情。無端來枕上，縈繞到天明。

留别王少霞昆仲〔一〕

臨歧無一語，執手淚潸然〔二〕。此别各千里，相逢知幾年。心飛吴市月，夢繞蜀山煙〔三〕。倘有雙魚便，臨風望錦箋。

【校記】

〔一〕《二西英華》無『留』字。

〔二〕『潸』，《二西英華》作『潸』。

〔三〕『山』，《二西英華》作『江』。

石堤晚泊

日暮停橈急〔一〕，蒼茫夜色微。戴霜千樹秃，泛月一帆飛。壁立隄如鑄〔二〕，峯重水被圍。遥聞人語雜，燈火滿崖扉。

【校記】

〔一〕『日暮停橈急』，《二西英華》作『日落歸橈急』。

〔二〕『立』，《二酉英華》作『削』。

宿駝背灘

睡醒不知冷，水光終夜明。満船殘月色，一枕大江聲。旅夢易千里，長宵難五更。幾回思起舞，擁被待雞鳴。

江上晚晴

大聲喧水上，巖際噴飛泉。落木瘦寒澗，夕陽明暮天。愁深雲渺渺〔一〕，思遠道綿綿。移棹蘆根繫，蒼茫又暮煙〔二〕。

【校記】

〔一〕『渺渺』，《二酉英華》作『漠漠』。

〔二〕『暮』，《二酉英華》作『暝』。

抵常武

氣欲吞雲夢，斯遊亦壯觀。岸平湖水闊，山盡楚天寬。鬧市人煙聚，孤舟客夢寒。不堪來路憶，三百廿重灘。

暮宿山寺

尋秋來古寺，林折路重重。過嶺一聲笛，催人半晌鐘。溪頭喧暮雨，雲氣束高峯。倚杖僧相問，留行慰客蹤。

題壺川先生《清白江歸舟圖》三首〔一〕

竟買扁舟去〔二〕，垂楊繫別情。人歸春入畫，波膩槳無聲〔三〕。帆影捎雲白，臣心照水清。古今來去者，公不負江名。

蒼茫雲水外，返棹一樽開。滿載詩書畫，行歌歸去來。江山留粉本，湖海老仙才。龍馬精神健，尋源重溯洄。

已遂還鄉樂，蒓鱸願不違。波仍南浦緑，春送幾人歸。水暖看魚躍，裝輕愛鶴肥。回頭桃李樹，舊種應成圍。

【校記】

〔一〕《二西英華》無『三首』二字。

〔二〕『去』，《二西英華》作『返』。

〔三〕『槳』，原作『漿』，據《二西英華》改。

踏雪

驢背尋詩去，乾坤極目寒。風聲穹野大，雪影萬峯寬〔一〕。籬竹垂將折，天花開未闌〔二〕。人家渾莫辨，何處訪袁安。

【校記】

〔一〕『影』，《二西英華》作『色』。

〔二〕『未』，《二酉英華》作『欲』。

醉司命日送竈

司命今宵醉，雲車破雪行。平生無媚骨，薄餞亦人情。風逼燈花燄，冰摧爆竹聲。朝天看玉戲，緩緩計歸程。

早春即事

新緑摇書幌，開簾草又生。簷欹松自讓，春曉鳥争鳴。向暖迎朝旭，消寒藉薄酲。番風花信兆，側耳待聞鶯。

雨後

破碎蕉聲寂，濃雲溼未消。衆花争雨放，老樹挾風驕。野水添新漲，溪煙補斷橋。碧桃已半破，美滿看來朝。

過天台寺

看到奇山盡，荒林路又經。片雲橫嶺白，萬竹逼天青。古佛淡無語，頑僧睡未醒。此間宜六月，涼爽坐虛亭。

秋旱

不解炎蒸避，蟬聲噪滿林。焦枯驚草色，嗜殺豈天心。霖雨歸何處，凶年兆自今。白雲如慰我，暫作片時陰。

栅山道中

水竹回環合，村煙入望低。出籬寒犬吠，争樹亂鴉啼。楓葉霜千片，蘆花雪半溪。野鷗能導客，先我過橋西。

黔江縣弔李魯生學博粵賊破城，公朝服縊明倫堂，題聯云：『守死非難不欠一死，他生未卜此生可知。』

取義成仁事，如公倍覺難。千秋存大節，一死重儒官。山斗同尊仰，文章惜斷殘。此生真不負，感激淚汍瀾。

柳孝子亭孝子名敏，漢人，性至孝，采樵養母，後得沉香一段，舉孝廉。

庸行傅漢代，遺跡未全荒。野水環東郭，孤亭枕夕陽。潭空華自潔，林古樹猶香。倚檻思親舍，浮雲望渺茫。

龍池感懷

唾壺擊碎欲悲歌，心緒牢騷喚奈何。自古文章憎命達，斷無才士不愁多。琴彈流水思鍾子，璞抱空山泣卞和。未卜前途行得未，怕聽禽鳥喚哥哥。

頻年旅跡嘆飄蓬，歷盡崎嶇萬念空。處世自慚如小草，知音誰肯問焦桐。著鞭太猛難希祖，彈鋏無聊欲效馮。冷眼漫將餘子看，紛紛都是可憐蟲〔一〕。

閱偏雲煙轉自如，世途險阻懶愁余。催來歲月千絲髮，誤盡英雄一卷書。早已功名輕將相，憑誰蹤跡混樵漁。謹言更學三緘口，免與人間日齟齬。

【校記】

〔一〕『都』，《二西英華》作『真』。

除夕

長年作客倦風塵〔一〕，此夕纔爲自在身。歲似歸人猶戀戀，詩如積粟總陳陳。焚餘筆硯終無益，較盡錙銖不救貧。天亦揶揄窮措大，满階雪影爛如銀。

【校記】

〔一〕『倦』，《二酉英華》作『在』。

春日即事

閉門何暇問窮通，飯後尋詩自課功。菖葉亂抽千疊浪，桃花新破五更風。螺鬟秀帶遥天碧，鴉點遥翻夕照紅。怪道臨流心不競，好山無數立波中。

夏夜偶成

满院飛蚊吼作雷，醉眠人醒亂書堆。窗除破紙招風入，天掃浮雲放月來。籬竹迎涼千个舞，荷花破曉一枝開〔一〕。凝眸處處皆詩料，欲賦新詩又費才。

【校記】

〔一〕『破曉』，《二酉英華》作『冒暑』。

詠蓮

託足清流自得天，池頭顧影重翩翩〔一〕。飛來蛺蝶都臨水，開傍鴛鴦已欲仙。紅到可憐風亦惜，香能解暑熱無權。同根更有多情種，不斷新絲縷縷連。

【校記】

〔一〕『重』，《二酉英華》作『自』。

扶風山謁王陽明先生像二首〔一〕

一紙中朝忤巨璫，七千里路謫龍場。官卑自壯滇黔色，名重長留史籍光〔二〕。大道獨能宗孔孟，良知天使悟要荒。泰山北斗人争仰，同採溪毛薦講堂。

宸濠縛後又藤瑶，偉烈豐功震隔朝。停襲當時遭桂蕚，瓣香今日走花苗。篤生早應祥雲瑞，浩氣難教瘴雨消〔三〕。四百餘年彈指過，欲親公範已遥遥〔四〕。

【校記】

〔一〕《二西英華》作《螺山謁王陽明先生像》。按：螺山即扶風山，在貴陽東門外。清王用賓詩《扶風山》自注云：『山在東門外，以蔥青鵠立，又曰「螺絲山」。』

〔二〕『籍』，《二西英華》作『册』。

〔三〕『消』，《二西英華》作『銷』。

〔四〕『遥遥』，《二西英華》作『迢迢』。

思南逆旅喜晤謝堯夫〔一〕

曾持牛耳訂詩盟，記共銅江擊楫行〔二〕。知己竟如齊鮑叔，買絲誰繡謝宣城。天教我輩多磨鍊，人到窮途見性情。成就英雄非易事，達觀休作不平鳴。

【校記】

〔一〕《二西英華》題作『思南逆旅晤謝堯夫賦此贈别』。『謝堯夫』，原作『謝堯天』，據《二西英華》所録本詩及《堯夫見贈紅梅》《客思南月餘臘八日堯夫作粥見招詩以志感》改。本題《二西英華》共録四首，此爲第一首，餘見本書附録。

〔二〕『記』，《二西英華》作『曾』。

宿保靖縣

扁舟斜泊大隄陰，數點煙鬟水上岑。客子中宵多感慨，篷窗小飲罷登臨。長風起處漁燈亂，落月光餘戍鼓沉。破曉匆匆摇艕去，重城回首隔楓林〔一〕。

【校記】

〔一〕『首』，《二西英華》作『望』。

舟至王村登觀音閣晚眺

飛樓高構與雲齊，曲磴迴欄護石堤。酷好遊山如李白，何須闢佛效昌黎。僧來老樹叢中話，天向斜陽盡處低。煙景滿江看不極，扁舟明日又辰溪。

清浪灘謁馬伏波祠二首〔一〕

矍鑠當年駐此翁，生還不願果英雄。曾將刻鵠規兒輩，豈意飛鳶墮水中〔二〕。讒口敢辭身後謗，壺頭未竟死前功。南交尚有奇勛在，千載蠻雲鎖柱銅。

從龍數語識真王，已決公孫井底亡。漢代使多通絕域，蠻疆公獨破天荒。銀濤瀉影翻狂雪，銅鼓無聲冷夕陽。莫羨雲臺諸將相，於今幾箇尚祠堂。

【校記】

〔一〕《二酉英華》題作《滙溪坪謁馬伏波祠》。按：『清浪灘』，或作『青浪灘』，集中屢見。馬伏波祠在永順縣會溪坪（下溪州故城所在地）。集中《銅柱》有注云：『在會溪坪側，五代時馬希範鑄。』《滙溪銅柱》自注云：『楚王馬希範鑄。』

〔二〕『豈意』，《二酉英華》作『依舊』。

三閭大夫祠

皷枻南來櫂暫停，採將蘭芷薦芳馨。三閭放黜悲千古，一卷《離騷》殿六經。魂逐水龍吟澤畔，祠餘寒鵲噪空庭。酒徒晉謁剛沉醉，慚愧先生是獨醒。

舟中偶成三首〔一〕

一葦輕舟我獨杭，楚天無際思茫茫。菁茅作貢材原富，蘭芷沿江草亦香。碧水帶聲飛夢澤，白雲流影照瀟湘。客途别有關心事，蝦蟹初肥酒可嘗。

徹夜箏琶鬧管絃，舞衫歌扇倍纏綿。飛觴且願今宵醉，好月都爲我輩圓。帝子洞庭臨八百，春申門下憶三千。古人逝盡長江在，無數帆檣水接天〔二〕。

黿手衝寒萬杵喧，沙堤竦柳接城垣。時築城外大堤。孟嘗有客彈長鋏，宋玉何人敢大言。斑竹至今還洒淚〔三〕，桃花依舊誤尋源。桑弧自是男兒事，莫聽鄰舟話故園。

【校記】

〔一〕《二西英華》題作《舟中偶成》，共四首，第四首見本書附録。

〔二〕『水』，《二西英華》作『影』。

〔三〕『斑』，《二西英華》作『班』。

重宿桃源

好山重對一尊開〔一〕，野寺燈昏客乍回。帆影漸收煙雨外，鐘聲遥渡水雲隈。已無漁父探仙境，恐有奇人隱釣臺。圖史满船隨意閱，斗量空羡古人才〔二〕。

【校記】

〔一〕『好山重對一尊開』，《二西英華》作『茫茫江上一樽開』。

〔二〕『羡』，《二西英華》作『歎』。

哭冉右之先生三首〔一〕

公才人世豈能留，定召修文白玉樓。生學郝隆常曬腹，死逢謝眺或低頭。曾加品藻驚星使，數到詞華隘益州。赢得大名傳噪徧，迎門倒屣半諸侯。

穹碑十丈壓亭郵，大筆槃槃叙次周。才可木天慳一第，書交梨棗定千秋。詩魂好去尋司馬，劍氣從今閟斗牛。老寓錦江歸不得〔二〕，芙蓉城主暗相留。時卒於成都旅舍〔三〕。

縱酒徵歌日未休，性情詩筆兩風流。屢逢名士猶青眼，十困名場已白頭。豔絶花枝皆入彀，殁爲才鬼定無愁。零縑碎墨兼金值，散漫何人客邸收。

【校記】

〔一〕《二西英華》作《哭冉右之先生》，共四首，第四首見本書附録。

〔二〕『得』，《二西英華》作『肯』。

〔三〕『成都』，《二西英華》作『蓉城』。

重遊武陵山二首

芒鞵踏破翠重重，石磴紆回古木封。奇景易窮千里目，名心銷盡五更鐘。巖懸飛溜喧高樹，亭裏疎煙補斷峯。天半梵音何處答，濤聲萬壑吼虬松。

偶從舊事感滄桑，鴻爪重尋迹已忘。欲駕長風招白鶴，却看小刼换紅羊。天開異境空黔楚，雨蝕殘碑昧漢唐。倚檻笑從高處坐，白雲猶在半山忙。

輓曾琴洲太守二首

少年投筆氣如虹，怒馬長驅戰壘空。千里旌旗開棘道，一家渾濬盡英雄。公弟傳理方伯。登壇奮擁横磨劍，草檄先銘克敵弓。欲劈岷峨山十丈，磨崖重與樹豐功。

暑雨炎風話别離，可憐遺矢病難支。生靈已活公偏死，天道無知我獨疑。官閣詠梅成往事，紙錢燃竹長新枝。村氓到處聞私祭，愴絶平生國士知。

遣懷五首〔一〕

漫將經世詡才華，才拙真成畫足蛇。幸賴心腸同鐵石，敢辭蹤跡溷煙霞。空羣暫息追風馬，銜尾遥看逐隊鴉。斗室翛然雲水外，一樽長與伴梅花。

塵海身如一葉輕，高吟望古發遥情。未聞捧檄徵毛義，祇爲陳書誤賈生。白髮羨人酬禄養，黑頭幾輩到公卿。彈冠多少虚聲客，僥倖留傳史上名。

白眼看人性太孤，談兵曾擬罪言無。偶然射虎思都尉，底事雕蟲恥壯夫。經濟有誰窮學術，英雄何處問屠沽。掣鯨久擬揮長劍，莫笑儒生膽氣粗。

呵壁從今懶問天，狂名懺悔海棠顛。放懷未敢空千古，養氣無妨再十年。入世性情甘冷淡〔二〕，動人詩句總纏綿。佩韋久已西門學〔三〕，峭急何須更佩弦。

舊書重讀補遺忘，每對青燈興倍長。雜説翻瀾鶯舌辨，奇文到眼發心光。儘多好筆開生面〔四〕，莫信吟詩有別腸。曠覽古今真局促，寥天一鶴獨昂藏。

【校記】

〔一〕《二西英華》題作《遣懷六首》。第六首見本書附録。

〔二〕『甘冷淡』，《二西英華》作『嘗冷暖』。

〔三〕『久已西門學』，《二西英華》作『久學西門豹』。

〔四〕『好』，《二西英華》作『妙』。

上青浪灘〔一〕

巨石排山立，輕舟破浪歸。神鵶如識我，故故貼帆飛。

【校記】

〔一〕《二西英華》題作《上青灘》。

雲氣

北山不見南，南山不見北。雲氣亘當中，茫茫一片白。

題友人梅竹帳簷

野鳥松間並宿，梅枝竹外横斜。一枕黑甜夢醒，看來都是空花。

春日雜詠五首

芭蕉聞雷乍展，楊花映日争飛。不識杜鵑何事，枝頭苦勸人歸。

秧針刺水初緑，煙柳縈風更青。貪看峯頭月色，柴門昨夜忘扃。

夢裏不聞雨過，曉來惟聽鶯啼。自笑山居少事，騎驢獨過橋西。

青疇十里五里，煙樹兩村三村。昨日鄰家酒熱〔一〕，相邀花下開樽。

友過縱談秦漢，人間豔説蓬萊。偶向峯頭長嘯，白雲無數飛來。

【校記】

〔一〕『熱』，疑當作『熟』。

泛舟辰河

斗大孤篷泛曉風，蒼黄林木間深紅。清霜畢竟濃於酒，醉徧山頭十萬楓〔一〕。

【校記】

〔一〕『山』，《二西英華》作『江』。

訪桃源洞四首〔一〕

雙橈斜擱水雲隈，古洞深深鎖石苔。直勝當年劉子驥，扁舟千里問津來。

半林殘雪噤棲鴉，竹壓樓頭賣酒家。一事思量轉惆悵〔二〕，桃花不見見梅花。

古洞何須辨後前，此中耕鑿即神仙。我來不學痴漁父，準擬攜家住十年。

古蹟茫茫説避秦，仙源無分自迷津〔三〕。天台一樣來劉阮，總是桃花誤引人〔四〕。

【校記】

〔一〕《二西英華》題作《訪桃源洞》。

〔二〕『思』，《二西英華》作『商』。

〔三〕『源』，《二西英華》作『緣』。

〔四〕『總』，《二西英華》作『都』。

思南江干雜興〔一〕

十里煙波接岸平，渚沙鬆快屐聲輕。沿隄秀麥如春草，一路青青緑進城。

渡頭風起浪摇天，荻港人家盪晚煙。野艇自横舟子去〔二〕，斜陽满地客呼船。

細草萌芽迸石生，漁人沿岸刺船行。灘頭一隊魚鷩散，雙槳衝波去有聲。

【校記】

〔一〕《二西英華》作《江干雜興》，共四首，第四首見本書附録。

〔二〕『自』，《二西英華》作『已』。

春日即事

小别經旬暫轉家，山頭紅紫燦成霞。春風正是繁華極，開徧桃花又李花。

清明

春陰漠漠懶開晴，石徑幽深蘚暈生。一路山雞啼不斷，梨花如雪又清明〔一〕。

【校記】

〔一〕『梨』，原作『黎』，據詩意改。

遊武陵山寄陶地山

十載芒鞋共策勳，今朝獨看武陵雲。奇峯十萬相迎送，可惜重遊未共君。
昨夜西風葉打扉，夢魂争繞翠巒飛。遥知十二煙鬟裏，定有神仙盼我歸。

對月懷吴一齋閶中

廣寒近處彩雲多，萬籟無聲湧碧波。知否故人千里共，欲將消息問嫦娥。

石塔鋪人家

羣峯翠掃水彎環，一路芙蓉緊抱關。如花人家真可愛，開門日日看奇山。

冬日偶占

静倚空山玩物華，四圍黄葉繞山家。嶺梅未放羣芳歇，一樹枇杷又作花。

右詩爲酉陽馮壺川先生於同治乙亥梓入《二酉英華》集中，後復增删，入《蜀詩所見集》。今遵先生選本録存，以誌昔年知己之感云。景星謹識。

磨鐵集 丙子

春夜看梅

索笑巡檐意倍親，數株香雪一吟身。林間喜有知心月，半照梅花半照人。

二十日出門

投筆翻然起，摇鞭作壯行。大風吹怒雪，匹馬賦長征。陟險雙僮健，盤空萬嶺迎。野梅偏耐冷，斜出短籬明。

龍池書院謁馮壺川師，遂留飲

大年鼎鼎過飛熊，杖履重親意早融。天上真仙原有壽，世間奇福獨私公。杯浮緑酒來窗下，簾掩青山入座中。此日龍門真箇到，還期燒尾破長風。

至溪口丁卓然留宿

山折隨人走，溪長抱屋圓。木橋斜臥水，村竹暗浮煙。酒熟圍爐夜，寒添釀雪天。主人真健將，勝我着先鞭。卓然去秋捷武闈。

溶溪大雪

清晨登隴首，大雪何漫漫。川原迷向背，玉峯森巑岏。東風動地來，陽和變凄酸。駿馬驕不嘶，僮僕慘無歡。矧予值行設〔一〕，詎忘行路艱。冒雪等冒險，胡不少盤桓。豈知壯士心，志苦神益完。履冰知所懼，寒暑何能干。登高望八極，一色天地寒。詩心助蓬勃，眩目驚奇觀。

誰能偃蓬蒿，高臥作袁安。

【校記】

〔一〕『行設』，疑當作『行役』。

蕉溪

半村成小聚，籬落壓雲根。風雪全迷路，人家深閉門。橋底雙澗合，天悄亂峯蹲。一水分黔蜀，鴻泥印爪痕。

至麻兔司雪更大

昨雪尚横陳，今雪更深厚。天隨雲氣低，人破雪痕走。峻嶺如游龍，鱗甲環銀紐。僵凍不可飛，縱横眠谷口。平沙列浩浩，視白轉成黝。譬彼混沌初，積氣無分剖。野店埋積雪，涇煙騰縷縷。叩門欲禦寒，爐頭煖村酒。酒氣透胸腋，熱血添數斗。可憐堂上客，蜷臥被蒙首。敗絮擁殘夢，問我雪深否。一笑漫應之，夏蟲今有偶。

宿下洞人家

一桁山如畫，人家樹裏藏。關河縈旅夢，星月釀晴光。對燭憐花影，停杯愛酒香。倘教逢阮籍，終日醉壚旁。

天堂哨

絶頂民居一笑看，頻遭烽火幸平安。市場早散人聲静，溪漲新添水面寬。鳥道紆迴雲乍合，馬蹄輕快雪初乾。斜陽不及村中酒，薄飲壚頭便禦寒。

中山寺

羣山莽莽來，到此忽中斷。古寺踞其間，竟忘朝代换。幾經兵燹餘，殿宇重巍焕。行人藉小憩，翠柏參天半。忽聞鐘磬音，雲撲松濤亂。

黄平行

上黄平，黄平地曠無人耕。廿年兵火人民死，千村萬落荊棘生。前年迅掃苗患熄，藪兔巢狐滅人跡。縣官出榜募耕夫，襁負衣牽來絡繹。誰其來者楚南民，羸滕履蹻忘苦辛〔一〕。風雪全家攜數口，郵亭一日過千人。朝離辰溪境，暮向西溪宿。鄉音漸改换，故里何時復。由楚入川川入黔，長途苦況疎戚兼。茅店人滿無猜嫌，夜闌大雪三尺添。朔風刺骨如鋒銛，躡風〔二〕巖穿石窖哀，猿悲餓鴟叫。平原浩浩悄無人，但見磷飛冤魂嘯。晚來婦子吞聲哭，未知止向誰家屋。城中不許留難民，競覓荒祠共棲宿。升米乞得來溪畔，手拾蘆柴共炊爨。水聲嗚咽爨煙青，團坐侏儞人競看。自言家住辰溪邊，皇天不雨經三年。鳧茈蘆菔掘已盡，纍纍餓骨誰相憐。頗聞黄平年穀熟，民間斗米纔三錢。況復荒蕪少開墾，榛苦長遍膏腴田。數椽老屋典已盡，拚孤擲注來邊郡。鳥道羊腸越萬千，足繭齞穿囊早罄。我聆此語發三歎，安土重遷人豈慣。往昔黔地困干戈，殘黎奔楚如魚貫。邇來天河洗甲兵，楚人遷徙來無算。前事儼作後事師，旱炎竟可兵災抗。但聞苗疆雖暫甯，水深箐惡多癘瘴。昨年蜀人遷永興，來二萬人死過萬。天道循環世豈知，人事變遷胡可詎。躊躇轉向橋頭坐，閒愁且沽酒澆破。忽驚喧雜市聲來，又見扶挈如雲過。

【校記】

〔一〕『羸』，原作『羸』，據詩意改。按：羸縢，纏上綁腿布。

〔二〕『蹋風』下疑有脱文。按：『猿悲餓鴟叫』爲『巖穿石窖哀』之對句，『蹋風』句當爲『朔風』句之對句，疑『蹋風』下脱五字。

登印江文星塔

憑欄遥望極蒼茫，樓閣參差映夕陽。春水半篙沿岸緑，菜花十里抱城香。摩天峯影雲中看，繞閣人家畫裏藏。萬點蜀山何處是，歸心端逐暮鴉忙。

哀小村

哀小村，小村誠可哀。狐貍晝伏猿猱泣，倚天拔地何崔嵬。過客至今歌楚些，居民當日爐秦灰。憶自全黔遭賊擾，鄉民結寨此中保。崖懸萬仞如削瓜，道接千尋絶飛鳥。城中猗頓輦金居，人間雞犬桃源好。內蠹難防有蟊螣，欲攻郿塢遥通賊。潛師一夜來黄巾，風緊霜高月光黑。垂紡暗引莒人謀，懸布竟使偪陽得。營門一片賊火燒，池魚檻獸難生逃。跪捧金繒輸賊獻，熱血免濺昆吾刀。從此雄關爲賊踞，草間苟活人無數。朝伴烏旗南卡巡，宵隨白號中軍錮。團民苦賊奮忠義，夜逾賊營求大吏。潛攻不使一賊還，飛將從天下平地。困獸猶鬬鬬不及，吮血猰貐皆就執。死屍横裂成血渠，殘黎踴躍瞻天日。誰知將軍貪殊功，良莠一概尸城東。窖藏銀幣如山積，富者三五留衰翁。椎牛縱飲大歡樂，那管冤魂號寒風。更有女瑩年十六，幼許豪門顔似玉。一朝被擄進營來，黄金不許佳人贖。父兄免脱不能見，年去年來時事變。昨聞撤勇向瀟湘，途窮流落歌姬院。相逢幸遇同鄉客，傳語家人心惻惻。淚落思求破鏡圓，夢歸屢被晨鐘隔。書來老父持金赴，柳絮飄零迷所處。人言黄土已埋香，我爲紅粧悲失路。嗚乎賊罪不容誅，將軍何苦殺無辜。賊來共作秦庭哭，賊破翻同趙卒屠。亂世人民如草芥，連營大帥悉萑苻。我沽村酒山頭坐，老兵吹火談前禍。陰霾慘淡天怒號，滿山紅雨桃花墮。

上巳日偕友人登思南中和山

萬疊芙蓉展畫屏，陰晴無定晝冥冥。絮雲帶雨沉山黑，麥草沿堤夾水青。客裏流觴逢禊事，天邊古木露危亭。承平又見春如海，一路飛花擁玉軿。

阡陽雜感二首

摩空山色鬱蒼蒼，廢壘登臨草樹荒。新水漲添瓜蔓緑，夕陽遥襯菜花黄。春殘易醒遊人眼，泉暖難温烈士腸。借得青瓷聊一枕，扶將清夢到瀟湘。

誤到詩書尚苦磨，勞勞跋涉耐關河。高飛未必無鴻鵠，少見何須笑橐駝。奇句忽從天外落，麗人原是水邊多。唾壺擊缺渾閒事，漫指燈前發嘯歌。

梵淨山嘆

梵淨山，山深箐惡藏神奸。鐘磬無聲闃香火，蛇虺塞路窮躋攀。上有陰崖戴殘雪，下有絶澗鳴潺潺。淫潦毒瘴蔽天日，行人惻怛摧心顔。憶當古殿未銷煅，滇中雞足同媲美。首連銅鎮尾思邛，磅薄綿亘三百里。早歲逸匪偶竄息，教匪趙子灌。雕勦尤幸官軍疾。擣穴擒渠奏凱囘，岡巒盡掃浮雲出。不圖承平近十年，峯頭一夕騰烽煙。古云深山匿虎豹，駸駸餘孽揚戈鋋。闖賊入山纔七騎，漁陽竊發震三邊。深宵狙擊巖居民，霧雨晝伏潛其身。覆巢毁卵肆焚掠，以數十人屠千人。星符火急大府怒，飛檄貔貅徧召募。旌旗山外蔽空來，摐金伐鼓無尋處。獅子搏兔用全力，剔嶂搜崖懼荊棘。懸賞坐待犬啣頭，吮血徒驚虎生翼。萬歲撲碑不能進，五丁開道嗟何及。我來聞此心忉忉，割雞奚事持牛刀。合圍大獵鬬困獸，如魚在笱豕在牢。掌火何弗師伯益，天跳地踔燎原燒。熊狼猿鹿付一炬，神焦鬼爛將焉逃。胡爲連營久坐困，致令小醜猶梁跳。又聞名山大鍾毓，鳳凰在藪麟在郊。不產珍奇穴鳥鼠，猰貐反踞宗彝巢。碧山被辱丹崖滓，北隴騰笑南山嘲。誓將一洒薛荔恥，掃除破獍誅羣妖。廬山頓還真面目，插天依舊高山高。

頌壺川夫子重遊泮水四首

真從魯殿見靈光，步履如飛兩鬢霜。領袖喜增桃李色，朝衣新染藻芹香。百年銅狄摩挲認，卅載金淵教澤長。公曾秉鐸金堂。洛社耆英今有幾，自然傾倒到張蒼。謂張香濤學使。

野王門學重西京，文苑儒林兩擅名。魚雅四朝推哲匠，鹿鳴重賦此先聲。一輪花甲週元會，千古新傳仗發明〔一〕。宣聖有知應莞爾，披帷如拜老門生。

駸駸萬目擬祥麟，壇杏花開閲八旬。舉世盡尊前輩禮，升堂曾是過來人。龍頭共屬身逾健，鴻爪重尋跡未陳。莫怪文章能食報，六經箋註此功臣。

五溪文運仗公開，潞國精神老杜才。名世當今堪首屈，替人此後是誰來。壁中絲竹聽前度，天上蟠桃竊二回。喜向黌宫談舊事，歲星一任世間猜。

【校記】

〔一〕『新』，疑當作『薪』。

龍池書院留別壺川師二首

邴原與康成，同里不相師。坡公契范公，恨未親見之。前賢去後生，瞬若浮雲馳。古今不相及，尚友空涕洟。鯫生一何幸，趨步親威儀。飲食兼訓誨，一月坐董帷。命較豕亥誤，刮目加金篦。英華萃二酉，葑菲採無遺。微名附驥尾，千古豹留皮。古稱知己恩，銘感入心脾。南豐一瓣香，頂祝無窮期。

日月如轉輪，循環晝夜走。彈指一月間，春風未坐久〔一〕。切切杜鵑聲，依依官道柳。催歸何太急，踘躅征馬吼。師恩事列三，遽忍違左右。矧我受恩重，涔涔鼇戴首。豈敢思故鄉，家有垂白母。自春及徂夏，倚閭日八九。孟草三春暉，程雪三尺厚。兼之事本難，迢遥隔川阜。風笛一聲吹，怕飲離亭酒。

【校記】

〔一〕『坐久』，原作『久坐』，據本詩用韻乙正。

六月二十四日赴省途中聞警

野店燈昏人未睡，一片驚呼傳賊至。堡中鼓角如雷鳴，男女顛踣紛滿地。山頭環坐至天明，風聲鶴唳皆疑兵。須臾諜報賊已去，談虎色變心猶驚。去年兵至賊暫戢，擾擾連村荷戈戟。負嵎小醜善跳梁，連營大帥徒面壁。可憐終歲耗金錢，放虎自衛誇防邊。倘教一旦揭竿起，醜徒何難聚百千。賊黨吹唇猶沸地，杞人過慮爲憂天。曉持行李行，適從兵卞過。將軍正譏察，高坐醉顏酡。長揖謝將軍，莫慢肆譙訶。見大敵勇小敵怯，古如公輩原無多。前人有名言，請爲將軍歌。涓涓不塞成江河，兩葉不去用斧柯，爲虺弗摧爲蛇將奈何。

七月十四日宿施秉縣

斜陽銜半嶺，石路謝千盤。碧水雙江鎖，黃雲萬畝寬。磵憑飛鳥接，山作怒龍蟠。佳絶宵來月，偏教客裏看。

遊飛雲洞二首

飛瀑散作雲，雲飛疊成石。雲氣觸石生，石色亂雲積。摶結不可分，横幕青天隙。孕此萬古奇，天巧非人力。不畏愚公移，還同巨靈擘。我夢天姥吟，來蠟阮孚屐。聞名已十載，交臂何容失。長廊暑氣收，赤日掃無迹。曲折聽溪流，怪石相共揖。嵌空萬雲縷，覆頂圓如笠。撑天不蔽天，上下同一碧。雙松大合抱，干霄攫崖脊。人從根下看，高壓豈尋尺。時作奔濤吼，拏雲如欲出。不負昔人題，洞天此第一。

舒卷極天然，千仞無寸土。何年觀自在，飛立雲中俯。堦下三奇峯，拱立尤奇古。紛拏峙獅象，左右環龍虎。神工謝雕琢，奇哉石鸚鵡。凝眸儼聽經，振翼如欲舞。巡廊覓斷碑，林立紛難數。題名或三韓，燕越暨鄒魯。可惜值兵燹，毁裂無完礎。楊侯摩窠字，破碎不可舉。楊果勇侯芳『海上飛來』四大字皆燬。是爲文字刼，古今同悵憮。邇來烽火静，逆苗膏鑕斧。誰鍊五色石，再作媧皇補。我本卧雲人，去留難自主。聞韶早忘味，愛絶不能語。日暮試言歸，澹月前峯吐。

宿黄平州

城郭荒涼夕照收，蓬蒿滿地暮煙浮。東來山勢蟠龍虎，西去場名笑馬牛。上游多以支干所屬馬、牛、雞、猪等字名場。逆旅秋風驚轉瞬，照人明月又當頭。兵戈甫定流亡滿，隱患何須説舊州。

崇安江

積尸分野耀巖疆，黔省初亂，有占天象者謂積尸星臨分野。殺戮頻年此處當。客過尚驚聞鼓角，賊平依舊聚舟航。千尋碧嶂圍殘壘，萬塚青燐弔戰場。幸喜天心能悔禍，早將弧矢射天狼。路旁萬人坑、萬人塚無數。

鐵索橋 周渭臣軍門新建

黔山巀嶭橫斷鼇，黔水迸裂隨怒蛟。奔騰一線驚雷輥，兩崖狹逼難容篙。崇安江水尤扼要，天旋地轉翻洪濤。每當盛漲摶萬鼉，舟人束手難弄潮。况復車騎通滇楚，往來阻水時諮謷。亞夫將軍雄且驍，提兵血戰平苗巢。大功告竣疆宇定，旌旗駐此心忉忉。銷金大聚九州鐵，奇想欲與江神鏖。千夫邪許曳巨練，半空橫亘懸飛橋。護以鐵欄鎮以石，連環交鎖木板牢。長數十丈廣丈六，馬蹏蹴踏聲蕭蕭。神工巨製邁千古，足與殺賊功同褒。我聞天全土司境，鑪定一橋眠山坳。相傳鑄造極偉異，懸崖鐵柱銘前朝。又聞瀾滄水深闊，鐵橋天半垂虹腰。國初進軍勦逋寇，全賊夜遁將橋燒。事平動帑重創建，至今安穩傳南交。盤江索橋更雄勝，與此鼎足橫江皋。我來過此駭未見，波光閃爍神搖搖。憑欄俯首不敢咳，大魚萬尾崖陰跳。橋頭小坐目猶眩，當時程功毋乃勞。振衣上山一仰視，插天無際橫屯碉。

過孫可望廢城在羊腦驛前

張獻忠，作太祖。李定國，羞與伍。川南大敗竄滇黔，養子盤踞成驕虜。既執沙定洲，還擾湖粵土。陳勝篝火自稱王，項羽沉舟先負楚。帝星井度已成虛，朝臣誅殺究何補。當時鎮此繕城隍，龍旗葩槊横貴陽。交水一戰全營叛，大呼解甲迎晉王。千騎狂走夜奔北，迎降大軍同匍匐。聖朝寬大示包荒，不忍殺降安反側。游魂一朝羽翼翦，南方轉瞬歸圖版。全終幸免喪青鋒，黜爵終難逃白簡。迄今平定二百年，掃除苗患無烽煙。鯨鯢就築關全燬，雉堞猶存瓦不全。始知亂臣賊子無巨細，乘機跋扈終自斃。後來與君誰頡頏，平西逆藩吴三桂。

雲頂關

倚天拔地勢崔嵬，山似芙蓉絶頂開。馬帶鈴聲迎日上，人隨雲氣出關來。奇峯萬點横秋黛，老樹千年剥蘚苔。悵觸故鄉何處認，登高遥望首重迴。

貴定道中望牟珠洞

洞外殿基長里許，極宏闊，已爲賊燬，荊棘滿地，不克入。

黔中兩洞天，早歲聞名久。飛雲暨牟珠，奇勝世罕有。前日過雲巖，玩賞辰至酉。別來入魂夢，雲猶生兩肘。今過牟珠洞，入路皆林藪。殿基滿荊棘，藤蘿纏瓦缶。石徑苔蘚封，遥望空翹首。洞口高百尺，雄渾壓培塿。陰崖巨斧劈，班剥炫奇醜。老樹閲千年，拏攫亂虬走。一斑雖偶窺，全勝未能覯。傳聞此洞内，軒豁開户牖。石骨怒龍蟠，奮鬣如欲吼。秉燭入三里，寬廣容百畝。驚波萬頃翻，山腹深能受。中産無目魚，千百自爲偶。怪奇殊比目，游泳同水母。造物鍾靈異，疑義從誰剖。雨師欲我留，拖雲來谷口。我竟自崖返，慚恨呼負負。回頭謝山靈，相期十年後。

圖雲關

夙聞洞庭湖，波浪掀天起。今到圖雲關，看山如看水。看水喜回瀾，看山嫌直理。岡巒望不極，横展數百里。山雲攙水雲，滉漾恣奇詭。峯峯耿長劍，十萬青天倚。如展龍伯釣，連鼇隨轉徙。如會百谷王，百怪森鱗比。當關一丸塞，足使萬夫靡。昔年趙將軍，大軍頻駐此。捍蔽若長城，賊旂不敢指。省垣獲安全，厥功信奇偉。前營落大星，百戰屠腸死。迄今烽煙平，逆苗皆勦洗。餘壘剩斜陽，雄關未全燬。城中百萬户，奔騰來眼底。一笑謝山靈，爲儂壯遊履。模寫入奚囊，終古留崕巇。趙剛節公德光曾駐軍以衛省城。

與丁質夫遊翠微亭步壁間韻

城南小閣移情處，千里歸心入座忘。幾樹疎紅延野色，半亭空翠鎖花光。峯頭雲影依風定，寺外鐘聲渡水長。難得招邀好時節，登臨聊與醉重陽。

與孫介泉先生、丁質夫遊黔靈山

君子貴善變，名山貴善藏。一露不留餘，望之如木强。境轉味愈出，水曲流乃長。黔靈具此妙，幽折隨山梁。初從一徑入，古木羅成行。蔽天森百丈，緑極成青蒼。驕陽横木末，亂葉争霜黄。杈枒忽破碎，激射金丸光。既上乃益高，横出如面牆。將往仍復回，芒屩摩肩吭。半亭穿窈石，發響騰鸞凰。磴道憩腰力，怪石成奇殭。盤旋至山頂，古寺攢中央。峻嶺左右横，如翼張兩旁。嵯峨互開閣，羣龍天際翔。寺形落井底，可即殊難望。樓閣頗宏壯，高下眠虛廊。松柏老益縱，萬柯圍修篁。秋菊數十叢，遲開含晚香。始嘆奇山水，未可一律量。愈高意愈下，能藏用益臧。百靈森拱衛，風雨和陰陽。禱祈屢有應，祀典垂煌煌。我將師此意，善刀休露芒。點頭忽有悟，欲言意已忘。

聖水泉

城南亂峯劍森列，城東富水波縈折。山川清淑久鍾靈，聖泉一水尤奇絶。不産城中産曠野，滔滔誰是知音者。我遊黔靈偶問津，老僧爲指青山下。朋儕踴躍争先往，日光倒影穿林莽。躡屩争隨雲氣飛，入門先聽泉聲響。短垣破碎圍周遭，荊棘滿地迷蓬蒿。階前一井闊數尺，水藻滉漾羣蝦跳。一拳圓石小於甕，横鎮波中波不動。笑疊金錢二寸高，試占瓷枕三生夢。泉色澄清淨逾練，錢壓苔痕齊水面。石闌小坐看生潮，水勢驟消如掣電。須臾砰磕忽有聲，波濤㳟激與錢平。馮夷蓄勢不妄發，一發滅頂人皆驚。同人撫掌誇吉利，彼此投錢千百試。靈光閃爍露機先，怒潮起伏隨聲至。題碑不愧聖泉名，野樵爲道當時事。昨年巨寇覬天命，三日禱泉泉不應。賊怒一炬廟全燒，斷瓦殘磚猶可認。我聞錢江白馬濤，朝潮夕汐隨漲消。元帥下杭營野岸，三日不至風蕭蕭。此泉亦復著靈異，佳話從今光乘志。萬古不廢等江河，一勺真能小天地。古井瀾翻十二時，醜徒氣喪三千騎。天風吹袂不可留，夕陽已沒前峯頭。清泉送我出山去，珊珊環珮沿溪流。

貴陽謁武侯祠

按侯祠自濟火歸，建於大方，後移貴陽南關外。

瀘水滔滔穩渡軍，騷除羣醜振炎氛。鼉叢再正中天日，龍臥難歸出岫雲。濟火輸誠先七縱，卯金遺統竟三分。杜陵詩句宗公嘆，多少英雄尚惜君。公南征，招蠻酋濟火以師從。

桓靈遺恨起黃巾，炎祚存亡繫一身。兩立不甘容漢賊，羣蠻相震若天神。生能寄命酬先帝，死聽奇才嘆敵人。景略苻堅休比擬，千年魚水獨君臣。

攻心上策出奇兵，犵鳥蠻花夾路迎。北伐從今無後顧，南人不反仗先生。偏安局定躬拚瘁，五丈星飛夜有聲。天運莫回臣力盡，銅仙清淚早長傾。

巍峨廟貌肅蠻荒，奚戀成都八百桑。孫肯斷頭從北地，身難抱膝老南陽。土花霉雨銷銅鼓，翠篠叢祠邁竹王。兩代賢臣同列祀，大名終古極光芒。兩廡以前明暨本朝名臣從祀。

排悶同質夫作

此身未必老煙霞，如意樽前帶醉撾。彈指何時霏柳汁，誤人昨夜對燈花。難禁日日傳風鶴，生恐星星上髩鴉。懸布復蘇期再奮，共將磨鐵話天涯。

櫜筆風檐瞬十年，捲簾無語對山眠。半林黄葉秋如醉，一枕青瓷夢不圓。文字似招神鬼忌，詩名空動俗人憐。英雄熱淚知多少，入彀終輸萬選錢。

九日登象寶山放歌

人間九日逐年有，不能歲歲登高傾大斗。天下名山不能多，豈能處處逢之作重九。我生信結山水緣〔一〕，周遊宇内如飛仙。去年今日高踞武陵頂，銜杯大笑真狂顛。今年黔山發高詠，萬峯羅列横秋煙。倒擊如意看白日，天公惠我毋乃偏。黔中衆山本奇絶，萬馬奔騰千劍削。偶逐飛鴻憶故鄉，試登象寶酬佳節。人生棖觸多離憂，今我不樂翻來遊。乾坤浩蕩瀉胸臆，對此儘足銷羈愁。貴不羡金張裔，富不慕陶猗流。但使一杯長在手，榮枯過眼浮雲浮。曲江高會已零落，塵中餘子空悠悠。嗚乎富貴不可期，勝遊良可續。我將侶元猿〔二〕，招白鹿，醉把杜公萸，笑插陶潛菊。偏請龍山高會人，共詣太華峯頭宿。然後王宏爲送酒〔三〕，夢得補題糕。遥指英雄來戲馬，相逢畢卓爲持螯。大會古今奇人並騷客，縱横上下同遊遨。空中奇氣一傾吐，足下鷹隼皆秋毫。豈學韓公蒼龍嶺頭惟痛哭，且令子安一序壓倒章江濤，豪吟千古真人豪。吁嗟乎，豪吟何必非吾曹。今日之會已如此，明年之會將誰邀，大呼搔首持問高天高。

【校記】

〔一〕『緣』，原作『緑』，據詩意改。

〔二〕『元』爲『玄』之諱。

〔三〕『宏』爲『弘』之諱。

遊東門外九華宫

半池疎柳月昏黄，菊補殘荷放晚香。孤鶴不知花睡着，一聲驚醒五更霜。

鶴

性傲鷩微白，年深頂盡紅。氈氉不善舞，君我竟相同。小步花爲伴，高鳴月在空。種梅和汝住，好爲謝逋翁。

白馬村弔王金山茂才

金山，平越諸生，咸豐年間苗教賊起，結村自保，闔州倚爲屏蔽，州城陷，賊麕集村下。天旱汲斷，村破，萬人盡死，無一降者。賊平，州牧斂遺骨葬焉，樹碑以表其事。

汲斷全營死，歡呼萬賊譁。書生拚馬革，刼火燼蟲沙。戰骨埋荒草，豐碑蝕蘚花。英魂吹不散，天半作朱霞。

曉過甕安縣時遇火災

纔離兵火刼〔一〕，又遇祝融災。枯木能爲難，殘黎可大哀。雨聲添寂寞，天意警將來。獨剩荒城在，愁雲黯不開。

【校記】

〔一〕『離』，疑當作『罹』。

由松坪至木葉嶺

籐蔓張成幄，蓬蒿長過身。際天惟有樹，盡日不逢人。敗葉鴉如喚，荒崖虎出巡。防身餘一劍，拂拭倍精神。

曉發活閃渡，用東坡大風留金山詩韻

舟人隔岸相呼語，凌晨競發活閃渡。扁舟壓浪怒濤摧，中流白日轟雷雨。須臾入峽層波静，失喜魚龍罷掀舞。山勢一裂走千尋，回頭睨水猶含怒。旱程六日水程半，便捷争趨快如許。艖頭坐看上灘舟，鞫輘正鬬雷門鼓。雷公門，灘名。

舟行雜詠

半江新雨曉來收〔一〕，舟共輕鷗逐亂流。獨有白雲行太懶，夜來依舊宿峯頭。

一條濃緑劃新苔，峽底温泉噴若雷。不解濟人空自熱，作聲何必出山來。泉出崖根，數丈外即入大江。

崖松倒掛攫蒼苔，滿樹籐蘿掃不開。影落波中鱗鬣動，渾疑龍臥截江來。

【校記】

〔一〕『曉』，疑當作『晚』。按：據第三句『獨有』二字，知夜雲與新雨、輕鷗爲同一畫面中之景，此句『曉』作『晚』似更恰。

至邵家橋觸石舟破，遇救獲免

船頭客喧笑，船尾客酣呼。榜人共嬉戲，扁舟忘戒途。中流數巨石，汩没視如無。鼓棹昂然來，奮迅如追逋。砰磕忽大震，觸石聲摧枯。儼遭博浪椎，暴起擊如狙。儼遇由基射，一矢洞肌膚。石攢舟不動，水湧没雙趺。前後左右間，瞭望皆成湖。匪惟泅不善，落水寒仍殂。恨不生雙翼，泛泛偕鷗鳧。滿船驚滅頂，魚腹葬須臾。倏見上流舟，歡呼振菰蒲。譬身陷敵營，望救來亞夫。瞥眼舟進前，奔赴忙僮奴。如鼈逃鼎釜，如鳥脱羅罘。如遇金鷄赦，如殺秦諜蘇。回頭彼岸登，驚顧猶瞿瞿。長揖謝舟子，微君其魚乎。共指杖頭錢，醵飲爲行沽。談虎色猶變，四座相嗟吁。我獨告同人，欲語爲躊躕。倘使捉月去，已隨太白娱。即使投深淵，未必探驪珠。萬死得一生，今非我故吾。人生積百慮，莫如守田廬。穩騎款段馬，稱善傳鄉閭。胡乃忘垂堂，役役名利趨。紀此作前鑒，慎旃防後圖。勿爲豚拜浪，甯爲兔守株。

换舟至思南，宿邢建亭都戎署，仍疊前韻

滿隄燈火聞人語，空江黑壓舟横渡。行李委積泥沙攙，溼痕猶漬灘頭雨。短僮持燭導我登，

友朋慰藉爲歡舞。平生涉險百不懼，憑陵竟激天吳怒。重添爐火饋盤飧，人情感激厚如許。驚魂少定醉思眠，隔牆坎坎傳三鼓。

歸家

去時高興托雲霞，裘敝囊空又轉家。久別任他猿鶴怨，只愁慚愧對梅花。

田居集 丁丑至戊寅

寒夜

豔豔燈花怒吐芒，迢迢永夜一何長。寒驅四壁爐添火，冷逼三更月有霜。堆案古書看卓犖，壓窗瘦石露奇礓。文人不合無仙骨，飽讀《黄庭》勝講章。

春日即事

雨意十分足，小園花怒生。春心蘇草木，天氣亂陰晴。水静魚吞影，風高鵲縱聲。前村煙樹隱，叱犢聽農耕。

題熤山六兄《萍緑山房詩》後

花萼聯珠各擅奇，弟兄難得性靈詩。吟來豔體誇紅豆，數到才華愛白眉。十樣彩箋新造鳳，一家能事獨探驪。行窩近結千峯頂，目擊浮雲繫夢思。

題劉菊生庚詩集

少年頭角太峥嵘，第一才名噪賈生。五夜蜚蜞曾入夢，三年大鳥莫輕鳴。青雲有志須騰上，白雪何人敢再賡。任是衝梯攻不破，劉郎字字屹長城〔一〕。

【校記】

〔一〕『字字』，原作『宇宇』，據詩意改。

梅花

嚴寒吹過一番風，香到園林歲又終。耐冷自緣春意足，賞音難得古心同。開從老屋神猶淡，看盡凡花目早空。未識冰枝誰鏤出，玲瓏滿樹雪初融。

南枝消息費疑猜，昨夜春風已暗回。攜酒對時憐獨醒，無人賞處忽先開。名心早向山中鍊，瘦影還隨月下來。竹外松間殊寂寞，托根仍要住蓬萊。

遣懷

閉門長日擁書城，俗客先辭免送迎。世味漸看中歲淡，詩名難與古人爭。村煙曉聚成雲氣，簷雪晴消作雨聲。從此山中高臥穩，九州無事隴夷平。

中秋夕，久雨不晴，加以老母沉疴未痊，姬人生子不舉，夜雨琅琅，寢不成寐，觸而有作

樹密窗忘曉，蕉喧雨益稠。人難見明月，天亦負中秋。溪漲聲如沸，雲低影不留。世間歡喜事，相反便生愁。

辛苦邱爲母，秋風髩早皤。興逢佳節敗，養愧古人多。志遂林泉樂，心驚日月梭。參苓華比潔，調護敢蹉跎。

暫作煙波想，移家便惹災。香焚龍有腦，月減蚌無胎。身世偏多憾，乾坤總忌才。恐驚萱草色，强爲笑顔開。

慣領秋來味，今秋味倍加。年華催節序，絲管静鄰家。屋積高田穀，燈辜昨夜花。補天如有術，頫首頌神媧。

冬日登石鐘山絶頂

大聲長嘯激罡風，絶頂登臨氣象雄。但覺有天争咫尺，不知何處是虚空。

古松奇崛覆蒼苔，風動虬枝吼若雷。髣髴巨靈伸巨臂，亂拏雲氣入窗來。

苔鬟尺五掛枯枝，雪壓霜欺景益奇。絶似春風三月半，緑楊風裊柳絲絲。

羣峯萬里渺秋毫，大斧何年截巨鰲。滿地白雲淊不住，一枝文筆插天高。

二坳河

陰崖勢欲傾，仰首不敢望。一線入空濛，山勢恣奇創。人如蟻緣磨，左旋右復上。俄焉忽開豁，山盡得平曠。出險就夷途，脚腰始一放。黄葉數村合，蒼秀難名狀。堤曲水交流，樹深雲自傍。巍峨兩奇峯，東西屹相向。此中遂高隱，從不聞理亂。可惜捷境通，行人日魚貫。欲取一丸泥，竟學函關障。鳥道不復開，路阻行人斷。鷄犬樂桃源，優游恣泮涣。何處説神仙，終古忘秦漢。

辣子溪

一線下羊腸，兩山相束縛。人行破櫝中，拳曲不敢躍。石形猛獸蹲，雲氣亂峯割。四圍密無縫，高天張翠幙。野水滙羣流，迴旋避絶崿。觸石勢逾怒，大聲相激搏。石坎列凶門，險絶何年鑿。水勢激盤渦，横空千丈落。雪浪吼層潭，深黝駭蛟鰐。水石正喧豗，大雨俄然作。見水不見雨，風雷撼崖壑。道路太艱巇，人情尤險惡。昨年狹路旁，大盜操霜鍔。刼人便殺人，白日恣兇掠。至今野鬼號，行人猶駭愕。我來憚險艱，輕裝快腰脚。同人色相阻，笑啼兩無着。我謂子胡然，胸襟宜卓犖[一]。不經世路艱，虛負尋仙約。且上千仞岡，振衣看寥廓[二]。一笑凌天風，相與招元鶴。

【校記】

〔一〕『卓犖』，原作『犖卓』，底本有手批乙正符，今从之。

〔二〕『振』，原作『振』，據詩意改。

水次巖居人家

灘次人營窟，穿雲石縫斜。直憑崖作瓦，竟以水爲家。簾織當門雨，籐纏隔樹花。環山如翠幄，孔孔露蜂衙。

九日遊武陵山二首

一笑登天上，羣峯俯脚跟。雨收山路滑，雲起寺門吞。石骨驚崖裂，鐘聲帶樹奔。九霄爭咫尺，狂欲大星捫。

平生幾兩屐，遊賞趁高秋。萬壑圍羣樹，千峯捧一樓。大風吹雨立，孤磬入烟流。愛絶殊難捨，奇山擁並頭。

看山雜詩

山後九峯連，環拱如芙蓉。一峯挺中權，突兀撑青空。下窺不可極，烟靄横濛濛。何年搆飛樓，駭絶驚神工。雲生山下石，風落天外鐘。飛鳥近可接，横視無高峯。誰爲闢此地，萬古疑仙踪。

對面羽人峯，林立森如杜。或作怒獅蹲，或作刑天舞。高挺連理枝，對駢雙劍股。羣仙聚大羅，萬國朝神禹。簪珮雜瓊琚，環拱雲中俯。此外百萬峯，羅列不可數〔一〕。城郭及舟車，戈甲間旗鼓。如從壁上觀，大戰駭秦楚。始嘆造化奇，山水創奇古。横絶不可思，良工太辛苦。

險絶不容足，鳥啼猿嘯哀。石骨忽破裂，洞敞天門開。峯頭一窺視，湧現金銀臺。何人揮巨筆，題額擬蓬萊。蓬萊今已到，神仙安在哉。不如飲美酒，高歌同軒咍。白雲知我心，飛去還飛來。

積石一萬丈，樓閣當空懸。艱哉一勺水，價值千金錢。何人出奇想，天外引飛泉。高樹縛森竹，曲折相蟬連。半空通水脉，灑滴聲濺濺。竟如黄河水，奔放來高天。愛之飲一掬，舌本餘甘鮮。安得和金丹，服食成飛仙。

早歲遊此山，寺宇極繁富。中遭一炬火，竟等阿房覆。神龍護不及，空向層潭呪。始知大刼臨，佛力不能救。老僧日丐材，殿閣從新構。長松喜欲舞，影落潛蛟瘦。焕然刼灰餘，依舊山川秀。但願梁棟材，長共名山壽。

人臥高樓中，樓踞青峯頂。嵌空懸絶壁，俯視心懔懔。三更鐘磬寂，雲撲衣裳冷。擁被未成眠，濤聲喧眾嶺。風雷走萬牛，扛樓如扛鼎。猛如蛟龍鬬，破壁在俄頃。洶湧洪濤翻，盪搖如繫艇。駭極蒙頭臥，恐懼不敢醒。朝來倚窗望，紅日光炯炯。

【校記】

〔一〕『羅列不可數』，原作『羅不列可數』，據詩意改。

將行復約破參上人飲酒作別

愛山不忍別，臨行重飲酒。山僧訂後約，問我重來否。酩酊笑不答，長揖下山走。我不舍青山，行行屢回首。青山更戀我，相送里八九。譬如讀過書，臨別味逾久。譬如別良朋，將去情逾厚。白雲若解事，飛來塞谷口。茫茫兩不見，此刻纔分手。

紀遊詩編成再題一律

醉倚蓬萊酒亂吞，一峯奇處一開樽。題詩頗帶煙霞氣，落紙全忘筆墨痕。紅樹青山時入夢，黃花細雨又銷魂。編成日索吟朋和，敲徧人家白板門。

秋蘭

嚴霜既肅殺，草木俱凋瘵。奇絶幽蘭花，秋風不能敗。孤根野露滋，瘦蕊晨霜戴。香氣倏然來，聞之破鼻戒。我本紉蘭人，蘭言尤夙愛。曾聞木樨香，相較慚形穢。始知高潔流，藏身原有待。不爭春芳榮，獨留晚節在。置身梅菊間，立品梅菊外。是爲王者香，金剛長不壞。秋風其奈何，中宵空澎湃。

家紫垣兄於空腹樹中種菊一叢，冬初盛開，莘田弟命題

豔影渾疑夾竹桃，一叢紅菊最風騷。倒銜庭樹霜尤飽，不寄人籬品更高。異體竟徵同氣合，虛心終愛託根牢。巢居儼換羲皇世，栗里先生興太豪。

冬夜讀書偶作

到頭還是讀書忙，誤盡時光祇自傷。識路應知追老馬，補牢終悔嘆亡羊。横吹木葉風生樹，冷逼梅花月上廊。醉擊唾壺歌一闋，啼烏驚起滿林霜。

留門丞詩

俗例，除夕前更换門丞，予家老屋數椽，舊紙尚未剥落，拭之神采依然，遂仍之。詩紀其事。

竈府朝天去有日，鼕鼕臘鼓祈年疾。人家循例换桃符，白板朱門咸秩秩。嗟爾荼壘胡爲氣不揚，屹立對余神宛傷。豈緣袍笏少光彩，箇中得失煩推詳。君若愛吾廬，勿遽生惆悵。我雖未及摹新樣，紙薄人情奚足尚。故舊從來貴不遺，來年伴我仍君望。攀轅卧轍比留官，新例何妨自我創。君不見楊子雲、韓文公，一人逐貧一送窮。即使貧去窮亦去，儒門先失舊家風。又不見田舍翁、廛市民，終南進士曾寫真。一幀高懸舊不改，百年靈爽長如新。神兮神兮勸汝一杯酒，炎涼世態神何有。北門鎖鑰今交君，珍重泥丸爲我守。我家萬花中，閉門忘漢魏。曳裾客不來，催租吏不畏。煙霞供養殊清貴，萬鬼魗魗稱老輩。何必度索山前尋故鄉，此地逍遥可舊典縱破除，新機正無疆。吁嗟乎！世間何物越舊越奇絶，惟有神靈及忠節。來夕朝天竈府回雲軿，聞我此言當亦相怡悦。

卒歲。好爲主人祓不祥〔一〕，水魅山精皆遁藏。啓户但有高軒過，德星時復聚高陽。

【校記】

〔一〕『祓』，原作『袚』，據詩意改。

塵勞集 己卯至甲申

題曾乙垣別駕煒《鴻雪留痕集》

滇黔行倦更幽燕，風雪豪吟此少年。曠覽古今如過客，能遊河嶽是飛仙。一階官敢輕曾鞏，三絶人偏愛鄭虔。交臂險將詩侶失，好從文字結因緣。

中秋後五日，周小瀛刺史招同鄒幼緣貳尹、胡鶴林明經、曾摶仙參軍同游城東九華宫，至曾文誠公祠小憩

攬勝逢佳日，重城東復東。好山青抱郭，高樹緑蟠空。鶴唳重關月，蟬嘶萬柳風。九華何處認，逸興寄壺中。

小坐尋涼味，澄懷澹俗情。亭池延野色，梧竹亂秋聲。地僻能消暑，雲陰忽放晴。倚欄同一笑，鴉點半峯生。

樓臺窮壯麗，花木掩參差。百戰唐蒙績，千秋蜀相祠。岷峨鍾間氣，邊徼起瘡痍。遺愛誰能繼，芳型繫夢思。

秋色催黃葉，峯峯媚夕陽。荷衣低淺水，花氣飽新霜。詩思憑鷗寄，歸心逐雁長。滿階篠影亂，風味憶莼鄉。

再贈乙垣、搏仙昆仲

連宵雅集繼題襟，青眼招邀慰素心。叢桂一山香正滿，桃花千尺水同深。詞場早踞南豐席，吏治猶傳宓子琴。況有仲宣能下士，一門風誼感知音。

重九日乙垣、摶仙約同周小瀛、馬芝泉兩刺史登甲秀樓，用元人薩都刺《九日登石頭城》韻

曲江何必宴鼇頭，落日登樓又感秋。楓葉有聲人漸老，蘆花無際水長流。半生湖海餘豪氣，萬里關山激暮愁。閣外芙蓉應怨我，年年負汝事遨遊。

宿美竹箐，讀摶仙題壁詩，感而有作

春間摶仙過此，題詩二絶，今予偕乃兄乙垣重過，已爲錦江吉皆氏、楚南忘禄子題句讚賞，爰賦二絶，異日摶仙再至，不又添一段佳話耶。

怕聽驪歌唤奈何，尊前淚溼是誰多。别君三日相思苦，竟欲回車不渡河。下坡即烏江渡。

春前題壁數行詩，竟有才人互賞之。可惜征途鴻鴈少，未能封柬報君知。

湄潭道中憶馬湘雲 治源

笑疾當年仿陸雲，臨歧風雨悵離羣。竭來驛路溪橋外，每見梅花便憶君。

庚辰冬日過三度關

險絶驚天塹，風烟控百蠻。亂山今日路，破壁古時關。落木鳴寒鳥，斜陽隱暮山。行人日魚貫，驅馬敢辭艱。

過遵義有懷南宋冉璞、冉璡二先生

閉門茔帚運心兵，保蜀奇謀仗老成。正統再延泥馬渡，奇功高並釣魚城。神龍入世終藏尾，大鳥同時奮一鳴。有客南州思仰止，瓣香遥薦兩先生。

冬抵筑垣，接摶仙石阡書，欲歸不得，賦此寄懷

伯勞東去燕西飛，準擬談心願忽違。千里關山扶病至，殘冬風雪妬人歸。幕遊王粲家如寄，君時就岷太守幕。書上蘇秦計總非。莫怪牢騷傖杜老，五陵裘馬正輕肥。

南明河水碧潺潺，隄柳蕭疏未易攀。耐我愁聽終夜雪，輸君飽看此邦山。功名一例嗟遲鈍，詩酒何時再往還。料得梅花東閣早，莫辭驛使寄陽關。

題曾摶仙《黔南紀遊草》寄石阡郡幕

別君一月如一年，江天南望心茫然。接君一詩勝一面，奇情勃勃飛吟卷。若玉在琢金在鎔，苦心烹錬無凡豔。蜀中文獻古無儔，子雲太白雄千秋。中間眉山復挺出，横絶百代迴狂流。君家兄弟能繼武，壎箎疊奏輝遐陬。瓣香已接曾子固，豪吟復見蘇子由。三峨秀絶甲全蜀，靈光一點君身收。每當選韻鬬旗鼓，酒酣縱筆如渴虎。人方瑟縮君更豪，奇句迸出如連弩。問誰酣戰鬬孫郎，半似章邯怖强楚。豈知君詩本性情，怵心字字皆堅城。懷人贈別及感事，全以血性

抒至誠。胡爲鬱鬱抱奇志，黔南半壁長流寓。天妬奇人似不容，一官潦倒無生氣。幸有文章動鬼神，天力窮時人不忌。迎門倒屣半諸侯，畫壁題襟傳韻事。人疑東野以詩鳴，我愛魏徵尤嫵媚。我君交情瀝肝膽，不僅區區説文字。即從文字論神交，十年前已投深契。君誦我詩輒開顔，我誦君詩尤愜意。古人羊棗昌蒲葅，彼此得毋有偏嗜。前年别君江之湄，君向夷州秣雙輪。寄我新詩積寸許，飛行絶迹疑天人。不圖功力竟至此，真覺頭角非凡鱗。惜隔阡陽天一涯，千峯萬峯浮雲遮。每蓄疑義待相質，如患奇癢思搔爬。何時相對共樽酒，登樓仍約吟秋花。仰看明月一長嘯，圓光今夕無纖瑕。此情此景不可耐，願君早泛灘江槎。鳶肩火色終騰上，况有文采驚荒遐。一朝風塵遇伯樂，行看天馬騰渥洼。

辛巳元日 時寓貴山書院陽明祠東廡

天半朱霞迤邐開，春聲遥送爆如雷。窮途不損英雄氣，賃廡欣鄰絶代才。閣倚千尋撑漢起，山環萬影抱城來。此中寄跡殊清貴，也抵人間市駿台。

壽花詞八首，花朝日作，仿曹唐遊仙體〔一〕

春風吹下碧雲車，偶傍飛瓊問酒家。野店忽逢殷七七，半肩紅擔杜鵑花。

春滿蓬壺夜不扃，曉霞千疊簇圍屏。封姨昨夜親相訪，過飲瓊漿尚未醒。

一片雲璈徹絳霄，紫紅千萬湧如潮。玉皇普賜羣芳壽，特勅仙班散早朝。

偶聆鸞嘯下丹牀，鹿韭千叢噴異香。棖觸去年蓬島事，倒騎青麀謁花王。

昨夜朝真奏彩箋，龍章飛下五雲天。瑶池徧種長生樹，花落花開一萬年。

淨掃雲痕坐片時，壽花新作步虛詞。花神約我宵來宴，自向神山覓紫芝。

桃花一斗比芝肥，偏食瑶姬不放歸。酒半雙成逃席去，紅雲擁着走如飛。

醉回歷歷捫星辰，雙蝶隨身大似輪。攜得蟠桃三百顆，持歸徧贈詠花人。

【校記】

〔一〕『花朝日作，仿曹唐遊仙體』疑當爲題注。

贈胡宗武 繩祖

驊騮開道走駸駸，彩鳳巢林衆鳥喑。璧月瓊枝才子句〔一〕，美人香草楚騷心。因緣文字三生石，綺語詞壇百鍊金。静諷佳篇忘夜永，一簾花氣散欄陰。

亭亭天半裊朱霞，門巷烏衣是舊家。累代清聲楊伯起，君祖及尊人皆官黔中。少年詞筆賈長沙。霜吟瘦影憐楊柳，香沁秋心濬菊花。願約紅兒同賭酒，謂某伶。旗亭低唱對琵琶。

【校記】

〔一〕『璧』，原作『壁』，據詩意改。

送曾搏仙之官粤西二首

赤日行空火繖張，牂牁南下水如湯。借句。萍蹤逐浪終千里，竹國分襟第二場。骨肉一家成傳舍，雲山萬疊入詩囊。近來日日憎多病，半爲離愁半感傷。

臨歧珍重粤西遊，灕水風烟易感秋。好借江山增閲歷，莫矜詩酒傲公侯。虎頭此去看君奮，鴻爪何時共我留。愁絶南明河畔水，相思日夜逐波流。

和張夢九孝廉九日偕登東山原韻

紅葉如花矗幾叢，南雲一碧望難窮。持螯可惜無霜蟹，印爪重來證雪鴻。人影倒騰鷹背上，苔痕蹂碎馬蹏中。時大府策騎遊此。邇來不少登高賦，絶唱還應數謝公。

胡宗武招同家葆初瑜遊九華宫，歸飲鹿鳴園

落葉西風瘦古槐，緩隨歌管度樓臺。無聊天地惟秋色，如此江山幾異才。老鶴也隨人坐久，黄花應笑客重來。名園杯酒同酬唱，遲速何須問馬枚。

題司毓芝炳烇詩集即送其還遵義

秋間耳君名，傲兀不可近。泰山石溜瀉千尋，不能容物爲君病。近日與君交，肝膽抒至性。和顔接時賢，惡聲斥邪佞。皮裏陽秋黑白分，磊落光明爲君敬。邇來塵海得三人，相倚相親如性命。宗武若琼枝，胡宗武。瑩瑩冰雪映。才華瑰麗脱塵鞿，賦年未冠真神駿。竹橋如古梅，周竹橋解元。瘦骨含仙韻。科名已占百花先，經綸待贊和羹盛。君格如怪松，佶屈兼生硬。嚴冬共葆不凋心，攫石拏雲稱後勁。而我側其間，大楚强秦兼一鄭。半生潦倒困名場，仙鼠吐腸空自忿。三君遇我與人殊，騷壇牛耳同相競。有時大笑出城闉，俗子避鋒奔折脛。有時痛飲酒家樓，狂呼轟若春雷震。長鯨一飲盡百川，傭保潛逃缾告罄。君乃獨醒神洋洋，當筵正色加規諍。譬衝怒浪走洪濤，中流砥柱憑君定。昨袖新詩出示我，光怪陸離高積寸。李賀不死盧仝生，更剪荊榛開别徑。他人初讀頗聱牙，獨我誦之忘險峻。自從開闢肇聲詩，濃淡清奇互争勝。乾坤奇氣君得多，鑿險縋幽凌絶磴。苦晝短與月蝕詩〔一〕，落落千秋相印證。我欲師君作險語，魯縞再穿力難進。朝來揖我與我别，趨庭北去聆親訓。天容潑墨亂峯低，躑躅前途風雪趁。低首無言感獨深，媿君愧君難自問。小人有母髪皤然，千里迢遥缺音訊。况當殘臘盼歸人，目斷南雲飛不奮。何時快意賦東歸，高堂置酒爲親慶。此願茫茫未獲酬，大聲怒激寒雲迸。嗚乎！安得匹馬從君並，偏鑿奇詩呼我聽。

【校記】

〔一〕『畫』，原作『晝』，據詩意改。

除夕

逼人歲月走駸駸，此夜真堪值萬金。痛飲未除名士習，高歌仍是少年心。曠觀天地忘羈旅，不朽文章自古今。料得故園風雪外，梅花憶我更情深。

諸葛銅鼓歌 壬午

既不上銅雀臺，朝絃暮吹同塵埃。又不下銅仙淚，大聲雷動蠻雲潰。曾隨羽扇渡瀘河，銀簪叩鼓軍中歌。南方平定歷千載，苔花繡澁風難磨。可惜當時留恨事，未隨丞相中原去。摐金伐鼓向洛陽，乘機席捲吞吳魏。歸來太廟同獻虜，鼓聲響答巴渝舞。銘鐘紀鼎旌殊動，頭斫生王來釁鼓。九原含笑慰高光，百戰成功謝先主。奈何庋置老蠻荒，蠻人珍若璆琳藏。歲時伏臘祭公廟，椎牛伐鼓聲煌煌。我來訪古快一見，當作銅狄摩挲徧。當年心力瘁三分，都付金精成百鍊。吁嗟乎！宮門駝，漳河瓦，千秋萬歲誰知者。魚腹圖，成都柏，與此鼓兮同生色。杜老豪吟發浩歌，猶遺此鼓吟未得，嗚乎此鼓何由得。蠻花紅，瘴雲黑，夜郎西，瀾滄北，至今竟與公靈同赫赫。

甲秀樓鐵柱歌

君不見南交立柱馬伏波，刻銘曾紀漢山河。會溪銅柱誰仿創，五代之間馬希範。後先輝映二千年，遥遥雙柱横南天。後來鼎足誰堪伍，鄂公奇績同千古。不鑄頑銅鑄頑鐵，甲秀樓前雄巖業。想當鋒鋩未鑄時，此鐵曾飲千人血。嗚乎公之勳勞具本傳，公之神靈歸天上。猶留此柱鎮鼇磯，鯨鯢震懾風雲壯。萬家憂樂獨關心，柱石無慚真宰相。迄今留傳二百秋，夕陽明滅西山頭。猶餘一片南明水，照影峨峨日夜流。

癸未都中郵祝馮壺川先生九十一壽

弧南一老應文昌，天與優閒歲月長。八座耆英唐履道，九旬聲望魯靈光。元亭問字多名宿，西水傳經破大荒。蘭桂滿庭春正永，好風香送紫霞觴。岷峨閒氣篤生申，道德文章邁等倫。吏隱别開名世局，偓佺今見著書人。壺中久駐延年藥，海内同扶大雅輪。爲啓通明長護惜，牡丹濃到九分春。景福人間備十全，靈芝紛郁茁書田。六朝天縱無量壽，九轉丹成有漏仙。銅狄手摩前代换，銀蟾光近百年圓。蒲輪倘遂桓榮聘，井絡名賢孰占先。殊恩屢荷錫南鍼，鰲戴如山感不禁。乞壽願分千樹影，侑觴春助百花心。能綿鶴算真奇福，久託龍門負賞音。滯我燕台歸未得，介眉遥拜蜀雲深。

過煎茶溪懷鄢師竹 甲申

五年纔一過，憶舊不勝情。凶耗訛傳死，時人太忌名。煙空仍塔影，溪嘯仿琴聲。何日天涯遇，歡呼話更生。

途中寄吴一齋

花月酒家樓，紅燈笑不休。何期三日醉，洗盡五年愁。情急天思補，才奇世競讎。昨宵溪上宿，猶夢與君遊。

別來纔六日，離緒有千端。妙藥臻神品，君醫余病告痊。羣花集大觀。愛從真處摯，交到淡尤難。好勵松筠節，相將保歲寒。

罌粟嘆

禁罌粟，百年流弊操之蹙。黔中磽瘠人苦貧，比户藝煙如藝穀。歲輸十萬佐軍儲，一隅禍種大千毒。太府飛章窒禍源，不禁流通禁栽蓄。今年禁官紳，明年禁大户，力禁三年生機杜。蘇威大誥頗費詞，鄭校遊民怨盈路。秋實甯將禾黍荒，春花那肯芙蓉誤。井邊僵李移代桃，廚中膳雞全混鶩。民間多雜豆黍以種。嗚乎温公定差役，孝文禁胡服，民間錮習久相沿，一朝驟更騰謗讟。前人積弊起因循，後人革弊惟求速，豈知次第革除弊仍伏。我來播州道，感嘆頻蒿目。

不惜民太愚，祇嫌令太促。君不見高原成罫低成行，罌粟芃芃徧山緑。

湄潭道中

灌田聲響水翻車，溪北溪南屋數家。白草蓋牆泥補壁，繞門山茗盡開花。重重雉堞隱斜暉，山影環流竹四圍。也逐行人橋外立，倚欄低看打魚歸。

宿興化鋪

霜林黄不斷，夕照下巖阿。行路原非易，亂山何太多。地衝墟儘趁，道狹擔相磨。心急投村店，燈光透薜蘿。

重過三度關

時平關久廢，怪石剩巑岏。我恰經三度，己卯、庚辰曾兩過此。山猶峙百盤。溼雲銜瀑斷，老樹抱巖寒。小憩停輿坐，霜容頗耐看。

烏江鐵索橋

聚來四十三州鐵，幻作牂牁水面虹。跛黿魚龍爭息浪，往來輿馬盡騰空。一鞭驅石能填海，萬鎖橫江不鑄銅。已壞漏天能補定，橋斷復修。巍峨仰嘆駭神工。

途中哭馮壺川師

平生數知己，四海一先生。已痛千秋訣，何堪萬里行。文章傳世定，風雪壓城驚。默想銜恩處，臨歧淚雨傾。

落筆空凡近，寥天老鳳翔。汗流憐籍湜，氣靡薄齊梁。西蜀留詩派，南豐競瓣香。才人搜已盡，寶氣溢門牆。選刻《二酉英華》《蜀詩所見》等集。

卅載親鉛槧，羣經萃大觀。集行天下徧，功補古人難。北斗星同仰，東都石不刊。馳書公一笑，翻板偏長安。所著《雪樵經解》等書海內盛行。

絶學搜秦燼，人師得鄭虔。源從清白勵，功抵汗青傳。公授金堂學博，繪有《清白江歸舟圖》。魚腹晴翻浪，峨眉翠接天。古今揚馬後，鍾毓幾名賢。

藝苑推淵雅，儒林備達尊。經巢雙鶴鬢，海內一龍門。廣廈無風雨，藏書饜子孫。最難濡筆際，倚馬萬言奔。

桃李開無數，重搴泮藻香。道齊周柱史，人拜魯靈光。公八秩時重游泮水，張香濤學使贈聯有『仙傳首推周柱史，經師猶見魯靈光』句。倒屣迎才俊，移樽助義漿。生平論出處，也合祀桐鄉。公壽日，值郡大饑，具儀來祝者，悉辭之，請移以助賑。

九十猶勤學，精神衛武公。金淵懷舊事，銅柱憤邊功。史筆《麟經》續，雄心羯帳空。百年垂老日，忠愛更無窮。公九十一時，手抄各書成帙〔一〕。聞北甯失機，感憤成什。

中道聞公病，沱江冒雪來。昏燈强起坐，叢稿付商裁。去住腸都斷，彌留手竟開。苦心籌饋饟，此意至今哀。是冬赴滇從軍，至楚境聞公疾，急往視。公强起垂詢，意頗慰，嗣復促行。別時疾已彌留，尚屬誠之、心如兩兄以金矚，今猶感慟。

【校記】

〔一〕『帙』，原作『帖』，據詩意改。

甲秀樓觀鄂文端鐵柱

摩空雙柱立森森，傑閣探奇試一臨。鑄鐵不聞當日錯，銷兵費盡百年心。枝撐半壁雄邊徼，影落寒流自古今。欲問前功無故老，破空簷馬助悲吟。

楊松道中

肩輿曲折赴楊松，無數青山劈面逢。甫到半山酣睡去，不知行過幾多峯。

老樹陰濃罨畫溪，青山一路子規啼。黔中雨足溪流活，秧穎森森緑過畦。

頻年草檄走邊營，辜負青燈擁百城。觸我課兒心上事，隔林風送讀書聲。

拾餘集乙酉至丙申

谷洞道中

野徑斜穿入古松，筍輿摇夢睡尤濃。幾家屋角留殘雪，一路灘聲出破峯。獵擔人歸分麂肉，渾泥草溼認牛蹤。前山愛絶斜陽外，塗粉施朱十數重〔一〕。

【校記】

〔一〕『施』，原作『拖』，據詩意改。

登八寨城樓有懷省垣諸友

數峯迢遞入雲平，野麥青青緑繞城。霽雪生稜妨馬足，好風隔水送鵝聲。山中宦味多清苦，客裏光陰誤雨晴。多少神交天末隔，雉樓南望不勝情。

霧中過羊勇關

筍輿欹仄受風欺，煖抱薰籠睡片時。夢裏煙鬟看未足，霧中茅店到方知。以下原缺〔一〕
山色夷獨秀，鄉音楚粵訛。大商尊木客，古俗祀榕婆。籬架花間互，帆墻柳外多。可憐兵燹後，猶自事笙歌。

【校記】

〔一〕『霧中』句以下至後詩『山色』句以上，原爲第一葉左，版框、界行俱全，而無文字，蓋排印所據底稿已有此脱文。

融縣看山

平生驚未見，蒼秀莫能名。巨艦初停岸，奇峯半入城。出林如筍放，拔地與天争。誰袖荊關筆，山頭畫我行。

宿盤龍汛〔一〕

日落歸橈急，風狂巨浪侵。燈光明渡口，峯影宿江心。岸闊知春早，舟移話夜深。攜琴海天望，何處覓知音。

【校記】

〔一〕『汛』，原作『汎』，據詩意改。

小病

時事艱如此，浮生意若何。地卑潮溼重，春黯客愁多。朝夕勞揮檄，邊關正枕戈。縱餘豪氣在，經卷亦銷磨。

接友人下江書有感

迢迢雙鯉至，脉脉寸情傷。時事堪搔首，相思欲斷腸。地偏榕樹古，春盡柳江長。安得扁舟返，挑燈再舉觴。

喜聞官軍收復諒山

捷音一夕徧蒼梧，積雨聲中病亦蘇。荒徼漸收唐郡縣，長繩横貫鬼頭顱。喜看日月銷兵氣，想像風雲擁陣圖。不爲開邊緣繼絶，聖朝神武古今無。

柳州送春

九十韶光老，三千客路長。吟因新病減，春比大軍忙。戰事成和局，歸思切故鄉。征途何濡滯，愁對亂山蒼。

石麟旅夜

走偏窮荒路，炎風暑雨兼。林光迷左右，山影互圓尖。鄉夢防燈覺，吟聲惹店嫌。蚊雷何擾擾，未必肉能甜。

渡紅水江

江發源貴州普安，經粵界，至此與柳江合流。

木棉紅映大江頭，風捲濤聲拍岸浮。烏撒來源疑赤水，渾河駭浪比黃流。雲邊鼓角千山路，峽裏旌旗一葉舟。何日澄清酬夙願，鄉關南望使人愁。

賓州

百里膏腴重上農，川原開曠豁心胸。城頭一日幾晴雨，草色千峯互淡濃。作客漸如秋社燕，趁墟喧過午衙蜂。蘆圩繁富，爲粵西第一。乘涼日藉招提坐，澹盡塵心是晚鐘。

送友人回黔

丈夫不得志，所值盡途窮。豎子安成事，詩書溷乃公。韋青甘槖筆，魏絳正和戎。莫損昂藏氣，時來自吐虹。

黃墟散步小憩水際有作

溪山望不極，信步入幽林。近水有涼意，臨風愛午陰。半生耽野趣，小坐淨塵心。偶值漁樵話，咿唔莫辨音。

武緣縣

野闊平如掌，征驂此暫停。雨來千嶂黑，樹裏一城青。縱酒詩忘寫，迎風户不扃。笙歌都長價，吝與客中聽。

六塘

逐日郵籤紀客程，六塘禾黍徧抽莖。時黍穗已垂而田半未插。沿村花穗開龍眼，滿地榕陰送鳥聲。葵扇好招風却暑，秧田新愛雨初晴。渡頭又見奇峯插，似筍干霄總不平。

小林圩聞杜鵑

以下原缺〔一〕

【校記】

〔一〕《小林圩聞杜鵑》以下至《恩隆道中啖鮮荔枝》以上原爲第四葉右半葉，蓋排印所據底稿已脱葉。

恩隆道中啖鮮荔枝

緑陰論價倚新槐，入手難禁笑口開。久役正興楊柳怨，此行如爲荔枝來。熟逢西粤甯非福，飽啖東坡也費才。我擬得嘗仙液去，火珠擎出大蓬萊。

黄蕉

齒齒如排蠟，衙衙擬列蜂。味逾蘋果美，香比荔枝濃。野圃黄無數，炎天緑幾重。但留饞舌在，金汁亦消鎔。

田州

野渡縱横𡡉問名，旌旗紅捲半坡晴。四圍樹色涵孤艇，一曲江流抱兩城。奉議州隔河相望。淺水黑浮牛背影，亂莎青送馬蹏聲。前朝費盡羈縻力，田石而今始告平。王文成平田時，有石傾側岸間，謡曰：『田石傾，田州兵。田石平，田州甯。』平定後田石自正。今光緒二年田州改流，田州自此永定矣。

軍次百色懷曾摶仙别駕二首

鵝城足風景，君昔此鳴琴。之子不可見，相思何處尋。茫茫煙水闊，杳杳暮雲深。幸得雙魚便，裁箋寄好音。

我至君剛去，萍蹤豈自由。異鄉同輩少，孤客兩心愁。不共樽中酒，來登江上樓。何時接談笑，同話故園秋。

由百色買舟溯盤江南上，舟中書所見

溶溶風漾片帆輕，兩岸修篁不斷迎。脱盡粤西奇險氣，一鈎水抱數峯平。

江干黄竹構爲樓，樓上人居已白頭。我爲停橈閒話久，芭蕉涼送一窗秋。

墟中争賣花豬肉，樹杪高懸黑蟻窠。説與舟人同駭異，夜深虎跡到門多。

侵晨雲氣束峯高，日午濤聲拍岸號。笑爲篙工添半力，也來學刺上灘篙。

盤江舟中

移棹崖陰暫避炎，叢蘆虛下一重簾。水當石鬭分成汊，山愛人看早露尖。小飲醉思鄉味飽，午涼醒覺夢痕添。船頭讀畫兼聽瀑，竟抵熊魚得兩兼。

由剥隘至者桑途中遇雨

人語隨風落，鈴聲帶雨淋。路衝山瘠斷，泥吸馬蹏深。霧裹千軍冷，雷轟萬木喑。回頭來徑失，鋒鍔豎森森。

四亭

林巒森秀畫難名，爲愛清流卸輦行。行到溪橋幽折處，緑陰小立聽蟬聲。

江那曉行

露白全迷草，霞紅半亘天。林光隨鳥轉，峯影似螺圓。久役憐僮病，時僕人楊五已病。思鄉損夜眠。輪蹏何日御，慚愧在山泉。

開化道中喜晤張翊卿觀察時入關駐軍於此

奔馳滇粵三千里，飽看西南十萬峯。報國敢辭行役苦，旋軍深喜故人逢。雄關駐馬嚴烽堠，飛礮如蝗捍賊鋒。衹惜遲來和局定，未隨苦戰憤填胸。

天生橋

怒鑿龍門出，蠻江走峽中。棧懸馳惡馬，崖裂化長虹。密箐愁煙瘴，驚濤挾雨風。銘詞猶未勒，留半待豐功。石壁道光九年阮文達公閱兵過此題名，旁磨崖留之未刻。

鳴鷲道中

村落周遭合，岡巒曲折迷。草肥征馬健，樹雜怪禽啼。野蔓青橫路，高秧綠過畦。雷聲催暮雨，響送夕陽西。

曉發易隆驛 丙戌

荼蘼濃似雪，風過撲輿香。鳥語催春去，人心怯路長。池渾新漲漫，草綠廢城荒。隔嶺看雲起，歸飛比客忙。

關索嶺 距易隆驛五里，相傳武侯南征，盟孟獲於此。

南人真不反，北將盡如飛。旌旆沉寒霧，雷霆懾漢威。嶺重嵐翠合，雨漬箐花肥。太息甘棠樹，參天杳百圍。武侯手植樹亂後無存。

霑益道中

十日長途九放晴，筍輿摇夢趁山程。巖花赤噴啼鵑血，嶺樹青流布穀聲。雉隴扶犁看客過，駝鈴喧道與人争。揭來一醉冰梅酒，也感英雄髀肉生。主人所釀梅酒極佳。

平彝道中苦寒作

清和交首夏，肅殺類嚴冬。驛路無啼鳥，空潭觸冷龍。相傳海子爲冷龍所居，觸則太寒。天低含雪意，雲凍蹙山容。野店尋爐火〔一〕，燃薪斫斷松。

【校記】

〔一〕『爐』，原作『鑪』，據詩意改。

重過滇南勝境 滇黔分界處

重重青緑罨深溪，細雨如煙爛紫泥。過此已知春事去，子規何用盡情啼。

神龍矯首勢崚嶒，久踞空山閱廢興。安得豐城雙化劍，一經雷雨便飛騰。萬里亭有石虬二，交互蜿蜒，勢極飛動。

松杉依舊向人青，帽影鞭絲此暫停。誰道滇南天萬里，兩年三過石虬亭。萬里亭又名石虬亭。

貴陽寓中喜晤周竹樵解元汝爲話別

偏歷滇雲返，欣逢舊雨來。乾坤窮我輩，神鬼妬奇才。交道今如土，清時志莫灰。行當別君去，相望越王臺。

游風洞山即疊綵山

山有前後二洞，洞西面石壁隔之，有石穴可通後洞。前洞山水雄奇，後則山水平遠，亦奇觀也。

層巖高瞰大江空，裂石濤聲挾雨風。捫壁妙疑穿月出，好山奇在不雷同。雄排疊嶂皆千仞，死殉殘疆弔兩忠。明末瞿、張二公殉節於此。轉恨古人蛇足甚，占將蘚壁徧銘功。

舟發桂林

巨舸中流壓浪偏〔一〕，櫓聲摇破一江煙。回看新漲將平岸，但有奇峯總刺天。大地豈無容傲處，名山還訂再來緣。垂青最好如眉月，爲盼征人次第圓。

【校記】

〔一〕『偏』，疑當作『偏』。

舟泊平樂

估客争輸税，萍蹤作小停。水迎官舫緑，樹出女牆青。牛馬風塵走，魚龍夜氣腥。月明笳吹發，酸咽不堪聽。

舟宿梧州

亂山青不斷，合還鎖雄州。潯桂雙流滙，江天一氣浮。濤聲孤客枕，燈火大灘舟。冰井知何處，波寒五月秋。

郭竹居年丈招飲廣州酒樓，賦此誌感

公是萍飄我鋏彈，憐才何止益豬肝。逼人富貴千鍾易，失路英雄一飯難。胸有萬言工白戰，目空四海獨青看。平生此醉真爲瑞，累到遼東管幼安。

至瓊州訪張益香直刺炳麟，款留甚洽，喜賦

雲龍徵逐憶牂牁，又指燈前發笑歌〔一〕。君尚熱腸同北海，我來儋耳訪東坡。棄繻志早籌邊壯，轉饟功逾殺賊多。尚冀攀隨騏驥足，盤飧愁累故人何。

【校記】

〔一〕笑，疑當作『嘯』。

瓊州七夕

譙鼓無聲夜漏微，蕉陰涼引暗螢飛。五年五會休嫌少，勝我天涯久未歸。余離家已五稔矣。

天船横處彩雲開，一水盈盈屢費猜。擊楫倘如桃葉渡，牛郎早過鵲橋來。

未畢天錢見轉羞，神仙也是説窮愁。纏腰羨殺多錢賈，俗骨夫妻竟白頭。

坐對銀潢寄慨多，縱然有巧奈愁何。重洋萬里家山隔，僥倖雙星衹一河。

颶風行

八月初五日寅刻，颶風大作，拔木揚沙，當之輒倒，至四更始息。安頓輪船，被風捲去二十餘人。

嗣聞各港海船壞者甚衆，真異變也。

海壖終歲多風厲，居人愁颱更愁颶。禽鳥得氣識機先，黑聯萬翅先期避。颶風將至，鳥雀先期飛避。人知風伯將肆狂，閉門屏息同蟄藏。忽聞萬竅號虓虎，飛廉亂蹴商羊舞。排山驟欲撼山平，阿香十萬搥龍鼓。鉅鹿呼噪動天地，昆陽酣戰乘雷雨。得毋誤觸海神威，颶母哮聽靈旂揮。大塊噫氣一呼吸，輥輘砰磕沙石飛。魚黿隨潮欲上城，鎮日無火飢腸鳴。摧牆拔樹怒未已，叱咤幾使坤維傾。夜半收聲戰甫息，餘威尚激洪濤立。落葉堦前一尺深，芭蕉斜插鄰家壁。道路傳聞忽洶洶，火輪走海矜神工。突遇怪風起相搏，大波横捲篷背空。船頭人鬼廿六輩，一霎並命蛟龍宮。我今安坐邀神佑，雖驚異變無悲恫。只覺耳根三日聾，厚我安知非天公。欲攜杯酒酬蒼穹，紀此聊述海外踪。窗前紅日已升東，青天依舊光融融。

海口送别沈襄甫同年贊颺還贛君需次湖南，丁艱後薄游廣東，相遇瓊海。

萬里飛來兩斷鴻，誰知宦達尚飄蓬。棲遲有幸逢坡老，坡公謫儋過此。得失何須問塞翁。消渴憐君偏善病，賣文如我不驅窮。馬當即是還鄉路，此去江神定助風。

將出浙洋

漸覺驚魂定，風平浪亦安。洋從南北劃，地盡浙閩寒。岸已無山接，天都讓水寬。吳淞應計日，高盼白雲端。

重到瓊州

海沙斜抱蜃波腥，殘臘催人路再經。刺竹密圍孤寺緑，新秧晴插一畦青。時已冬末，田中有插新秧者。淩風天敞通潮閣，浸月泉香洄酌亭。似與髯蘇緣不捨，又黏飛絮作浮萍。

訪六榕寺寺額爲東坡書。

地以前賢重，千秋不異情。六榕無樹在，孤塔尚花名。寺塔人呼『花塔』。宇古蟠雄勢，鐘高壓市聲。何須圖笠屐，即此見先生。

舟宿水東

海浪挾潮來，快若風雨馳。百萬金戈聲，劃裂青琉璃。破碎不可舉，幻色尤瓌奇〔一〕。渾黄黝緑中，鱗鬣森虬螭。近船不敢嚙，但激波浪隨。日月爲晦冥，船身爲簸欹。少焉寂羣動，漸覺山島移。潮退露沙面，村市如列碁。海錯積滿岸，蛋人恣取攜。易錢掉棹去，沽酒蘆之漪。一家生計足，浩歌山月低。勞人胡爲爾，塵鞅猶紲羈。仰面看浮雲，富貴復何時。

【校記】

〔一〕『瓌』，原作『壞』，據詩意改。

硇洲

江行懼石嚙，海行防颶汹。不意大洋内，稜稜藏石鋒。洶洲對雷州，相望山嶐嵸。突立雲漢内，壓水青濛濛。石脈凸海底，嵯岈相崎雄。巨浪激其上，霆奮聲隆隆。惡風一助勢，地裂天爲聾。舟行何堪想，一葉掀南東。行人互驚駭，隔夜先恟恟。今浮大海來，竟得安艨艟。非關險善避，僥倖天無風。始知境雖險，無助凶終窮。對此了有悟，終日勵匪躬。忠信狎波濤，鴆毒藏兵戎。此理歷古今，驗若符券從。但存恐懼心，談笑蛟龍宫。

李彦白刺史生孫賦賀

掀髯一笑太傷廉，粉署龍孫似筍添。種有棠陰堪祖述，分將蔗味與兒甜。
筵添綵舞歡尤洽，庭積書多侈不嫌。贏得高堂娱晚景，夕陽紅上碧巖尖。
膝前麟趾已振振，貽厥還生獨角麟。才子自然名百藥，功名定許繼栖筠。
禹門龍峙波千仞，祖硯蟾留月一輪。我驗佳祥如左券，相人壓倒九方歅。

庚寅元日廉州寓中試筆

煖到東風地不寒，終宵奇彩耀珠官。神仙且自調龍虎，海客何從識鳳鸞。十道雄封歸嶺表，
千門春色動長安。時擬入都。拏空雲氣飛騰起，澤徧垓埏亦巨觀。

正月六日李小崇懷本都經歷暨其弟次堦招飲郭外影碧山房

牙籤坐擁百城如，此是廉陽第一廬。松樹隔林横作畫，梅花繞屋代薰書。珊瑚自昔生炎海，瓌寶從今識魯璵。爲道東坡遺跡在，我來重印爪痕餘。所居有東坡遺跡。

人日詩成寄草堂，海風吹送雨聲長。談經漢代推轅固，愛客今時有孟嘗。鐵券家聲承武庫，珠池寶氣溢文昌。從君看徧東西屋，佳蕙叢蘭盡國香。次堦所居徧植蘭蕙。

寄家仲篤孝廉福州，用滬上見贈原韻

如山黑浪打船時，竟有吟聲出户奇。黑水洋舟中琅琅誦余詩不輟。萬里京華同獻策，一門軾轍盡工詩。謂令兄伯謙孝廉。青琴已結無言契，黄絹難忘絶妙詞。榕葉滿城相憶處，秋宵惟有老蟾知。

祀竈日送病

一年將盡夜，二豎始離身。悔逐操觚客，權隨媚竈人。文章開否塞，天地忽清新。擬作椒盤頌，梅花早報春。

除夕

梅菊同開煖過冬，陡驚寒雨釀成淞〔一〕。海添潮勢搖羣壑，嶺蹙雲容凍一峯。十里春聲喧市聚，頻年歸思此宵濃。大裘廣廈天何吝，宿願能償始快胸。

【校記】

〔一〕『淞』，原作『淞』，据詩意改。

辛卯羊城元夕喜晤楊壽蘐廷椿農部，時將由桂林返里

曾從子固誦詩篇，嵇吕神交已十年。歲己卯於曾一垣處讀君詩〔一〕。金筑雲山前度憶，珠江燈月

此番圓。聲留鸞掖增新價，會接龍華有舊緣。等是南歸分苦樂，桃花笑破柳愁牽。時余將取道衡湘歸里。

【校記】

〔一〕『一垣』，集中或作『乙垣』『乙園』。按：曾煒字乙垣，酉陽人。

正月二十日由羊城五更放舟，天明至佛山鎮

八年歸未得，一夕整歸裝。蟾影沿江送，雞聲隔水長。夢魂馳故國，瘴癘飽炎荒。瞥見人煙鬨，朝陽上佛岡。

石角墟

風帆如怒馬，逆捲駭驚濤。市密知村富，山平藉塔高。懶吟因病起，久客厭塵勞。喜得舟行疾，言歸興倍豪。

英德縣大風雨

岸曲波柔艕，船虚雨入窗。亂山青到縣，春水緑平江。突兀崖争疊，玲瓏石少雙。溼雲騰斷壑，奇氣幾曾降。

樂昌道中

半夜驚新漲，流汹勢不容。雨多篷背重，雲裹嶺頭濃。隙地青鋪菜，危牆黑抱榕。一人羈一艇，又買上瀧樑。

徐瀧

巨霆奔水面，人語杳難聞。怪石中流峙，驚湍兩岸分。波黄江正漲，林赤箐初焚。衆手相拏處，如屯背水軍。

宜章舟中

帆檣俱不用，踏浪送輕舠。水脚深三尺，人聲迸一篙。野桃紅斷港，新草媚平皋。偶聽漁歌發，搴茅誦楚騷。影涵〔一〕。更饒觀海興，瀛島擬窮探。

【校記】

〔一〕前詩『搴茅誦楚騷』句後至『影涵』前原脱。按：『搴茅誦楚騷』爲第十二葉右半葉《宜章舟中》之末句，底本將『影涵』以下半葉接排於其後，而『影涵』句實與上文不相屬，顯係誤排。蓋排印所據底稿缺第十二葉左半葉及第十三葉中之半葉，『影涵』句所在半葉疑當屬第十三葉。

甲午元日安慶寓中試筆

吹垢泱泱起大風，夢回曉日已騰紅。江聲晝夜趨揚子，山色東西峙皖公。客邸幾人忘歲序，天心何處問窮通。濡毫試作梅花詠，可抵郇雲五色工。

老梅

飽含春氣耐嚴寒，古幹横斜勢鬱蟠。老去精神磨鍊久，年來風雪等閑看。偶依修竹香尤静，不傲羣花意更難。早放晚開雖異候，東皇消息總平安。

大觀亭謁余忠宣公墓

麒麟高塚鬱崔嵬，風捲寒濤去復回。毅魄誓同强寇滅，履聲羞聽老臣來。上都宫闕仍沙漠，終古江山幾刼灰。粤寇踞此十年。天塹一隅相望處，陣雲雙鎖鳳凰臺。明破，金陵守將福壽戰死臺下。

以下原缺〔一〕

【校記】

〔一〕此處原缺第十三葉，蓋排印時已脱。

二十八日至都，仍寓楊梅竹斜街舊寓

衣物無多自打包，塵沙僕僕走燕郊。社前恰似春歸燕，依舊來營舊主巢。

小寓同戴仁山榆芳夜話

進食嗟無肉，挑燈坐擁衾。命窮甘卷舌，文戰苦嘔心。久客愁春病，思家語夜深。風風還雨雨，何處説知音。

訪周軒穉錫光刑部

樹影侵簾緑漾波，子雲宅畔偶經過。與楊貞林先生同寓。憐音最感周公瑾，情比醇醪醉我多。

偶成

欲發羸㬋進退頻，借句。黄金銷盡復嗟貧。春風得意猶如此，何况孤寒八百人。

六月十九日偕金仲翬孝廉正煒出都同赴山左

驅馬皇都出，南風正解薰。將爲天下雨，行看泰山雲。治譜師三善，君恩渥萬分。腐儒原竊忝，慚愧對劉蕡。

夜抵通州，買舟待發

石嗡車行滯，宵征近二更。濁河乘怒漲，昏月隱重城。竟夕陪燈語，凌晨破浪行。煙村無數影，夾岸競争迎。

静海道中

葉密不知暑，蟬聲吟未休。林光横斷岸，城影扼奔流。路繞千家曲，隄牽萬柳柔。村醪同買醉〔一〕，談笑看來舟。

【校記】

〔一〕『醪』，原作『膠』，據詩意改。

滄州道中聽仲翬話舊

爲語京華樂，宵深興益豪。苦心描白菜，酸味戀緋桃。已是腰纏罄，還思背養搔。巨潭誰省悟，淹没幾人尻。

德州早發

禾黍芃芃緑襯天，平疇蒼莽鬱村煙。驅車有客思韶樂，接軫何人試宓弦。流火送秋逢七月，長河改道閲千年。名區綰轂襟南北，詰暴宜籌未雨先。

至禹城，丁庸芝明府兆德留飲，與仲翬話别

班荊逢意外，投轄倍情深。學挾齊門瑟，來聽單父琴。開樽陳白墮，結客易黄金。共有平生感，無令負夙心。

晚宿齊河

軌轍縱横亂，馳驅大道平。粱高防馬賊，馬賊逢高粱茂時出刼，人謂『青紗障』。柳藉臥騎兵。隄影斜連郭，河聲怒拍城。鵲華遥在望，屈指計郵程。

十一月二十九日早發濟南

一僕一車馬，揮鞭出郭忙。惟愁飄雪虐，遑計道途長。樹古葉迎日，草枯輪輾霜。笑隨征

雁去，肅肅向南翔。

晚宿泰安

踏石霜蹏健，停車暝色微。泉聲諸澗滙，嶽影一城圍。塵偶因風定，雲因釀雪歸〔一〕。料應軍事急，羽檄去如飛。

【校記】

〔一〕『雲因』，『因』字疑有誤。

途中望岱

一覽小天下，羣峯拱碧霄。鎮爲諸嶽冠，神擁百靈朝。秦漢瞻東狩，山河界北條。封中雲氣起，騰雨定崇朝。

羊叔子故里

暫寬裘帶卸征裝，六代雲山望渺茫。豈有鴆人羊叔子，自然流涕孟襄陽。私交事類投桃李，雅度今猶重梓桑。愧我風塵無結納，誰遺樽酒禦晨霜。

嶅陽道中

愁雪幸無雪，入山還出山。馬蹏轟路石，鷄口促刀環。河已驚冰合，峯猶效月彎。兵車村舍滿，趕站那辭艱。俗謂兼程爲趕站。

李家莊旅次喜晤馮敬夫司馬燦暨其少君子久

篷車同止宿，萍水忽相遭。下榻分蝸角，承家有鳳毛。尋仇思按劍，理亂待操刀。勉爲蒼生起，書空首漫搔。

郯城道中

兵車闐滿路，塵土怒飛空。官久忘雲鳥，人來印雪鴻。馳驅增客感，强悍驗民風。趕集牛羊滿，歡騰卜歲豐。

紅花埠

斜陽紅未墜，新月已銜梳。池白知冰凍，煙青補樹疏。燈旗嚴柝堠，風物近淮徐。欲試嬴車勇，前驅竟賈餘。

清江浦買舟待發，敬夫邀飲酒樓

陸盡辭征馬，軍過式怒蛙。中原資綰轂，形勝扼臨淮。石骨摧寒浪，旗聲捲怒霾。酒樓同買醉，時事漫關懷。

淮關

淮關如暴客，鶏鶩任誅求〔一〕。靴帽巡丁富，琴書過客愁。蝕財傷國計，竭澤代君憂。欲爲呼閶闔，篙工早放舟。

【校記】

〔一〕『鶩』，原作『鶩』，據詩意改。

鎮江

曉郭横青靄，層樓亘碧霄。潮聲迴鐵甕，山影愛金焦。詩酒吟孤艇，風雲護六朝。兵戈餘小刼，折戟久沉銷。

丹徒感悼袁心穀師

竟無半面謁歐陽，回首青山欲斷腸。何日風雲來北固，師門免誚一莊荒。癸未入都，先生聞親病，馳歸，未得展謁，遂成永訣。

重過峽山寺 乙未

雨點敲篷重，跳珠響未停。移舟尋古寺，飛瀑落危亭。峽鎖一江緑，春回萬木青。猿聲何處聽，前嶺白雲扃。

遊西樵山四首

西樵爲七十二福地之一，余由英德附舟回省，舟人因事紆道至此。名山在望，不勝狂喜，徧探幽勝，信爲奇緣。

磴道紆回石蘚濃，交柯老樹碧重重。層巖折到巖窮處，飛瀑從天掛白龍。

磬寂山深水石幽，數間精舍寓藏修。此中大有奇人在，不是壺公即許由。

晨喧梵唄午黄庭，妙有游魚潑浪聽。小倚石欄臨水坐，一泓倒映半峯青。

西樵意外忽登臨，有約羅浮竟莫尋。游羅浮屢約不果。恰似仙源漁父入，桃花遇合本無心。

武昌寓中喜晤張益香炳麟刺史，以詩贈別，依韻奉酬丙申

雁書傳不到，兩地夢魂牽。意外逢良友，言歡倍昔年。好山青抱郭，春水緑浮天。漫誦河梁句，傷離甚往賢。

明珠遭暗棄，按劍話鄒陽。撩虎甘投笏，君宰歸善，爲忌者中傷。呼鷹笑舉觴。江山鄰屈宋，現筦安陸鹽局。詩酒傲侯王。焉得長相聚，蒼蒼水一方。

舟返天津，喜晤盧湘竹同年廷俊話别

冰開輪速快何如，春到津門柳未舒。四海論交同性命，十年辛苦事詩書。久居戎幕參機要，不少諸侯問起居。忽漫相逢復相别，片帆來去轉愁余。

重返濟南即事有作

最難當軸重科名，翻悔年前嶺嶠行。衮鉞自嚴韋節度，絃歌專用漢經生。微魚痛剔防河弊，佩犢歡騰渤海兵。往日孟嘗珠履客，閒雲舒捲散無聲。

黄金銷盡買辛艱，宦轍徒勞故舊攀。改指廣西，爲友人貽誤。濟水合流終到海，岱雲出岫復還山。贈將馬策馳奔晉，喜聽鷄聲急度關。塵影漸消華鵲見，好攜樽酒對螺鬟。

感舊集 丁酉至己酉

輓劉厚菴太守

公諱景宸，河南人，由中書典試西川，出守濟南，權運篆，以勞卒官。

久從薇省掌絲綸，五馬翩翩又出巡。泰岱久沾霖雨潤，蜀山曾印雪泥新。運籌豈竟桓寬志，夢曰終傷奉倩神。夫人卒甫兩月。最是仕途盲晦日，苦心調護讀書人。

兩次叨陪瑣院過，府試兩次招入襄校。寬宏從不事嚴苛。每詢宦况心偏切，終是憐才意獨多。痼疾難醫因世變，正人凋盡奈天何。恩知感念三年久，東望黄流哭逝波。時奉差新城。

以下原缺〔一〕

【校記】

〔一〕底本此處至後詩《轅固里》前爲第一葉左半葉，版框、界行俱全而無文字，蓋排印所據原稿已缺。

轅固里

不尚黄老言，獨崇六經學。轅公生此鄉，不愧稱先覺。説經既鏗鏗，丰裁猶嶽嶽。甯觸太后怒，意早公孫薄。勿曲學阿世，此語真良藥。正氣毓正人，正學得所託。迄今二千載，崇祠猶焕若。下馬致虔恭，瓣香應勿却。

王漁洋先生祠

開國談詩派，漁洋數正宗。羣賢推大雅，五嶽此中峯。湖已無秋柳，階猶矗古松。盛唐尊李杜，身後孰崇封。乾隆中追謚文簡。

陳仲子墓在長山城内

佳偶分勞苦自如，高風千載尚憐渠。不希朱芾同鵝傲，已及黄泉共蚓居。井畔客尋蘋展薦，道旁樹秃李無餘。一抔尚仰遺踪在〔一〕，盍禄千鍾總是虚。

【校記】

〔一〕『抔』，原作『坏』，據詩意改。

伏生故里在鄒平城外

坑儒坑不到窮廬，九十皤然自隱居。天爲興王留此老，世因奇女得亡書。久安苛政如狼虎，不少生兒類犬豬。未必一經能口授，收藏空笑百城儲。

范文正公讀書臺在章邱長白山下

此山曾隱大賢來，想像青燈一卷開。畫錦同時空有記〔一〕，讀書千古尚留臺。聲威破膽驚元昊，憂樂關心自秀才。巧合范雎傳故實，孤寒何損棟樑材。

【校記】

〔一〕『畫』，原作『晝』，據詩意改。

補四亡友挽詩〔一〕

四友之歿，相去或數年，屢欲挽以詩，因循未果。今于役新城〔二〕，病起有觸，因挑燈補就，脱稿後讀之，不知涕之何從也。

趙友鶴大令名傳琴，雲南臨安人，壬辰進士，丙申春歿於濟南。

葛帔冰天凍不禁，叩門分惠辟寒金。窮途落落多難合，塵海茫茫感獨深。薊雪一鞭衝曙色，君解餉入京，遂成永訣。滇雲萬里共鄉心。誰知小别成千古，目斷湖亭感至今。

周穉軒刑部名錫光，文軒師第三子，丙申春歿於京邸。

長吉高才賈誼年，京華追憶倍潸然〔三〕。最難羅隱名題日，竟藉媧皇力補天。惡耗驚傳來意外，酬恩恨未及生前。荊花凋盡諸孤小，惟望峥嶸早象賢。

戴仁山孝廉名榆芳，甲午歿於京師。

臨歧已料疾難支，熱淚偷彈不使知。垂老雙親猶捷望，孤身萬里欲歸遲。未能作誄辜良友，幸有遺書付好兒。太息數年音問杳，可曾浮棹返靈輀。

匡綏甫解元名履福，戊戌歿於京師太學。

性情相近意相親，大宋才華迥絕倫。聲色禍能銷壯志，功名天最忌才人。頻年踪跡偏相左，前月緘書尚告貧。難得子由敦薄俗，閉門不踏軟紅塵。哲弟仲犖侍兄疾，不入禮部試。

【校記】

〔一〕《補四亡友輓詩》，四首依次當爲《趙友鶴大令》《周稺軒刑部》《戴仁山孝廉》《匡綏甫解元》。按：蓋因排印所據原稿第三、四兩葉錯簡，致底本第二葉《補四亡友輓詩》至第五葉《輓座主徐頌閣協揆師》共七題十四首，多處題、詩割裂。今一并重加厘定，以復原貌。

〔二〕『城』，原作『域』，據詩意改。

〔三〕『潛然』，疑當作『潸然』。

輓座主李文正公

卅年講幄侍深宫，啓沃端資保傅功。身係安危持大體，節經盤錯見孤忠。淋漓兩詔宣中外，恩禮三朝備始終。公殁，上及太后降詔褒悼，備極哀榮。時事艱難元老盡，憂勞誰與慰宸衷。

軟紅猶記踏長安，下士曾邀括目看。山斗欽崇知望重，風雲遇合歎才難。甲午禮闈出公門下，評語有『此才良不易得』之褒。龍門路隔成千古，馬磨塵勞困一官。未得築場空仰止，尾箕終夜耿芒寒。

聞張翰臣中丞汝梅移疾回里感賦

金錢百萬拯鴻哀，慷慨先輸十萬財。大河暴漲，潰堤數處，公捐金十萬助賑。朝廷繼發帑百萬，民困以甦，皆公力也。白簡不知當局苦，黄河偏似厄公來。封疆屢任原無忝，書犢頻褒愧不才。奉委勘河賑災，屢蒙褒獎。聞説大雲移蔭去，蓬萊東望日低徊。時攝篆文登。

輓李鑒堂督師

艱難報主矢愚忠，赴召單車走日中。公六月中單車赴召。先軫捐生甘殉國，岳飛誓死不和戎。賢奸並立終爲累，朝野追思尚惜公。事後漫將成敗論，清風亮節幾人同。

送别吉劍華觀察燦升請假旋里

公陝西拔貢，官東魯四十年，以治河聲望甚偉，爲忌者所厄，遂乞病歸。

卌年心力治河殫，禮數從無一隙寬。公延接僚屬極其誠敬，始終不懈。持正久爲當道忌，乞歸轉覺故園安。輞川十景容終隱，廣廈千間失庇寒。送者無不依戀。阻道東門車數百〔一〕，持杯無語只辛酸。

一官表海任浮沉，爨下居然獲賞音。廣座論才時説項，大河援溺獨推心。公屢以賑務見委。難忘歲挾恩如纊，惜别公翻淚溼襟。留得口碑功不朽，泰山同峙五千尋。

【校記】

〔一〕『阻』，原作『祖』，據詩意改。

輓胡鼎臣中丞

鱷浪翻風動豫章，一呼全市沸羹螗。不誅銅狄驅祆鬼，反謝金人黜李綱。鑄錯匪今嗟失鹿，補牢無術任亡羊。琵琶亭畔哀思曲，豈止中年白傅傷。

蕭規曹繼溯名臣，力獎單寒士氣伸。魯省二十年正途均置閒散，自李鑑帥提振後，而公繼之。都爲讀書留種子，屢將循吏勉同寅。名區宰必求佳士，衰世天偏阨正人。浩氣定知吹不散，騎箕依舊作星辰。

輓座主徐頌閣協揆師

孕殿揮毫策萬言，臨軒新値帝初元。同治壬戌，公授修撰及第。冠鼇特晉春官座，旋馬清傳宰相門。公久掌禮部，而故里無廬。講幄青宮培聖德，歸田白首總君恩。立朝卅載無慚色，不朽名兼備達尊。

翠華倉猝幸長安，老困危城力已殫。疏上直陳朝治亂，書來頻話世艱難。沉疴久抱憂王旦，大事從今失吕端。報國知公猶未泯，九泉長耿寸心丹。

哭翰林侍讀劉正卿式端先生

連宵風雨隕三台，謂頌閣師。薇省師門又告哀。京洛十年甘焠掌，先生寓京師十年始入翰林。春秋三度屢掄才。瀛臺草待朝回定，禄閣藜曾夜照來。沂海一隅衣帶水，未能親炙負培栽。先生前兩年掌海州書院，景星到蘭山任時，先生已赴京。

尺書兩示病纏綿，北望關心損夜眠。洙泗力求宗正學，河汾壽竟蹙中年。夢驚凶問三更電，淚促歸裝萬里天。嗣君留學日本未回。欲賦《大招》歌楚些，返魂淒斷薊門煙。

戊申上巳後九日，黄沚蘭大令招遊千佛山，分韻得寒字

塵勞十五年，馬磨困微官。陽城窘簿書，眇無詩酒歡。一朝賦閒居，勞薪息征鞍。偶爾趨公府，朋好相愁嘆。或憤桑孔酷，或述財力殫。聞之輒頭痛，思之心轉酸。紛紜擾攘間，宦海無静瀾。何意荊棘叢，别有羣鵷鸞。相約出郭遊，明發跻層巒。半夜忽滂沛，風雨鳴灌壇。似催租敗興，裹足愁巑岏。多君急馳書，午晴當不謾。勿作山陰返，甯辭九折艱。果然天放晴，雲退若奔湍。驅車出郊甸，嵐翠浹衣單。松栝森百尺，蛟蚓循千盤。傑閣聳巖隙，石骨窮彫刓。久鬱喜得瘳，如鳥騰飛翰。談笑酌巨盞，醉歌憑危欄。峭風東北來，拂面生微寒。大河莽奔赴，横線如桑乾。華不耿長霄，卓立青姍姍。俯視城堞隱，横覽天地寬。原野滋宿麥，百里鋪芃芃。春意助蓬勃，杏花猶未殘。不圖塵坌暇，獲此嶔崎觀。不意大雨餘，竟得窮躋攀。境奇緣更奇，知難勿畏難〔一〕。譬望同雁峯，雲開慰老韓。我輩人海中，焉能事屈蟠。振衣一揮手，同下青峯端。斜陽掛絶壁，積翠兼流丹。絮訂開元游，餘興未闌珊。遄歸入鬧市，電燈横高竿。朝來仍

聽鼓，局促羞蹣跚。恐被山靈笑，選韻吟夜闌。努力續高會，慎勿安懷安。

【校記】

〔一〕『知難』下原衍一『難』字，今删。

沚蘭以詩並圖見貽，再題二律

十年塵土涴征衫，飽飫煙嵐慰渴饞。極浦斷雲吹欲散，懸崖老樹倒相銜。摩挲古碣尋殘字，隱約長河認去帆。如此清游真不負，早從人境判仙凡。

片紙飛傳勝卜占，果然兩脚斷纖纖。似邀天眷陽和轉，特爲吾儕雅話添。繞郭翠流千畝潤，凌空青插一峰尖。歸途絮訂重游約，已見林端掛暮蟾。

題蔣德華《滇南策馬圖》

奇峯遁入炎荒地，偏有奇人策征騎。滇中莽莽十萬山，横障天南作屏蔽。自從元代歸圖版，蒙段諸酋齊納款。龍尾關前洗甲兵，碧鷄坊下調絲管。不圖紅羊刼又逢，迤西狂寇争交訌。欃槍甫掃妖氛淨，重開邊衅禍藩封。越南一役我曾至，礮雨槍林兼瘴癘。血戰經年和議成，萬馬無聲熄烽燧。豪傑扼腕志士嗟，至今追談傳恨事。德華先生洵異人〔一〕，揮鞭南徼走風塵。欲求躡電千金骨，敢殫披星萬里身。平生雅抱匡時略，天馬不受塵網縛。滇南後我十年游，惜未同時參大幕。當時倘獲窮邊晤，聞雞定促瀾滄渡。君磨盾鼻我揮戈，並馬蒼山踏朝霧。功成勒石金沙江，杜絶虜馬南歸路。延津劍合有前緣，君我先後皆南旋。鐵公祠畔攜吟屐，萍踪吹聚明湖邊。龍門高託真殊遇，鴻爪重留非偶然。披圖風景猶歷歷，春夢重重增悵悒。蛇蟠蚓曲馬蹏懸，恍如叱馭臨銅壁。關名。我別滇池廿五春，行篋殘編尚盈尺。君認他鄉我故鄉，磨驢步步尋陳跡。吁嗟乎！人生胸次休教隘，不共君游見君畫。六詔雲山在眼前，斫地高呼爲一快。何日逢君數舊游，挑燈再與從頭話。

【校記】

〔一〕『先生』，原作『先主』，據詩意改。

題黄沚蘭《五松三竹圖》

沚蘭以宣統元年正月初三日爲五十三度壽辰，與坡公詩『白髮朱顔五十三』之句脗合，因作《五松三竹圖》索題。余歸自瑯玡，已逾期半載矣，補題一律以當稱觴。

朱翁子與高常侍，五十爲官史競傳。盛事又逢元旦後，問年翻在古人前。登封舊撫秦時樹，君有《登岱圖》。寄託遥追晉代賢。更較坡公生日好，椒盤柏酒頌賓筵。坡公以十二月十九日生。

途中偕繩孫登泰山作

漢柏秦松幾刼塵，齊煙點點望無垠。九州山獨尊青帝，一握天原近紫宸[一]。津浦南來横鐵軌，海門東望湧金輪。自從神降宣尼後，不見中原再獲麟。

無字碑仍鎮嶽巔，翠華去後幾何年。已聞玉檢封中出，宋真宗玉檢，乾隆中爲土人掘出，已呈内府。尚見銀鉤絶壁鐫。唐元宗《登岱頌》，張説隸書勒絶壁，極雄偉。碣石脈從羣島渡，泰脉由碣石羣島渡海，逆折而上，見康熙諭旨。天門勢偪萬梯懸。傲徠屈首徂徠伏，始信雲霞在足前。

【校記】

〔一〕『宸』，原作『辰』，據詩意改。

津門集 庚戌

二月初三日由濟南乘汽車至青島

捲幔窗全曉，登車管忽鳴。隻箱徵重稅，一僕共長征。日馭馳奔馬，雷霆走怒鯨。飆輪如此速，薄暮已千程。

青島

天險歸租界，財權僅稅關。海燈繁照海，山嶺互藏山。礮壘雄千仞，岑樓矗萬間。可憐類濠鏡，争戰幾時還。

重到煙臺

崇崗崛起勢崔嵬〔一〕，依舊層樓照水隈。十載官聲猶好在，己亥、庚子余宰文登，因威海租界與英人力争，觸當道忌，卸篆後過此小住，居人争求識面。四圍山色證重來。故交頓觸人琴感，李畹民大令宰福山，余隨崔子萬觀察查案到此，今俱下世。過客誰爲管樂才。聞説煙濰籌鐵路，告成何日可車開。

【校記】

〔一〕『勢崔嵬』，原作『崔勢嵬』，據詩意改。

舟中晚眺

高臥忘朝暮，晨興日又矬。路經滄海大，岸列好山多。風疾狂摧浪，煙垂倒捲波。駕梁無此速，何必叱黿鼉。

大沽口候潮

火輪破浪行，飛馳日千里。日午到大沽，潮退不敢駛。停舟待晚候潮生，二更潮漲始遄行。倘非三尺藉水力，雖有機械難争衡。嘆息庚子排外禍，和議成時砲臺挫。至今廢壘臥斜陽，百萬宏功一朝墮。坐令鯨鯢跳盪噴腥涎，虎狼乘勢當關臥。吁嗟乎！海權盡失海軍弱，何日月氏歸翦縛。縱教聚盡千五百縣鐵與金，終難鑄此一大錯。

初八日抵天津，喜晤家葆初觀察、仲瑀司使

燕南楚尾暨吳頭，分袂俄經數十秋。萬里浮萍吹聚處，天津橋北酒家樓。

日午君車解轡韁，初七日仲瑀由吉林至。今朝我泛海船來。人生聚首皆前定，不是神風引得回。

晝共高軒聘健騾，夜陪楚館聽清歌。不談富貴談艱苦，終是英雄本色多。

風塵奔走事堪嗟，忽忽霜華上鬢鴉。回首廿年如昨日，溪亭追逐看梅花。

次日晤鄧葆真、蘇静庵兩觀察暨葆初、仲瑀，同飲酒樓〔一〕

銀燈珠户笙歌滿，紫莧黄瓜食譜新。時二月初旬，新蔬皆備。即此庶羞非易致，對他珍錯總陳因。不愁人海無同調，難得天涯盡比鄰。兩君皆同鄉。一笑又隨劉阮去，馬蹄飛踏六街塵。

【校記】

〔一〕『蘇静庵』，原作『蘇静皆』，據詩意改。按：陳夔龍《花近樓詩存》卷三有《十三日冒雨與陸蒓伯、陳抱初仲瑀昆仲徐園看梅，琛侄、福兒從遲，蘇静庵、何肖雅不至，遂往酒樓，醉後放歌》。天虚我生所輯《絡珠仙館詩鈔》卷四有胡文杰《和陳筱帥游天平山四律並柬蘇静庵、鄧葆真兩觀察》。蘇氏與陳夔龍及陳瑜昆仲爲友，故陳景星得與之相識。又據劉承幹《求恕齋日記》載，蘇静庵即蘇品仁，雲南昆明人，宣統間爲直隸道員，陳景星津門之行正在宣統元年，故得稱"觀察"。

盧湘竹同年見訪，傾談竟日，同集酒樓，即事有作

萍踪離合互關心，音問難通直到今。同榜少年皆老大，微官末路感升沉。巨魚噴薄無平浪，

雛鳳分飛有上林。此日需才如久旱，行騫霄漢作甘霖。

胡琴初觀察過訪

少年意氣吐虹霓，小宋才名大宋齊。中禁早居傳陸贄，高軒先過感昌黎。粲花妙論皆經濟，束筍陳編待品題。爲感仲宣能念舊，頓添離緒憶巴西。令兄宗武觀察現寓蜀郡。

十八日雪

連日炎蒸熱倍加，侵晨忽見雪飛花。潤周畿甸三千里，凍合樓臺十萬家。栖渚沙鷗憐瑟縮，掃街車馬息喧譁。從知兆作豐年瑞，一任春寒噤曉鴉。

雪後謁筱石督部，蒙召同姚芷澧侍御同年暨胡琴初、趙葆衡兩觀察小飲署中，皆同鄉也

平泉小集夜從容，此會人間不易逢。喜雨載賡詩四韻，晴初即席和喜雨詩〔一〕。買春同醉酒千鍾。情聯洛社緣非淺，話到鄉關味轉濃。廣納細流涵萬派，豈惟江漢盡朝宗。

【校記】

〔一〕『晴初』，或作『琴初』。按：胡嗣瑗字琴初、晴初。

天津赴京偶作

雪霽東風釀薄寒，快車催送走長安。憶從列國開和會，驟見飛甍改舊觀。曹部競頒新法制，居民争笑古衣冠。尋巢再逐春明燕，權作青瓷醒後看。

過斜街舊寓有感

三度春明結舊緣，紅羊刼後尚依然。重來莫問開元事，夢醒黄粱十七年。

游萬生園 俗呼三貝子園

園内珍禽異獸、花木亭臺無所不備，皆羅全球物産，供人攷察，爲勸工場第一名勝，洵耳目所未見也〔一〕，賦此紀事。

繞郭名園萬畝寬，九門春色近長安。創開工藝資游賞，盡闢亭臺駭壯觀。兩大精華生植備，五州飛走攷求難。出郊車馬殊嫌少，只爲東風透骨寒。

百獸猙獰鐵網扃，更兼百鳥噪梳翎。怪奇未入《夷堅志》，《山海》全搜伯益經。文馬久傳羲畫卦，神獅未合古圖形。縱觀萬物殊堪駭，豈識來從萬里庭。

百工荷鍤事芸鋤〔二〕，佳果如林密間疎。一水東西環島嶼，萬花開放雜園蔬。板橋漱激清堪愛，松石輪囷畫不如。爲惜北都春較晚，碧桃新綻柳初舒。

傑閣層臺仿亞歐，廊房高潔爽如秋。但求實業開民智，不是乘輿侈讌游〔三〕。下士偶驚臨玉府，聖人端合住瓊樓。兩宫曾駐蹕此園。隔籬驟聽瓶笙響，暫向茅亭作小留。

此間長夏最清涼，游女裙拖客搴裳。楡柳萬株環檻碧，芰荷十里浹衣香。扇衫喧逐臨流水，茶酒招邀易夕陽。喜得觀耕兼課稼，稻畦鵝鴨滿陂塘。

崗迴嶺複樹迷離，歧路才分又有歧。都下園林多富貴，田間邱壑鮮珍奇。歸誇野老饒清趣，恐負佳題紀小詞。尚覺山陰餘興在，看雲小立又移時。

【校記】

〔一〕『未』，原作『木』，據詩意改。

〔二〕『鍤』，原作『插』，據詩意改。

〔三〕『輿』，疑當作『興』。

胡晴初觀察偕陳子石僉事見訪，同飲酒樓

節署曾陪宴，京華又舉杯。少存經世志，羣仰掞天才。黨不隨牛李，詞真敵馬枚。聲名瞻鵲起，寥廓動埏垓。

都門感事四首

事後邊才急范韓，一番更變一番難。榷財用士迂劉晏，大事盈廷笑吕端。北闕丹書承鳳諾，西山紫氣尚龍蟠。近來王謝嗟凋謝，前席何人策治安。

八方風雨會神京，禁禦森嚴擁帝城。闤闠競騰珠寶氣，繁華益縱管絃聲。雲連使館如碁布，電燭天街慶砥平。百萬居民資汲飲，爲山畢竟巨功成。自來水管均已告成。

中原文物震歐洲，列族垂涎肆取求。公法難憑惟鐵血，邊防能鞏即金甌。救災端在培元氣，愛國猶須集衆謀。未到百年憂患集，何堪扼腕話從頭。

政拙難調單父琴，無才自合遯山林。荷簑甫遂歸田志，解組仍存報國心。老獲康甯恩已厚，俗安耕鑿感同深。還鄉萬里來無自，幸睹君門愜素忱。

出都赴天津作

東風吹黃塵，輕沙撲人面。不作京國遊，甯識仕宦賤。朝爲鳴岡鳳，夕作破巢燕。矧值兵燹餘，浮雲日千變。翩翩少年子，珠勒騁游宴。焉知厝火謀，日惟裘馬炫。轉瞬秋風高，履霜憂集霰。陸機再入洛，長卿游已倦。晨發出國門，登車逐飛電。雕梁舊巢痕，回顧有餘戀。

汽車別差等，行人争赴趨。亭樹一瞬過，萬物終模糊。沿途歐式屋，華整具規模。茅茨數十家，渺哉中國廬。百里積水潦，浩漫浮鷗鳧。誰爲事疏鑿，活此萬饑殍。日夕競營造，木石横街衢。金錢千萬擲，罔恤民生癯。嘆息徒爲爾，車聲停道隅。起視日未旰，半程只須臾。一笑百足蟲，何如三足烏。

將去天津，與葆初、仲瑀話別

祭彤宦三韓，庾亮鎮武昌。南豐羈歷下，東坡留餘杭。仕宦各殊轍，星野各殊疆。喚起千載人，欲爲聚一堂。是欲馬北轅，而隨雁南翔。匪惟不同時，同時亦分張。繄我二三人，同氣多慨慷。憶當少壯日，器宇何軒昂。文章共欣賞，風雨時聯牀。自從判袂後，驥足爭騰驤。雲泥雖各別，離憂從此長。偶通尺素書，相思爲斷腸。年華感遲暮，兩鬢成雪霜。此生恐難見，悵望徒彷徨。不意今年春，歸思日夕忙。相隔二千里，不約同整裝。津門忽快聚，喜極轉悽愴。橋南舊酒樓，歡呼具壺觴。餘興不可遏，騆馬馳道旁。亭臺列管絃，清歌間笙簧。娛樂每終夕，轉厭晨曦光。只此十餘日，足抵千萬場。我生一何幸，幸得身康强。驪駒將唱別，爲樂方未央。人生壽百年，勞悴豈有常。富貴真宰司，未可一律量。炊扊大夫雌，禄食相公羊。福澤有定分，過分恐貽殃。謝此眷念懷，留作蔗境嘗。會有再見期，白首同徜徉。此意如可酬，昂頭籲彼蒼。

上筱石制府謝惠詩集，並以志別

篤生名世應昌期，五十華年遇合奇。賈誼天才堪輔佐，潞公聲望重華夷。北門鎖鑰資雄鎮，南國謳歌繫去思。回憶服官京兆日，憂勤早受九重知。

中外交訌事萬端，力肩鉅任古今難。江淮保障還津海，郇召勳名復范韓。兩戒河山三輔重，一身勞瘁六州安。祥和又兆梁園雪，臚得窮檐鼓腹歡。

屈指牂牁故鄉，幾人功業耀旂常。得公東道開文運，從此南天破大荒。國朝黔省任督撫者皆外府人，貴陽開府自公始。廉静自能端表率，懷柔依舊集琛航。調羹會有宣麻日，燮理尤增史册光。

梅花官閣爪痕留，夜集平津話舊游。惠我集真名一品，知公才自足千秋。偶偕干羽賡朱鷺，願向江湖侶白鷗。仰止久經瞻泰岱，又看嵩華景前脩。

留别家葆初觀察

少年馳逐戰文場，廿載重逢愧老蒼。尚覺風流追杜牧，終看名位媲歐陽。飛騰已遂三條燭，戇直仍餘百鍊剛。喜有板輿迎養樂，祝君瓜瓞笏盈牀。

捧符分道作商霖，獨聽循聲皖水潯。節鉞會看隆簡畀，雲泥今各判升沈。垂青深感聯牀誼，建白知儲報國心。此去關山千里隔，魚書莫滯往來音。

留别仲瑀司使

翩然投筆事功名，一樣憂時效賈生。氣逐海鯨騰浪起，才如天馬破空行。獨恢幹略驚中外，難得簪纓有弟兄。最是勤勞昭著處，閭閻不擾國豐盈。

襟懷真見古人風，待我肫誠與昔同。近挹謙冲知樹建，能禁盤錯是英雄。朅來北海談心久，再起東山轉瞬中。小别無須嗟道遠，遼天仍望奏膚功。

三月初二日，津浦鐵路第一次開車至德州，予幸躬逢其盛，詩以誌喜

第一車開第一程，燕齊枝路重寰瀛。自從破浪乘風後，又得飛空絶跡行。爆逐雷鳴張盛典，各站皆懸燈彩。軌爭電速快平生。東南他日還鄉便，縮地真堪慰遠情。

乘汽車至德州

龍旗颶盛典，鳳歷紀旬初。尚有六程隔，行剛半日餘。風高吟電線，煙噴走雷車。何必誇仙術，飛騰藐太虚。

德州至平原作

難捨飛車便，行行雇健騾。沿途畦菜秀，陳跡壁詩多。鐵道剛鋪軌，金堤尚障河。十年春夢醒，閑話聽村婆。

由平原至晏城

麥隴微風過，征塵逐馬蹄。菜花黄可愛，稊柳緑初齊。絲管何年静，二十里鋪歌妓皆他徙。煙村落日低。不逢新舊雨，那得醉如泥。

齊河道中悼亡僕趙誠齊河人

誠隨侍有年，性忠樸可倚，去夏四月病歿蘭山署中，歸葬其鄉。今過此，棖觸予懷，詩以悼之。

來從卯歲髪齊肩，辛苦追隨十六年。生具忠忱知愛主，爲憂遠宦勸歸田。形容未老先憔悴，家業粗完忍棄捐。原麥偏滋春草緑，不知何處汝新阡。

渡河

十年重過此，五載幸安瀾。堤料糜金易，橋工鑄鐵難。鐵橋工鉅，未能告成。船多喧渡客，漲落慶河官。未遂澄清志，青山頗耐看。過河即見鵲華諸山。

初五日抵濟南寓館

路出新租界，樓懸外國旗。橋横車易阻，巷狹馬難馳。鄰舍笑調管，家人環着棋。歸裝忙檢點，先録紀程詩。

跋

壬午之秋，凡與吾伯兄同舉於鄉者，以烱皆得以同年友相結識，於廣眾中獨異陳子笑山，灑然出乎塵表，然猶未知其深於詩也。庚寅來試春官，相聚於都門，始得其詩集而讀之。其詩探源浣花，涵蓄萬有，出入於輞川、香山、渭南之間，自寫其性靈，非揣色摹聲者所可幾及。蓋笑山居五溪之間，爲吾黔山水幽絶奇勝處，平居既有以發舒其性情。及壯，走東南百越間，撫時感事，益得縱其所爲。吾獨愛其中與同鄉異地諸公相贈答，婉篤纏綿，尤見情之至之足以感人也。都下詩社，莫盛於乾嘉，今輟響矣。春明試後，約與吾黔在京詩人爲詩社之會，以烱隨伯兄相從以學詩，晨夕倡和，以希蹤當日太平盛事，笑山度不致攢眉不入也。先綴數言以志傾倒，而留爲他日要約之券焉。光緒庚寅孟夏趙以烱識

跋

戊戌之秋，余始時來濟南，是時陳君笑山方攝文登縣事，聞其政聲，心竊識其爲人。偶於友人座上得讀其所爲詩，喜其性情發露之真，爲近時所罕見，益佩仰之。秋後笑山受代返濟南，始獲交，握手歡若平生，盡出其舊時諸作以相眎，大都得於遊歷羈旅離索之時爲多。迹其身世之所遭，蓋有感發於情之抑鬱而不能自禁者，初非有意以詩鳴於世也。然世之喜爲詩者，類多追逐時好，自汩其天真，侈篇什之富，實無一語足以動人，故如笑山之詩，舉世遂鮮有能與爲儷者。顧笑山之爲治，所至有聲，將以循吏顯於世，豈待以詩名耶？然論其詩，知後之人之好爲傳誦，當不異於余也。昔黄山谷書陳亞之詩後有云，學問文章，震耀一世，其發源必有自。陳氏多賢，是中必有名世者。余於笑山亦云。光緒庚子長至日永定黄經藻拜識

跋

濟南多湖山泉石之美，暇輒喜從笑山游，相與嘯詠而忘返。憶歲甲辰四月，與笑山同襄校郡試卷於鑠院中，約游龍洞、佛峪諸名勝，未果行。笑山以除蘭山之任去，余亦有泰安榷酤之役，自是獨登眺於泰山靈巖間，每遇巖壑幽絶無人之境，未嘗不歎不得與笑山同樂也。越四年戊申，笑山既移日照，旋乞假回，余自汶上，同年友高君梯雲自招遠，三人者皆解縣事，休息而閒居，故於千佛山、大明湖水閣山亭，日與徜徉其間，爲詩酒之會。蓋自入官以來，未有此樂也。已而笑山回任蘭山，梯雲復攝招遠，余遂塊然無與同游者。今年笑山回濟南，將以老致仕歸，自言其鄉當五溪山水幽邃處，屬爲繪《歸棹圖》以徵題詠，且印其詩多本，分贈寅僚以留别，謂此後如相憶，見詩如見人云。余乃爲之悵然。今世競尚歐美新學，視詩文如芻狗，笑山乃爲於舉世不爲之時，殆古所謂特立獨行之君子歟。余獨念與笑山游處幾十年，今一旦遠别，余亦將作歸計，黔與閩違離數千里，後會未必有期，然古人之精神笑貌如親得見於今日者，惟賴有文字在耳。異日家居無事，發笑山之詩誦之，當恍然晤對於濟南七十二泉之間，有餘歡焉。

宣統己酉仲冬經藻再志

跋

宦海萍浮，見聞日陋。蓬山舊侶，忽聚一方。覿貌承辭，恍飲醪醴。更伸篤款，見示琳琅。奇氣蟠胸，不羈遠蹠。子長著述，得於壯游。仲宣軼才，半歸客寄。此《疊岫樓詩草》所以作也。鶡冠程勇，不廢鐃歌。虎鈐纂經，尤資借箸。飛書馳檄，偉枚皋之才；條奏拜章，非馬周不可。此《磨盾》偶存一篇尤多傑句也。兩粵山川，秀甲宙合。君以鄰比，獲數往遨。蛟人踏浪而來，則天窮溟涬；猿客戲果而至，則巖陟厜㕒。獠花犵鳥，藉寫靈襟。蛋雨蠻烟，都成隱秀。此《乘桴集》所以方軌李杜。允矣，嚌胾升堂也。其他撰述，載之兼兩。班藝劉略，所收廣談。靈筆之緒，雕鎪所及，悉成名篇，惜以楝椽不及徧請。尤敬佩者，才大而斂，冲裒無涯。如走恂瞀，謂爲可談。猥以敬禮定文，謬相誣諉。細流土壤，奚裨瀛岱。汗流走僵，自慚不稱。故跋數語，藉答雅懷。光緒庚子季秋徐鋆跋

跋

右石阡陳笑山大令所爲詩古近體二百二十二首，嗣瑗與陳抱初觀察爲之校印於津門者也。笑山與余伯兄宗武交最夙，余總角時已稍稍知笑山名，間從伯兄遊於諸文士，輒喜笑山真率任情，不假修飾。時當春秋佳日，伯兄集同人爲文字飲，徜徉南明扶風山水之間，酒酣耳熱，脱帽賦詩，嘗見笑山下筆快如風雨，一篇甫竟，儕輩高吟低諷，嗟賞不能置。余初不審中作何語，第詩成，每傾座客，意必才氣橫恣，固有以異於人人也。會笑山徒步從軍徼外，更流轉滇粵、幽冀先後幾十年。歲癸巳，再見貴陽城南蕭寺中，裒其詩，督余兄爲之序，則少作已割去泰半，余亦始解誦其佳篇警句以爲樂。旋復別去，因試事走京師。甲午雋於禮部，得官山東知縣，自是蹤跡闊絶，每遇齊魯士夫舉笑山，無不稱其廉勤愛物，卓然爲時循吏。聲音之道通於政，愈知笑山孤詣日進，必且更異曩昔之所爲者。今年春，笑山將解組旋里，與余相值津門，維時余兩人者別十又七年矣。抱初亦卅載舊游，一朝萍合，握手道故，喜極而淚。因索取篋中詩草如右，與抱初分任讎校，並丐貴陽尚書序而印之。乃笑山剋期南發，余適又行役保定，此事一委之抱初。印既成，抱初書來，謂子當識其顛末。夫余誠不知詩，顧知笑山獨早，向特喜誦其詩，是亦烏得無言。嗟乎！四方多故，雅跽不常，余兄弟東西羈旅，方汲汲爲升斗計，而笑山亦既歸老矣，何時再從余兄以招吾笑山，徜徉山水，飲酒賦詩，一如兒時里閈之樂耶？弗可知已。寒宵書此，擲筆憮然。宣統庚戌十月二十又一日夜漏三下開州胡嗣瑗識於保定寓廬

跋

黔處天末荒服，士多孤陋，尠聞見，洎明王姚江以謫宦設教龍場，立條約以課士，於是人皆知有學問氣節，文章往往與中原士大夫相埒，然猶未甚濡染昌達也。我朝二百數十年來，文教寖隆，同光之際，黎文肅、林貞伯兩公先後撫黔，創學古書院，購四庫書以餉學者而月試之，通博之才，蔚然踵興。吾家笑山試輒冠儕偶，瑜亦橐筆從其後，見所作，竊效之，窮竭心力與笑山抗。亦或謬廁榜首，笑山或落後，兩人以是相嘲謔，而情誼緣是亦愈篤。笑山與瑜同鄉舉，後二年通籍，宦轍分馳，南北相距數千里，或不通一函。今年夏，笑山告歸，訪瑜兄弟於津門，登堂拜吾母，出所爲詩，囑與胡琴初太史同校定。笑山之詩之佳，督部貴陽尚書序而表之，毋庸贅，獨念吾兄弟童年孤露，笑山亦貧無儋石，今皆竊薄宦，獲微禄，足以自給。笑山既老而游倦，吾兄弟亦無復少年意氣，於其行也，樽酒祖餞，相與憑高臺，眺重洋，江河風景，舉目頓殊，羌笛一鳴，飆輪迅發，其能無離合今昔之感耶？宣統庚戌孟冬抱初陳瑜

耄游集 壬子

壬子元旦

風信催何早，寒花發舊柯。連宵春雨急，能否洗干戈。

憶仲瑀滬上

天心如此醉，老病已成癡。蜀覬三分鼎，吳飛五色旗。幾忘新舊歲，同值亂離時。春草今仍緑，池塘繫夢思。

五月十九日出門作

路指五千里，人憐七十翁。舊痕尋漢上，老病困家中。生子嗟豚犬，傳書感雁鴻。早涼高嶺路，滌暑借長風。

龍潭暑日訪萬錦曇，遂留飲

欲逃酷暑叩幽扃，忽送輕雷日半冥。雲氣繞山含雨黑，湖光捲樹入樓青。道逢程子頻傾蓋，里有康成老授經。似此情懷須共惜，一樽相封兩晨星。

由苦竹坨至分水嶺

危峯切雲氣，冷翠忽侵人。鑿穴穿崖石，燒砂鍊水銀。毛桃秋欠熟，苞穀晚嘗新。初薦食謂之嘗新。風景依稀在，回頭六十春。

蒿芝坨道中遇蘇叟話舊

咸豐癸丑，余年十四，過此，蘇叟搆茅店二間。後數年過之，則添易瓦屋。今六十年再過，視其房舍，則上下環接百餘椽，成素封矣。時蘇叟尚存，年八十四，余亦七十三，惘惘話舊，感而有作。

一笑相逢兩鬢霜，同臻耄耋豈尋常。昔時茅搆今巍煥，少日薪勞老健康。迴溯舊遊疑隔世，晚賡多福好收塲。絮談莫問滄桑事，禾黍殷墟半夕陽。

補壽曾搏仙刺史六十晉一感懷原韻

別後同驚兩鬢皤，昔年朋舊已無多。地週炎瘴身猶健，集有唐音卷不磨。飽閱榮枯增鶴算，老憑忠信涉鯨波。一編壽世還憂世，尚爲蒼生喚奈何。

魯桂遥睽萬里天，延津重合接萍緣。光緒己卯，與君昆仲唱和筑垣，尊兄乙園有《萍緣紀遊》之刻。彼蒼有意憐遺老，元白相看各暮年。盤錯精神經百鍊，追談宦蹟感三遷。芝蘭繞膝松姿茂，何必滄桑憶粵邊。

赴小埧謁壺川先師神主，訪馮仙舫世兄不遇

卅年侍坐感深恩，淚漬征衫記舊痕。甲申冬，師病，余兩次問疾，彌留時見景星，潸然淚下。白髮到門仍弟子，青箱傳業有兒孫。通家雅話留三代，刻集何時慰九原。擬代梓師遺集。縱説重來能見訪，夕陽無奈近黃昏。

八月初十日由李耶司放舟，宿龍頭有感

儒墨偏同治，緇黃獨異交。攖鱗龍犯浪，投羽鳥全巢。凡骨經三換，謙詞味六爻。滔滔江上水，起滅悟漚泡。

微服曾過宋，宣尼尚達權。身雖從越俗，心可質皇天。書並摹懷素，經難證太玄。久聞棄軒冕，何事溷山泉。

比爾舟中小病漸起

秋風如此厲，衰病猝難禁。孤枕三更夢，扁舟萬里心。干戈邊地警，煙雨楚江深。到眼皆詩料，窮搜助苦吟。

過駝背灘

水落斜坡出，驚波滙一槽。舟輕衝浪出，流疾裂崖逃。纜倒人争挽，上水過灘須縴而行。下水涸時，以纜緊縛船尾，多人倒掣之，恐流急觸石也。篙投石怒囂。何時能鑿險，安穩送輕舠。

中秋夕宿鳳灘下

繞枕濤聲夢不安，空江無月醒尤難。驚風疾雨中秋夜，誰識行人宿鳳灘。

溎溪銅柱 楚王馬希範鑄

一柱嵯峨壯溎溪，漢唐雙柱杳難稽。漢伏波分茅銅柱、唐馬總海口銅柱皆失去。屢朝霸業銷沉久，惟有寒猿盡日啼。

重過保靖

鴻跡重尋四十年，荒城斜日靄蒼煙。好山照水青如故，老樹摩雲綠勝前。出峽經舟穿細浪，凌空高塔壯遥天。興亡莫問前朝事，早歲曾揮祖逖鞭。

舟過王村

安流六十里，水静綠波平。雙峽涵秋色，三峰媚晚晴。樹低樓角露，舟穩楫聲輕。偏綴玲瓏石，荊關畫不成。

過二酉山觀昔人藏書處

舉世崇歐學，羣經付刼塵。未遭秦代火，深幸昔時人。苔蘚碑陰篆，桃花洞口春。一時高隱士，都在酉溪濱。

萬卷丹黄徧，搜羅無處藏。空談曹氏富，恐效陸莊荒。二酉名山業，千秋文字香。可能師往哲，留作後津梁。

重過辰州

沅湘門户扼華夷，歷代羈縻視土司。負固久横蠻部落，削平終建漢旌旗。雄關地據辰溪險，古蹟書探酉洞奇。朝代已非商税在，往來誰與恤瘡痍。

横石灘

灘吼江風勁，輕寒襲小舟。片雲横斷岫，巨石截奔流。桅矗孤帆影，蘆披兩岸秋。村人方賽社，歌舞水邊樓。

白溶

人家三五聚，籬落傍崖阿。野艇横遥浦，連峯壓大河。渡頭晨霧重，天氣晚晴多。小睡難成寐，輕謳聽棹歌。

青浪灘神鴉

昔年青浪過，拋食看鴉争。時事多遷變，微禽識送迎。江山增感慨，雲物寄閒情。願乞長風助，無妨再一程。

再題伏波祠

崇祠享偏嶺西東，楚水吳山處處同。晚歲勞居諸將上，畢生功在百蠻中。金門馬式餘寒日，青浪鴉聲亂曉風。老去江淹才藻盡，題詩終遜少年工。余已過此及過欽州烏雷洋，皆有題公廟詩。

五更放舟至明月庵

奇峯青插碧天秋，崖竹霜楓景最幽。古寺清鐘驚客夢，半船明月枕江流。橋橫斷峽迎山色，心逐癡雲戀嶺頭。争怪昔人圖畫去，征鴻依舊爪痕留。麟見亭河帥《鴻雪留痕集》曾圖寫此山。

望三脚崖海螺山

煙鬟無數迓輕舟，天外三峯豁倦眸。歷偏湘沅三百里，絶佳山水愛辰州。

覽勝曾探大西山，流青暈碧指螺鬟。舟行屢過猶回首，況近師門咫尺間。馮莘垞師住此間柳林汊。

夸父窮追日半輪，燒爐張果語無因。只緣山好訛傳久，莫更荒唐笑古人。張鷟《朝野僉載》謂此山爲夸父追日處，土人又指爲張果造飯處，皆荒謬可哂。

穿石 伏波將軍鑿石避暑處，見《漢書》。

雄峯高踞楚江東，裂石曾居矍鑠翁。久病豈勝蠻地瘴，迎涼權借大王風。穹窿尚認千年蹟，攻鑿全收萬卒功。縱使壺頭師不利，五溪聞創究推公。

重過桃源洞

卅載題詩事久忘，同治己巳過此，曾題數絶。往來八度感滄桑。桃花再過仍難見，只有丹楓晒夕陽。

不知魏晉並忘秦，古洞桑麻盡隱淪。倘許一廛容我住，披蓑願逐釣魚人。

河洑山

梵宫百級踞危峯，老樹蒼蒼黛色濃。山下人家山上客，賽神正打午時鐘。

由桃源至常德

層潭暈緑浦彎環，歷盡艱危到此間。顛剷惡灘三百六，扁舟來往穩如山。

常德舟中感事四首

發難從陳涉，傳烽據上游。繁華歸浩刼，盟會等諸侯。借箸羣謀合，投戈殺氣收。鴻溝何待劃，南北一環球。

巴蜀稱天險，夔門與劍門。自天亡杜宇，平地躍公孫。投㭊軍鋒壯，摇鈴社會尊。隱憂西顧重，能否禦羌渾。

卒潰軺車喪，師熸幕府休。城頭環白幟，元首裹黃綢。狂矢西流疾，寒雲北塞愁。殺機惟此重，中夜鬱深憂。

世界還軒昊，風雲變古今。但看天地色，不盡別離心。入蜀身原贅，浮湘客自吟。何人識憂樂，雙鬢感霜侵。

漢上感述

踢足重翻鸚鵡洲，繁華井邑變山邱。前軍怒縱阿房火，過客悲深漢水秋。戰地尚聞新鬼哭，洋埸今許寓公留。對江黃鶴仍無恙，惜少銅人涕淚流。

舟中望九華山

小姑誰與照成雙，獨有金焦峙鎮江。愛絕九華如過雁，翠留鬟影印蓬窗。

滬上喜晤抱初、仲瑀昆仲，留住别館感賦

境阻六千里，舟行三百灘。累輕遷地易，力盡補天難。老幸生相見，詩勞别後刊。庚戌冬，蒙抱初印拙詩於天津。不因憂患劇，那得此時歡。

掃徑開賓館，登堂卸客裝。機雲原共宅，風雨復連床。世亂天心醉，民窮帝力忘。憤兵常岳滿，隱患切家鄉。滇兵襲黔，黔軍在楚者憤極思歸。

和庸庵尚書乞退得請留别天津四首原韻

翻盡乾坤舊日天，一朝重負釋雙肩。甯隨莊列居牛後，忍見巢由拜馬前。去志早萌甘退鷁，先機兆亂感啼鵑。君門欲叩無從叩，暫趁鷗波理釣船。

待卜鹽梅作傅霖，引疴翻欲入山深。久辭故里爲流寓，大好中原懼陸沉。輸臥共垂遺老淚，天高終鑒直臣心。白雲舒卷全無滓，仰止清風思不禁。

聊尋林壑息薪勞，散髮非矜出處高。瀕海有蹤追大老，舢稜回首感仙曹。恐傳市虎驚投杼，
已解庖牛且善刀。八百株桑千樹橘，閉關争及武陵桃。

吟篇温厚寓酸辛，進退何慚一个臣。少伯不妨輕去國，留侯豈止善全身。祖宗養士同三代，
廊廟如公有幾人。學步試歌巴里曲，雷門敢説和陽春。

題吴鏡予《觀河圖》

形骸弗貴貴精神，彼法叅觀得解人。上壽百年清可俟，長河終古景常新。時存銀漢窮源想，
力葆金剛不壞身。水鑑借將心鑑照，臨流一笑晤原因。

題江菊圃觀察忠賡《樂知軒詩集》

秋水芙蓉絶點塵，天才掞發近無倫。君身畢竟饒仙骨，名句何曾讓古人。祖硯克承三代學，
筆花開到十分春。江東不少騷壇幟，終遜樊南鍛鍊新。

門巷烏衣舊珥貂，更兼花蕚競聯鑣。羣空冀野三千里，艷述揚州廿四橋。詞體西崑開北宋，豪吟東閣續南朝。誦餘尚覺香留頰，豈止蘭茗色味饒。

易實甫觀察見過並惠大集，賦此誌謝

高軒忽過笑聲闐，快慰錭饑二十年。此日昌黎重山斗，前生子晉是神仙。君自記爲子晉七世後身。名花樂府瞻新製，見示《賈郎曲》《三女吟》諸作。孔李通家溯舊緣。同值義熙塵刼後，夔蚿蛩駏互相憐。

龍門聲價重寰區，莫漫離騷怨左徒。間氣衡山高五嶽，大名沅水噪三蘇。謂函樓師及君弟由甫。麾旄直壓邊軍壘，摇筆能掀造化爐。老我待君凡骨换，小巫何幸遇神巫。

實甫疊惠函樓全集並媵以詩，依韻答謝

棠陰高並鄂公祠，桃李親培百廿枝。老輩愛才如性命，登科留記歷年時。函樓師秉黔臬〔一〕，日

課取百四十人，景星與抱初均在其列，名册尚存，已三十年矣。因緣身證三生石，感激心鐫兩代詩〔二〕。光緒壬午同抱初謁師，各面賜《函樓詩集》。幸得相逢滄海上，扁舟翻悔出山遲。

原作

先君種樹武鄉祠，今日煙霄剩幾枝。酉水移家兵亂後，君避亂移居酉陽。申江作客歲寒時。杜陵老絶收京望，陶令歸多止酒詩。三十餘年猶及見，與君握手未嫌遲。

【校記】

〔一〕『臬』，原作『皋』，據文意改。按：易佩紳時任貴州按察使，清人稱臬台。

〔二〕『感』，原作『惑』，據詩意改。

冬日即事

開徧梅花歲已闌，申江三月久盤桓。廚湯時買雞絲麵，爐火宵煨獸炭團。披上短裘行便重，戴來新帽脱愁寒。汽車最怯臨街遇，危險深知舉步難。

和樊山先生詠物詩原韻八首録六

雪虎

負嵎一笑搏非難，百獸王蹲白石欄。蒙背馬將呈玉戲，假威狐喜聽冰寒。嘯憑風力聲多誤，額襯霜毛色耐看。殘甲滿天身覆徧，怒龍相逐戰初闌。

雪牛

黄昏不飯漫矜奇，失喘非關月黑時。玉笛背難横牧豎，琱戈角畏鬬髦騎。瑩蹄載美空留犖，凍齒無聲罷飲池。洗耳慢牽波上去，巢由終恐怯冰澌。

雪羊

落盡纖毛不作氊，沙凝羖䍽耐胡天。披裘冷傍寒江釣，爛胃牽防火判燃。荒磧草眠銀海岸，和闐竹引玉山巔。晶珠項下累累似，笑問麻姑捋幾年。

雪鹿

置上銀床笑窈娘，麈毛瑩潔訝千霜。霰聲蕉響難成夢，玉色芝銜惜少香。昏月乍明凝粉麝，斜陽偶照誤黃麞。英雄角逐忘餐虐，痛飲琼台乞酒漿。

雪猿

一場優戲出天公，刻棘雕瓊面面同。峽寺幻留環影白，嵰山寒失劍光紅。行軍偶化偕林鶴，接臂難從飲澗虹。不聽三聲腸不斷，峨眉飛雪滿巴東。

雪獺

縈擁鵁船駭獸蹲，銀刀祭列白瓷尊。蘆根剪水嬉漁父，藥髓凝霜饋季孫。幻象壊防宵作祟，窺魚光借月添痕。立冰不爲淵毆去，鱗族啣珠亦報恩。

即事

小几烏皮坐日斜，觀書老眼漸麻沙。芳鄰夜靜還調竹，菜市晨喧帶買花。素絹庋窗人贖畫，朱輪過巷客停車。飛箋召飲如符急，第一樓邊第五家。

輓家斗園大令

少壯嬉游共梓桑，中年人海各分張。浮沉宦不隨流俗，著述書曾進上方。所著《儀禮經解》東撫進呈。歧路那堪悲白髮，余歸時，君送至租界。邯鄲尚未熟黄粱。甫得一差。我來忽聽君歸去，淚洒西風蜀道長。

偶成

路阻家書近半年，干戈無定轉陶然。歲當殘臘題春月，新曆已一月半矣。晴釀奇寒甚雪天。諸踐尋花偏爽約，屢訂實甫訪翠，竟失約。詩因搆草屢忘眠。盆梅數百填深巷，催放東風正論錢。

洋場

綷縩衣香逐隊過，汽車往來疾如梭。金錢亂擲成奇癖，玉樹聯翩發艷歌。菜館有樓開夜市，花天無地不情魔。過江名士多于鯽，雛鳳鴉鬟比鯽多。

題仲瑀司使山水林泉畫册

育物春風溥太和，功成逸興寄巖阿。芳園處處堪游醼，畢竟天倫樂事多。

菀柳新篁一萬枝，桐陰交翠繞荷池。平泉草木多難記，盡入王維畫裏詩。

回首瀛台鬢已華，滄桑何處問漁家。桃源自在人間世，有約青門好種瓜。

臘盡春回景未闌，披圖花似故園看。庭柯不改當年色，留伴霜天傲歲寒。

實甫寄題拙集，依韻答謝，並送北上

健筆催開五色花，緱山勝錫棗如瓜。杜韓詩肇唐初祖，屈宋才推楚作家。一品衣宜披李泌，萬言書更震京華。乙未，君上書名震中外。手揮目送鴻飛去，恨未西施網若耶。君屬意琴客，囑友作合，久未諧約。

原作

以我秦洞之桃花，隣君黔山之木瓜。李白流夜郎，有《過木瓜山》詩。關索關前古夷國，巢經巢後今名家。近人論黔詩，以鄭子尹先生《巢經巢詩》爲第一。五丁縋幽復鑿險，二酉含英而咀華。飛將大黄衆卻走，夜郎太白再來耶。

即目

難分春燕與秋鶯，求牡呼雛滿路迎。百輛電催游客去，萬家燈照麗人行。羽呢製服仍胡俗，絃管登場盡鄭聲。莫怪天花難着體，早空色相學忘情。

冬夜偶成

獺領皮衫黑蝶裙，往來倩女走如雲。倦尋燈市舒腰脚，響駭雷車震腦筋。北地臙脂楊翠喜，南朝金粉李香君。古今無數繁華影，都遜三千粥粥羣。

臘月二十一日值亡兒兆璜生日，詩以哭之

猶記生逢雪降天，梅花送喜啓賓筵。泮芹甫掇佳兒逝，觸我悲思二十年。

八年滇粵雁書稀，余在外年久，寄書不達。半歲饔飧不濟饑。賴汝經營籌活計，一肩風雪夜深歸。

晚歲蘭陵禄漸豐，鼎烹不獲與兒同。每逢寒食陳家祭，哽咽難禁是乃翁。

曾記歸來粵海天，抱孫意外喜成顛。誰知都作曇花現，留與衰翁哭暮年。

一孫相伴慰昏晨，忽殀天年十九春。我與吾兒誰造孽，致承祖硯竟無人。

衰年誰與勸餐加，甫得還家又別家。倘使甯馨今尚在，七旬何至走天涯。

斷簡遺文滿舊廚，丹黄評點近通儒。巡檐每誦高岡句，痛哭思兒淚眼枯。余在外八年，辛卯歸家，兒已娶媳抱孫，其題楹聯云：『常懸小榻留賓下，每陟高岡望父歸。』蓋宅後即高崗也，讀之惻然。

濟水淞江一水隣，亡孫前夕夢來頻。未知夢裡兒何往，不向堂前問老親。

王湘綺先生卻聘過滬〔一〕，偕實甫往謁，歸呈一律

修史聲名動九垓，衡峯雲氣耆然開。投竿恥應飛熊夢，削簡難徵倚馬才。商嶺靈芝原可採，橋亭卦硯或攜來。扁舟徑向山陰返，早賤黄金市駿臺。

【校記】

〔一〕『湘綺』，原作『綺湘』，據題意乙正。按：王闓運號『湘綺』，人稱『湘綺先生』。

和江菊圃歲暮感懷原韻

靈均何事賦庚寅，深懼雄文累美新。不鑒干戈離亂日，依然蕭鼓太平人。山中桂樹曾招隱，海上梅花早報春。惠我佳篇投夙好，幾忘庾信在風塵。

除夕偶作

嶺梅初報一宵春，十萬紅燈照眼新。租界幾曾遵漢約，桃源都是避秦人。渡江王謝多華胄，去國夷齊半隱淪。五夜德星占太史，文昌光聚浦江濱。時海内諸大老皆寓淞江。

滬濱集 癸丑

癸丑元日

履端仍是萬方同，旭日舒紅耀海東。故國難忘燕薊雪，歸帆思借馬當風。擬春初返漢。白頭有客談天寶〔一〕，皂帽甘心作寓公。喜得團圞共樽酒，醉鄉長願住壺中。抱初、仲瑀兩君攜尊過飲。

【校記】

〔一〕『有客』後原衍『有客』二字，今刪。

滬上晤李姚琴僉事稷勛〔一〕，喜而有贈

勞燕分飛歲月忘，一朝萍合喜成狂。丁年共話三巴雨，申浦重逢兩鬢霜。書劍半生餘倜儻，

詞林十載任迴翔。買山老作夷陵計，勝我還鄉又別鄉。

飛將文壇鼎獨扛，龍潭流譽士無雙。五溪靈秀鍾辰酉，辰溪與酉接壤。二李科名媲駱江。蜀中鼎甲及傳臚者，李仙根、江國霖、駱成驤，及君而四。烽火驚心籌蜀路，海天攜手醉吴艭。春風似爲吾儕轉，香送梅花撲綺窗。

【校記】

〔一〕『姚琴』，或作『瑶琴』『堯琴』，酉陽人李稷勛字。

湘綺樓歌送王湘綺先生還湘

先生天下之大老，湘綺樓高洞庭小。衡山七十有二峯，峯峯争向雕欄繞。嶺雲不待昌黎開，降嶽鍾靈視遲早。將相歸去大儒來，離火文明燦朱鳥。目極湖天萬象呈，腸撑文字五千飽。江淮長揖謁諸侯，巴蜀傳經培俊造。聲名久達禁知，頭銜特錫鸞坡草。高足紛持旌節榮，先生獨愛名山好。書叢食字八十年，海内靈光樹人表。四夷使至問起居，雞林賈亦購叢藁。人謂孟郊以詩鳴，天留伏勝防書燎。近來舉世譽經神，倘遇黄巾仍拜倒。樓中著述等身高，楚寶貴逾波斯寶。痛逢國家遘陽九，元黃血戰潢池擾。但聞魏晉法唐虞，豈真渾噩還軒皞。當途遠慮及千年，筆削貽書求四皓。先生皮裏具陽秋，卓識過人尤矯矯。淚零舊史聲已吞，回首君門心如搗。舞象唐宮泣殿隅，獲麟衰世傷周道。銅駝地臥荊棘生，玉蝀冰寒禾黍槁。流穢生平薄魏收，直筆貽殃鑒崔浩。虞淵空悼魯戈揮，濁世豈容粃糠掃。就使蒲輪應聘行，已非成康舊豐鎬。況當洛蜀肆紛爭，薑桂性成難屈撓。内籌身世外天時，一舸送泛方壺島。吴淞江上楚賢多，開閣爭迎送襟抱。春風簾幙動梅花，時雨江山助文藻。東人千里拜名賢，時日本士人來謁。南極一星瞻壽考。冠簪昨集尚賢堂，聖道昭如日星皛。滬上人士兩次歡迎先生，均以孔子志在《春秋》、行在《孝經》宣述。爭怪睽睽萬目看，鼓掌如雷頌還禱。耆英座列首温公，晚境句猶高謝朓〔一〕。歸衣奚事廉夫白，舊帽無嫌管甯皂。杜陵忠愛放翁悲，古今同調如公少。忽聞買棹返瀟湘，嶽色先迎青梟梟。大湖南北一名樓，歸臥煙霞忘暮曉。絳雲有愧湘波清，錢牧齋樓名。白雪同爭滄溟皎〔二〕。李于鱗白雪樓尚在濟南。黿牀静息養天倪，麟士舊編猶日討。我幸登門識李膺，仰止泰衡欽未了。子瞻恨未見希文，陳慥有緣逢介紹。老子其猶神龍乎，長歌敬作前馬導。

【校記】

〔一〕『朓』，原作『眺』，據詩意改。

〔二〕『白雪』，原作『白雲』，據詩意改。按：白雪樓爲李攀龍藏書處，故句下有白雪樓之注。

送易實甫觀察北上

縱橫轍迹偏埏垓，海角難羈不世才。漫謂蝎宫磨玉局，好從燕市弔金臺。薊門煙樹猶相認，秦洞桃花正爛開。珍重萬言書上後，干戈無事早歸來。

美博士李佳白君創尚賢堂於滬上，適王湘綺先生莅申，開會歡迎，投詩甚夥，並蒙分贈，補賦紀盛

青牛化早被流沙，白馬經又來中華。春秋一聖立人極，水精之子魯東家。文教昭垂二千載，歐風漸度太平海。性善原徵心理同，儒耶奚事强分解。澳洲博士人中豪，平視萬里輕洪濤。投足支那踪跡偏，苦心籌畫形骸勞。導塗實業得進步，宏詞宣拓忘昏朝。衡湘坐嘯有大老，湘綺樓中富文藻。天祚王通作壽人，世仰商顏圖綺皓。却聘一舸來淞濱，梅花笑簇春風新。尚賢大啓迎賢館，臭味相同道味親。徧集亞歐中外客，歡聯簪裾裙履賓。二三皓叟形岸異，謂綺丈暨英士麥叟、湯叟。叩鐘宏發麟經義。彝倫人道久銷亡，得此頓覺開蒙翳。室中虹氣亘長霄，堂中設有博

覽會。海上雪痕傳盛事。方今斯文一綫垂，茫茫塵刼將安之。賴有羣言挽頽運，不將名教付淪夷。天遣德星同聚此，好賢賓主交相美。祇惜時非皇漢年，未得占星陳太史。我幸追隨側講堂，顔子如愚竟坐忘。東方樂近啓明宿，李博士號啓東。南極欣瞻魯殿光。別來屢辱瑶華贈，睽隔多因藥餌忙。余近多病。廛居尚近寶昌路，法界地名。綺老惜返湘江航。試拈彤管賦二美，爲寫緇衣第一章。

王聲專振民主尚賢堂，饌席屢接清談〔一〕，賦此寄贈

子安一序重滕王，况有叢編發異光。海外人居通德里，浙中才聚尚賢堂。半生萍梗磨豪氣，十里芳蘭醞國香。擬卜一廛鄰大雅，籍談往事話滄桑。

【校記】

〔一〕『饌』，原作『撰』，據詩意改。

隆裕太后輓詩二章

未洩敷天憤，重興率土悲。艱難曾帝共，遜讓迫時危。局痛先朝壞，宮移國運隨。千秋傳盛德，恭儉不簾垂。

漢家初遇厄，宣室獨紆尊。莫補媧皇石，空留堯母門。海量平精衛恨，雨泣杜鵑魂。窆合崇陵日，含辛訴九原。

胡春丞別駕由青島回黔，過滬見訪，小飲話別

黔山路隔水西遥，青島潮從滬北消。好趁春風還竹國，正逢微雨潤花朝。明湖回首嗟蓬梗，殷社傷心賦黍苗。如此乾坤須痛飲，別懷權借酒杯澆。

塵劫茫茫六合寬，避兵海角暫偷安。故鄉亂定歸原好，異地身孤住亦難。天外棧盤烏撒樹，門前波漲鴨池瀾。鴨池河在水西。輕帆似箭瞻無及，觸我愁思更百端。余往送別而君已行。

春日感懷

鐘聲攪枕不成眠，起視朝陽滿大千。暫學心齋消永晝，幾經面壁感當年。浮雲蒼狗繁華境，刼火紅羊醉夢天。罹此百憂同耿耿，自憐先代古人憐。

循環天道惡驕盈，金谷園林有變更。八駿飛行難再駛，萬羊食盡不重生。剖符未醒春婆夢，抱甕誰知野老名。想到百年青史上，杳無褒刺亦何榮。

萬花影裏一樓藏，圖史縱横庋滿牀。緑蟻昵人朝夕醉，紅蟫食字死生香。入時詩律無陶謝，衰世文章愛老莊。未必此間真可樂，塵囂隔盡得清凉。

横流無處寄吟窩，如此乾坤奈老何。漢史誤編荊聶傳，虞廷重演禹皋歌。東遷鐘簴隨秦去，南渡衣冠比晉多。也託一廛蚊睫上，偷安惟盼海澄波。

庸庵尚書養痾滬上，久未晉謁，賦此寄懷

陽春被物不知寒，一榻松風臥謝安。鷸蚌冷觀齊楚戰，鳶魚同樂地天寬。歌詩名貴輕郊島，
恩禮初終視范韓。會有太平心静日，養生長葆穀神完。
牙籤萬軸列瓊琚，小隱林泉歷歲餘。楊柳漸看飛社燕，桃花未見上鯈魚。久從綠野親吟席，
擬返青山讀道書。争及神仙修到福，白雲深護鄴侯居。

春日郊游過菜圃，晚至愚園

嫩晴煊出養花天，薺麥摇風翠可憐。更愛紫花如細蝶，豆根環抱化蠶眠。
賞秋曾醉菊籬旁，鄧尉尋春著屐忙。誰識田家風味别，菜花香後稻花香。
水閣山樓宛轉通，暗紅新綠滿芳叢。奇他萬疊玲瓏石，巧借人功奪化工。

小榻消閒静品茶，柳絲初彈柘枝斜。春寒料峭游人少，瘦盡東風得意花。

趙燮臣觀察從炳漢上書來，話及鄉事，感而有作，即以寄懷

結鄰有約幾時償，各向天涯覓醉鄉。兩漢不知遑魏晉，來書云。一窗高臥想羲皇。茫茫大陸風雲擾，滚滚長江晝夜忙。視作浮漚非玩世，蒙莊真樂在濠梁。

故鄉景物正繁華，高下梯田處處蛙。毛筍密添三畝竹，油桐開滿四山花。鄉中數百里間徧植油桐，花時紫白漫山，亦奇觀也。陂塘静影留雲住，村市喧聲散日斜。料理蠶眠人少暇，筠籃忘摘雨前茶。

園林坐嘯日科頭，静愛山居事事幽。花影四圍千卷擁，嵐光萬疊一樓收。客來共話忘朝市，身老隨時慎葛裘。豈料潢池無淨土，桃源何處寄扁舟。

連牀聽雨快如何，假宅淞江感潁坡。余來淞濱，家抱初、仲瑀兩君留住已半載矣。吴楚東南通驛易，衣冠王謝過江多。林鳩自笑營巢拙，余近移居法界餘樓。市虎時驚報紙訛。同日徧傳祈禱會，近中外

開祈禱會，祝民國成立。苦心咸願戢干戈。

暇日買牡丹數盆，置之座右，適庖人以鱘魚佐食，喜而有作

桃花開候賦新詩，未見鱘魚夢想之。今日晶盤親佐食，始知來在牡丹時。銀脂玉肪勝江瑶，座對名花酒自澆。飽領色香兼俊味，衰年也幸福能消。

尚賢堂獲晤喻志韶編修長霖演説《麟經》，詞理精暢，荷承枉過，賦比寄懷

帝祚潛移朝廟變[二]，百五日亡千八縣。文武之道一夜盡，俎豆遑問兩楹奠。美洲博士悲復惘，美士李佳白君。陽燧微光開一線。聯合衆教首周孔，洪鐘代叩延羣彦。惺禔集名先生岸然來，奥釋遺經肆雄辯。宫牆恍接公羊高，聖道朗如日星電。二千年幾再秦灰，大宣木鐸醒狂狷。鯫生相視笑莫逆，飽讀君書欣識面。先得讀君文集。不圖羣言淆亂時，邂逅中原好文獻。聞君乙歲試明光，正鹹鯨鯢海天戰。古誼忠肝動九重，先皇親御太和殿。特賜鼇峯第二人，一夕聲名八埏偏。涓埃欲竭報高深，祆火忽煽飛狂焰。諱書充竇擾潢池，翻説唐虞奠清晏。琱戈揮折日難迴，

蒼黄俱死天暝眩。致令東林報國心，長化西山銜石怨。恨無大力轉坤維，衹抱苦心衛經傳。大道長明没齒甘，甘紀祥麟希復見。老我沉思痛心骨，補鍋樵子何貴賤。海角同偷旦夕安，滿地干戈無樂甸。天南有家歸不得，視君争作鶺鴒羨。君有天台萬仞山，神龍首尾隨隱現。我欲從君策杖游，赤城霞擁桃花片。皂帽黄冠社飯時，寸心耿託南歸雁。山中如意擊千回，井底心書編數卷。瓜種青田薇採蠍，不必重攜賣卜硯。

【校記】

〔一〕『祚』，原作『座』，據詩意改。

題薛叔平觀察鴻年《思永齋詩集》

筆浣湘流異樣鮮，行間字字等金堅。楚吴不限才南北，王孟難分代後先。秋水仙心蕉鹿夢，騷壇神品李龍眠。况兼武庫羅胸久，白戰縱横孰敢前。君筦湘中軍械局十餘年。

衰年喜遇薛居州，不負淞江作浪遊。慷慨歌君前出塞，清談訪我再登樓。干戈共灑憂時淚，詩酒難紓異地愁。幸得此編消溽暑，心脾涼沁水晶甌。

滬上苦熱作

酷熱人如釜中魚，伏暑刓爲樓上居。牆壁几榻難着手，煦沫苟活延須臾。人謂滬濱堪逃暑，詎比焚尫更奇苦。晨鐘敲晚天無風，百萬突煙半空吐。偶爾横飆一倒吹，燎毛奚啻洪爐鼓〔一〕。户稠何處獲清涼，臥薦貼地汗流漿。始嘆蠓蠛共一甕，醉人可噉如蒸羊。况復干戈鬬同穴，萬礮争轟山石裂。火繖光中彈火飛，頭焦骨爛餘膋血。但有金錢易死生，那管銅筋受屠截。蒼蒼坐視肆炎威，更較堯時十日烈。回思故山高臥時，新篁篩翠吹涼颸。避地來栖海天末，誰知輾轉無安枝。但冀新秋驅暑去，並望寰海銷兵氣。金風洊爽甘露流，枯瘠重蘇免災癘。偶記六月天既節，初七之夜衾如鐵。重重棉被尚愁寒，共説今年無暑熱。翌晨忽覩報紙談，拍案大驚爲叫絶。蕪湖近接荻港鎮，一宵飛積二寸雪。皇天不語我無言，此理難知甘捲舌。

【校記】

〔一〕『爐』，原作『鑪』，據詩意改。

憶泰山

七二君傳上古儀，四千年後到今時。自從御道回金輦，無復天橋擁翠旗。乾隆時駐蹕岱頂，有司以木板架天橋二百四十丈，從官可乘馬上下。秦觀忽驚雲氣起，虞淵翻見日輪移。難忘兩宿摩崖頂，尚有龍蛇繞夢思。唐張説書《登岱頌》，字極雄偉。

夜坐感事

六龍御世源古皇，七二禪代殊沕茫。黄帝子孫四千載，國姓雖改仍君王。共和一代肇周㷀，後來實踐傳西洋。黄人西行越歐美，碧眼東渡浮輪航。盧梭新説灌人腦，會逢朝野沸羹螗。一夫攘臂九土裂，君權既遜民權張。改朔易服未二歲，倒戈同室争夷戕。金錢掠括死兵火，田産抄没餘瘠尪。猰貐吮血狐吸髓，四萬萬衆悲塞吭。論者感喟繹往事，君六七作皆賢良。殷宗戊丁多壽考，末季乃聞冲質殤。女皇垂拱元氣喪，肌膚剥剔成枯僵。篝火夜呼全國潰，嗚呼苻氏真天亡。不然繼體非桀紂，暴無嬴政苛無煬。三百載基半載失，冲人豈真政虎狼。庸知天既喪元統，巽懦亦足隳朝綱。縱生諸葛難扶禪，即有仁傑難興唐。嚽言逐胡復皇漢，毋乃藉口愚材盲。赤眉先驅爲銅馬，黑刼焉能挽紅羊。明亡不必罪闖獻，元亡何必咎孫黃。古今論數不論理，知此始足言天常。

庚戌六月二十四日，孤孫繩武病殁濟南已三載矣，今歲客申江，會逢此日，慨兵戈之滿地，嗟身世之迍邅，悲從中來，詩以代哭

老逢磨蝎奈天何，老淚流乾竭愛河。十八年中十八口，頻年凋喪已無多。前後共殁十一人。
書來汝父病難支，難捨零丁五歲兒。争怪蓋棺難瞑目，汝年太小我年衰。
汝父捐生甫二年，可憐汝母亦長眠。煢煢終日無依倚，午夜哀號繞榻前。
祖姨憐汝代扶持，日夕相依不忍離。詎料一年身又逝，伶仃最苦是斯時。
午飯朝饔腹半充，破衣肘見不禁風。夜寒輾轉無牀席，破絮蒙頭伴牧童。
鄰舍交譏嬸不賢，縱依阿叔亦徒然。舊袍無裏行無履，獨抱烘籠坐雪天。以竹作小籠，置火鉢其中，曰『烘籠』。

我正文登試宓琴，悤悤十月返園林。見孫不覺沉沉痛，更比思兒痛入心。

次年相伴作東游，重向辰溪賃客舟。三月巴陵同臥病，雪痕猶印岳陽樓。

春融附舶返齊東，一路帆檣盡順風。骨肉無多新眷屬，一童孫伴一衰翁。

三載琅琊授六經，日循詩禮代趨庭。克承祖硯心稍慰，開筆居然寫性靈。

生來警敏具靈心，伺察奴星立夜深。畢竟虎兒難出柙，全完趙璧保千金。奴子蔣某竊千金，欲遁，孫偵知之，呼羣僕截獲，金未竊去。

嚴冬從不禦裘裳，讀史研經坐夜長。身弱積勞殊未覺，病根從此入膏肓。

求醫問卜日奔馳，臨没無言痛可知。我自誤孫醫誤我，不知方藥聽庸醫。

生日纔過病轉加。孫生六月初七。喃喃猶自念還家。誰知十九年剛屆，萎折優曇一樹花。

曾夢而翁短後衣，推詳疑是復疑非。早知不吉成凶讖，悔不年前挈汝歸。是年正月，夢亡兒着短後衣，後幅全無，已知不祥。

萬山迢遞萬重灘，渡海攜將六尺棺。葬汝祖塋鄰父母，九原相見話悲酸。

萬礮争攻夜達晨，池魚同付刼灰塵。祖孫父子今何在，忍淚回頭哭難民。革軍攻製造局，自十九夜起，至二十五晨方止，流遺滿目，死亡甚慘。

重作天涯萬里行，會逢此日淚雙盈。荷花生日孫歸去，又向誰家生日生。

尚賢堂即事四首

爲納涼颸坐近門，滿園芳草對銷魂。半金半緑堪憐色，界出斜陽角一痕。

綷縩羅衣瘦不肥，明珠鑽石互騰輝。羣花握手相招待，插帽禽毛五色飛。

深紅淺碧繞迴廊〔一〕，細草嬌枝也吐香。不是菊花偏似菊，未秋先綻數枝黄。

軒窗四敞見疎籬，中外賓多坐屢移。樹底行人籬外立，竊聽軍樂已多時。

【校記】

〔一〕『迴』，原作『迴』，據詩意改。

寄懷趙燮臣觀察漢上

蟄處申江逾八月，忽然秦趙鬭鼠穴。連宵礟擊海水飛，積屍不辨骨肉血。

驚魂震駭廢食眠，遂無隻字達君前。邇日吳淞戰雖息，漢上仍聽伏戈鋋。

昨年相約偕君住，故山猿鳥同歡晤。天慳我輩詩酒緣，遷延竟被干戈誤。

聞君尚作寓公居，新涼已將炎魃驅。長江相隔衣帶水，爲訊琴鶴今何如。

抒懷

滄海無風夜起瀾，茫茫塵刼幾時完。虛糜歲月生如贅，無補君親死亦難。白傅何曾乾淚眼，黄奴未必有心肝。古今避世多賢達，豈獨嚴灘一釣竿。

午夜夢醒，窗外天赤如火，驚視寂然，復臥有作

四更月落羣籟静，勞人幽人胥熟寢。勞人倦極體藉蘇，幽人睡醒心愈淨。玻璃閃爍窗朦朧，星光黯赤天血紅。駭疑祝融逞狂虐，久聽洋樓無警鐘。洋樓警鐘火警則鳴。復疑百里環鄰縣，近日頻遭亂兵變。脱帽狂呼肆焚刼，譆譆出出騰光焰。沉沉昏夜竟無知，僮僕囈語如眠尸。羣鳥啃啃穿簷過，似驚天曙迎朝曦。狐疑盲視同一轍，人禽欲界争毫釐。微颸有意穿簾送，新凉促受桃笙用。一笑幽人幾誤眠，百萬人家正酣夢。

早秋

一雨全將暑氣收，早凉先上最高樓。泥城橋北青青樹，畫出長堤檞葉秋。

西風消息近如何，跑馬場邊一再過。十里緑莎吹漸老，醉秋霜葉比花多。

秋陰忽沉，急雨驟至，納涼有作

浮雲羃曉藏朝曦，涼颸習習迎人吹。快哉秋氣爽心骨，不知宋玉胡爲悲。窗外濛濛霏霢霂，如霧如塵溼羅縠。忽聞急點響鴛瓦，晶珠跳洗蕉痕緑。一時陡覺天地新，湖山雨淨無纖塵。捲簾味古攤書坐，眼清筆健人精神。涼秋天與最清福，領略消受惟幽人。可憐環闠十萬户，塵窟醉夢酣昏晨。痛定尚驚炎暑烈，卅旬飽煉紅爐鐵。扇拂龍皮瓜鎮心，争及秋風来一瞥。寒冬瞬見膚指裂，蚩蚩更苦豐年雪。環肥畏熱甘抱冰，沈瘦怯寒翻愛熱。順序尚難泯怨咨，顛倒焉能狥私悦。春秋佳日詎能多，倮蟲强半悠忽過。人心凹凸不平甚，縱有天公奈爾何。

中秋夕月食，复圓後光愈皎潔

佳節歡騰雨後晴，豈知圓滿伏虧盈。百年幾見羣陰蝕，竟夕重看好月明。光燭九霄雲斂影，秋澂萬里露無聲。料應海面晶珠湧，夢警魚龍醒五更。

十六夜月後復雨

十四風雨撼屋鳴，共擬來宵無月明。十五雲開忽放晴，羣情歌舞月華盈。誰知佳節兼良夕，紅燈驟黯天如漆。宛同晝晦日無光，萬眾瞠呼驚月蝕。擹金擲炮户傳聲，欲掣蟾宫黑眚出。須臾晶光漏半痕，炯炯月魄還全輪。姮娥似人新病起，光采瑩薄頹精神。三更衙衙芒閃彗，空青萬里雲銷翳。玉宇高寒彩亘霄，銀潢倒瀉霜鋪地。香霧滿城絲竹歡，喜從剥蝕得團圞。庸識天道忌美滿，歡娛過極藏憂患。古今萬彙理如此，盈虛消息飆輪駛。一年佳賞雙眼穿，持杯對月能逢幾。天心變幻莫名象，盲人窺測徒拘蠡。即如昨日宴中秋，風雲前後迥難侔。前晨疾雨日忽杲，驟遭薄蝕光仍流。今宵月色明如許，奈何半夜復大雨。

新月

樓角流孤影，洋鐘近一更。漫嫌新月小，終比大星明。銀漢淡無色，金風涼有聲。重陽飛半鏡，捲幔再相迎。

重陽日攜鶴孫游樓外樓

層樓天外絶攀躋，海上無山可與齊。老我自誇腰脚健，飛梯不上上盤梯。以機器升者曰飛梯，步行九折而上曰盤梯。

宗動高居列九重，水池終日噴銅龍。洋樓尖凸縱横列，如立蓮花第一峯。

撲帽清風近檻吹，品茶潑醴最相宜。下方歌舞千人坐，上界調絲兩不知。樓上説鼓兒書及清唱，最下層即新新舞臺。

一角東西控大洋，四圍千萬簇蜂房。中鋪芳草如棋罫，十里青青跑馬場。

欲攜好句問蒼穹，人似秋鷹掣半空。自笑未遭韋誕嚇，下來仍是白頭翁。

目極南雲客憶家，衰年王粲尚天涯。故鄉無數佳山水，欲倩西風問菊花。

英倫老將行 有序

英人麥士尼爲能，同治間隨周渭臣提督征黔，善用砲，疊克龍貴、清、黄各城寨，功至副將，在貴陽置宅娶婦。黔平，復走新疆，謁左相。凡天山南北鞣鞨、流沙各國，足跡殆遍。後不知所終。壬子冬，余來滬上，忽晤於尚賢堂，娓娓談在黔時事。人極忠懇，現爲該堂華品陳列所總理。憶光緒丙子，余寓筑垣，聞人談其戰事，不意四十年後，猶獲見之。鬚髮皓然，而精神甚健，殆我中華前代廉頗、李廣儔耶。爲賦《老將行》紀其事，並誌余與君之相遇非偶然也。

誓不願爲拿破崙，怒獅蹴踏歐洲塵。亦不願爲俾士麥，陰鷙謀聯合衆國。養成健翮思高颺，駛輪直出大西洋。願向支那顯雄略，提劍上謁諸侯何堂堂。遠希滅鹵追李郭，近思殺賊齊彭楊。是時中原將罷戰，湘淮軍已平吳亂。曾經借將到歐美，功成華爾稱驍將。惜君來遲不屑居牛後，思樹一幟平餘寇。滇黔隴阪尚横戈，平蠻奮欲膚功奏。受聘歡迎達字營，周軍營號。萬騎塵擁黔中行。邊城創設開花彈，一戰首克龍貴城。清平黄平以次定，先聲直欲瀦昆明。前敵論功膺上賞，孔翠猩紅耀彤管。一時名震巴蜀及粤滇，知有英倫健將今無兩。苗患盪平餘孽銷，善後資君再擘勞。聚來百萬苗鎗刀，藉君鑄造崇安大鐵橋。崇安江鐵索橋乃君督造。至今天半垂虹腰，籌畫功與青峯高。歸來筑國停征躅，買宅趣成仙眷屬。暫息疆埸戰鬥心，借領湖山臥游福。豈知絛鷹久紲鬱鬱不自聊，胸中奇氣酒難澆。一旦攝衣走馬赴甘隴，出關擬作霍嫖姚。督帥左相正烜赫，雄軍大掃天山穴。相從轉戰宿柳營，惜未策勳銘竹帛。輾轉西南萬里遥，鼎鼎年華去如瞥。海内盪平無所事，減盡少年豪俠氣。數奇李廣厄封侯，老去廉頗灰壯志。我從丙子踏槐黄，十年蹭蹬留貴陽。久聞海外麥鐵杖，未瞻奇骨王鐵槍。光陰瞬息四十載，相逢乃在吴淞海。絶無介紹尚賢堂，忽遇老羆露光采。接談始悉故將軍，與我黔人久沆瀣。殷勤垂問曾文誠，唐撫鄂生丁督文誠後人今安在。具此拳拳念舊心，不負當年黄金市郭隗。猶記同光借兵平劇賊，洋將戈登尤毅烈。事平錫爵回亞丁，尚留銅像高巀嶪。在亞丁。韋皋禦敵假南詔，靈武中興借回紇。倘君戰後不肯棄戎行，定與日磾契苾同頡頏，否則亦與赫德諸人相久長。乃竟投戈肆講肄，雌蟄甘韜風雲氣。故人重義解征驂，烈士何心悲伏驥。騎驢隨意走西湖，或向屠門訪狗屠。邇來偏覓夏彝與商鼎〔一〕，博物老作波斯胡。我與君有香火緣，每逢握手情纏綿。縱談往事輒奮迅，驊騮猶覺氣無前。彼此頭顱皓如雪，臨風鬢作蝟毛磔。從今不用夢隨褒鄂畫凌煙，但願長伴吴江釣秋月〔二〕。

【校記】

〔一〕『與』下原衍一『與』字，今删。

〔二〕『願』，原作『顧』，據詩意改。

去歲九月十一日，余抵滬瀆，今年此日爲陽曆十月十日正式總統受職之期〔一〕，作此紀事

海陸爭懸五色旗，旗分中外影迷離。年年國會歡迎日，是我申江艤棹時。
民國完成故國休，年光似水去難留。料知舊苑笙歌裏，別有寒鴉噪晚秋。

【校記】

〔一〕『曆』，原作『歷』，據詩意改。

感事十四首

國是歸羣議，遴賢廢主權。環球九萬里，翻案四千年。翊贊鄰邦盛，昭回聖教宣。即覘諸大政，已握治平先。
世苦干戈暴，人求衽席安。九州期奠定，六載矢艱難。劍佩仍中禁，車書集大觀。渴饑甘

食飲，彨目競騰歡。

氣壓城頭浪，雄師鎮武昌。能爲華盛頓，恥效李懷光。勝算收彭澤，中流蹙建康。鶴樓無恙在，玉笛正飄揚。

西江先發難，北將下如飛。牯嶺三搏戰，龍城四合圍。鼓沉戈盡倒，臺裂艦全歸。仰視廬山面，蒼蒼矗翠微。

吴淞天塹末，繁盛媲都京。扼盡長江吭，堅儲武庫兵。積尸糜霹靂，喋血掃欃槍。莫問池魚慘，中宵有哭聲。

再罹紅羊刼，三遭朱雀焚。地銷龍虎氣，骨燼鸛鵝羣。已失東隅日，同摧北固雲。可憐收復後，謡啄那堪聞。

形勢三湘壯，提封百粤鄰。欲除新令尹，同作老夫臣。南嶽重開霧，西樵再掃塵。幸留元氣在，又報嶺梅春。

蝪磯徒恃險，牛渚徧傳烽。競奮螳螂臂，終潛狐兔蹤。正陽摧半夜，炎雪變三冬。六月初七夜，荻港積雪二寸。災異頻相警，蒼穹早告凶。

古雄曾割據，天險説成都。渝郡非全勝，盲徒奮一呼。甄鳴兵曉入，瓦解卒宵逋。蜀禍今應息，誰噓瘠苦蘇。

諸顔曾述職，頡利久稱藩。據地稱甌脱，何人結吐蕃。媚秦希左袒，戴漢貢空言。聽奏徐常績，邊氛戢塞垣。

盧循東海遁，季布北胡投。但挾通侯富，甘從徐福游。巢傾思按劍，網缺漏吞舟。暫作龍蛇蟄，扶桑伏隱憂。

大勢趨恆岱，新基聳華嵩。興亡關氣數，駕馭視英雄。靖内消羣孽，圖强首戰功。進籌根本計，財力自綏豐。

揮戈餘落日，瞻斗認前星。失國非胡亥，深宮護沃丁。柳仍攀舊緑，樹不泣冬青。欲廣姬宗德，虞賓慰視聽。

醉夢思泉石，言歸定幾時。苦吟尋島佛，鼾睡慕希夷。今古明懸鑑，輸贏慎舉棋。願安麋鹿性，山澤老頑癡。

曾搏仙自蜀以詩見示，賦此寄懷

尺書郵速賴輪航，此即吾儕縮地方。喜有長箋通謦欬，惟希老境互康强。近郊海市多新宅，入畫溪山愛故鄉。我滯天涯君閉户，自知清福遜文房。

菊花香裏誦吟篇，禪味仙心似輞川。但願山城無警鼓，好從漢水泛歸船。臨風漫灑殷墟淚，醉月重聯汐社緣。同掉白頭稱贅叟，夔蚿相望復相憐。

九月十五夜月

秋月晚逾潔，新添一倍涼。輪圓光自滿，漏滴夜初長。佛證前生果，仙餐不死方。但教無缺夕，雖冷亦飛觴。

早寒

砰磕樓窗動，風聲捲怒瀾。月高千巷寂，露重五更寒。菊傲忘霜警，棉温覺體安。衰年耽早起，熱酒熨胸寬。

風威

塵沙撲面逞風威，一路洋樓盡掩扉。太息滿堤霜後葉，半從哮吼半橫飛。

尚賢堂園内徧植秋卉，五色耀目，喜紀以詩

不從春夏鬬新粧，纔算奇英殿衆芳。黄壓短籬花睡月，緑鋪平地草壓霜。圃交冬令無凡卉，人對秋容愛晚香。我過尚賢慚弗稱，借他題作鹿門莊。

喜雨

久旱田枯誤麥耕，甘霖半夜忽盆傾。愆期怒割乖龍耳，被野歡騰叱犢聲。晚歲得天占晉甲，是日值余生日。豐年釀雪兆先庚。洗兵從此回元氣，老學菴心自太平。

七十晉五生日述懷二十首

少經磨鍊老康强，食字傳爲辟穀方。此際胸懷仍坦蕩，當年意氣太飛揚。回頭陸變桑成海，棼尾天留菊佐觴。薄飲茅苔鄉釀美，醒臺醉聽譜霓裳。茅苔村酒甲於黔蜀。是日往醒舞臺觀劇。

天寶生逢世亂離，道咸之際，海内漸亂。儒冠幾誤鄭當時。問誰履蹻憐蘇季，翻爲陳書拒李斯〔一〕。囊處終期錐脱穎，途窮敢怨路多歧。題橋會有凌雲日，恥寫闍黎飯後詩。

黔靈山水冠南州，久寄栖霞作馬流。伏波後人留交趾者號曰『馬流』。從古楚材多晉用，暫韜和璧副秦求。龍場闢洞宏文教，烏撒留祠拜武侯。近代名賢尤蔚起，巍巍甲秀景高樓。

嘯吒張華志不羣，張華詩：『嘯吒起清風。』越南仗劍學從軍。銅環響叩雷紋鼓，鐵壁關名争鐫露布文。赭馬五更衝瘴霧，碧雞萬里眺滇雲。歸來試放灕江棹，疊綵山頭弔夕曛。山在桂林，明瞿、張二公殉節處。

秋風吹送粤王城，屢趁飈輪走大瀛。游粤東先後四年。徧歷瓊崖遷客地，客黄定侯軍門戎幕甚久。難尋銅柱伏波營。修《欽州志》，徧訪分茅嶺銅柱不獲。髯蘇政學宗潮郡，盲左文章重漢京。潘繹琴師同籍失明。兩代霸圖歸曠覽，史公游跡補平生。

達夫晚歲始發科，甲午始捷春闈。苦志雖酬奈老何。華鵲山名一雙撑碧漢，澤鴻百萬拯黄河。分發山東，奉委防河、放賑，歷十餘年。霖周海岱閒雲少，酒載湖山舊雨多。謂同鄉丁庸芝、甘心泉暨黄沚蘭、楊占春諸君。幸有王陽知貢禹，蓬萊東去試絃歌。蒙張翰臣中丞、安圃方伯委署文登。

訟静千村日課農，戴星出入減輿從。官清政本平時見，民愛情從摯處濃。解網也曾馴雊雉，卦冠終不賣盧龍。庚子三月，英人劃威海界，佔地太廣，居民大憤，聚萬人阻撓，關道李希杰依違其間，余力與抗争，遂去任。去思十載今猶昔，尸祝深慚配瞽宗。卸任後〔二〕，縣人爲置主，祀前明名宦孫公祠。

銅符兩度綰琅琊，甲辰涖蘭山任，調日照，一年復回蘭任。窗射朝曦即放衙。久訟不如詞早結〔三〕，得情猶想罪輕加。蘭邑訟繁，甲於全省。王祥鯉躍長留跡，臥冰處至今冰凍不合者數尺，孝水於諸河盛漲時，一線清澈尤異。諸葛龍潛舊有家。大道古傳多冶葉，擬移垂柳種桑麻。

花竹環階草翠鋪，腐儒清福宦途無。照邑詞訟清簡。城鄉累月希塵牘，山海連雲入畫圖。濤雒地偏饒栝柏，隣封盜早格萑蒲。隣邑莒盜數百搶刧經平，相戒不入照境，謂余宰蘭時多惠政也。此邦絃誦風猶古，養拙休論缺瘠枯。

量移復下魯恭車，暑雨奔馳畏簡書。捧檄適逢原憲病，攜琴空近聖人居。改調滋陽，適大病，因稟請代庖。讓將魯郭巢鴝鵒，飽向齊河食鯉魚。省垣近河多鯉。莫笑瓜期長李代，欲尋泉石老樵漁。冬月即稟請開缺回籍。

污塵頻逐督郵來，害稼蝗蝻並告災。白簡漏彈移禍水，關道某，眾憤其貪，將被劾，賄免，乃別劾福山令，去職。紅爐爭煉獲橫財。沂守某見煤窑利厚，奪而自開，獲利果豐。深如林甫終褫職，扨甚荊公更短才。太息豺狼當道臥，寸心時爲下民哀。

半生知己嘆晨星，張翰帥安帥吉觀察劍華胡鼎帥楊蓮帥久刻銘。爲惜馮唐頭早白，頻邀阮籍眼垂青。高文臺閣尊燕許，謂李文正、徐協揆、潘繹琴、袁心谷諸座主。碩畫封疆仰翰屏。謂張、胡諸中丞。更溯洛陽延譽日，鵝湖鹿洞兩傳經。謂劉正卿、魏笏臣、馮壺川，家斗南、菱舟諸師。

皖江別後廿星霜，飛電相招赴北洋。家抱初觀察、仲瑀司使昆仲招赴天津。巨艦乘風仍破浪，小樓聽雨又聯牀。金臺春夢重重認，到京小住數日。鐵路歸心岌岌忙。津浦鐵路初次開車，即搭輪回濟。豈料悲懷生頃刻，斷鴻隻影猶還鄉。六月長孫病歿，即束裝回里。

層崖三五聚隣家，新宅微嫌太縟華。萬岫煙嵐千澗雪，一樓風月四時花。偶尋流水看雲起，倦擁羣書坐日斜。習静轉教心不静，禽聲昏曉噪林鴉。

命宫磨蝎老猶磨，那許巢由隱澗阿。雨敗曇花無茂葉，風摇庭樹少安柯。兩孫及媳先後又歿。驟聞國難驚投箸，愚到村氓亦挺戈。躑躅此身何處寄，掛帆飛渡漢江波。

吴淞一角近鮫宫，多少名流寓此中。虎穴駭傳青犢鬬，鴻溝嚴備赤眉攻。洋界不許兵入。戰雲起滅如朝露，烈日炎威散朔風。默坐龜牀安飲息，管甯無恙報諸公。

故宫禾黍感離離，天步艱難國步移。務觀夢從湟水戰，杜陵老抱舊京悲。愧無蟣蝨酬恩地，偏值龍蛇起陸時。願得九邊多召杜，悉除苛暴恤傷痍。

鯨鯢跋浪怒鏖兵，鼓絶南軍盡死聲。奮逐水仙歸大海，再收天塹作長城。麟游頌聽賡紀縵，驢墜人争盼太平。我亦騎牛思返里，故山猿鳥定相迎。

馮趙論年愧昔賢，洛中耆英會馮行己、趙丙年皆七十五。此翁矍鑠健如前。丹砂近擬尋勾漏，翠水行將訪偓佺。處世總留餘地好，遐齡錫仗老天憐。舊詩屢荷中郎賞，甲子從頭仔細編。拙集光緒丙子馮壺川師梓於蜀中，宣統庚戌抱初觀察續印於天津。

八旬梁灝説龍頭，伏勝傳經爲漢留。盛世人多年百歲，名山我更志千秋。居隣梅市頻招鶴，近居李梅路。夢想桃林早放牛。若向頑仙詣故實，已高絳縣接盧劉。絳縣老人年七十三，九老會盧真七十八，劉真八十二。

【校記】

〔一〕『拒』下原衍一『穎』字，今删。

〔二〕『卸』，原作『禦』，據詩意改。

〔三〕『詞早結』，原作『詞結早』，據詩意改。按：『詞早結』與下句『罪輕加』相對。

初冬喜晴

菊花今大放，候不應重陽。滬上菊花十月始盛。共愛初冬日，全忘昨夜霜。檐暄身自暖，酒熟意先香。爲喜甘霖足，烘晴盼旭光。

十月望夕夜雨達旦

似讓圓蟾出，沉陰暫一開。斂光天忽暝，暴熱雨將來。樓尚燈明電，簷聽瀑瀉雷。農田欣透足，宵夢任驚回。

三十日，家仲瑀司使招陪庸庵尚書小飲，並往第一臺觀劇，賦呈

一冬和暖似春融，喜傍温公寓洛中。避地早消經世志，憐才仍見大臣風。能容錣翮稽康嬾，誰識全身范蠡忠。爲惠經巢刊剩集，此恩深與澤枯同。尚書正刊鄉人鄭子尹伯更《喬梓遺集》。

瀛臺曾聽譜霓裳，各名伶均來自都下。賀老琵琶舊擅場。絲竹東山餘涕淚，煙花南部弔興亡。黎臣瑣尾吟中露，自傳長眉述上陽。棖觸頻年飄泊感〔一〕，放歌須恕次公狂。

【校記】

〔一〕『棖』，原作『棖』，據詩意改。

題庸庵尚書《水流雲在圖》

牂牁江闢二千年，滇雲五色相澄鮮。文昌瑞氣一朝聚，纍纍珠貫橫黔天。占星復覩卿雲爛，紛郁輪囷呈異狀。尚書篤生應此祥，榮光並燭南明浪。熊丸晝荻秉母慈，郊祁接軫登天墀。分曹地近隣水部，唱名雲現同韓琦。十年郎署持節鉞，正值聯軍犯宫闕。赤手獨挽滄海流，丹心遥捧長安月。翠華再疏返京華，重重天語頻褒嘉。袁江煙水梁園雪，鄂渚風雲吴苑花。八州盡畀陶侃督，邊無燧警兵無譁。北門鎖鑰移坐鎮，梯航駢集波澄鏡。方聯萬國輯邦交，豈期八貴專朝政。篝火狐鳴卒夜呼，中原瓦解風摧枯。女堯禪詔甘退位，柱維折缺天難扶。徙薪公早建奇策，利昏當軸安緘默。縱教隕首三殿前，莫救漢家十世厄。致身無補潔身行，天心久鑒臣精誠。特許養疴遂初志，肯隨晝諾隳忠貞。燕雲北望孤臣慟，鴟夷舟趁東風送。影掠長江角半痕，桃花暫避秦人洞。淞波新漲緑沄沄，南歸繼作汪水雲。吳下故人多野服，孟光齊案仍練裙。共寫憂思吟短什，追尋春夢補遺文。飛鴻歷歷摹陳迹，過眼江山如昨日。萬里看雲憶草堂，一品平泉圖水石。名心已付水東流，從此大雲藏不出。人爲公惜台輔器，獨我爲公私慶慰。吾黔明末迄清季，内樞外督封疆備。艱難偏值國運終，有譽無毀獨推公。不見宏光失國際，宰相瑶草覆明宗。史册至今叢詬詈，功名實成不幸事。久思湔雪待名賢，惟公進退循禮義。公雖會際清祚亡，禍由權貴諸親王。挂冠去不誤國是，解柄恩出今冲皇。君既遜讓臣合隱，勵俗尤足撑綱常。入山由光志稷契，易地文謝心泌良。照影可質神魚井，吾鄉何忠誠公騰蛟，相傳爲神魚託生〔一〕。泳波聊逐羣鷗翔。盡洗前明馬阮恥，全節實爲吾黔光。停雲我擬隨杖履，止水此心同不滓。出處本末具斯圖，留備他年垂信史。

【校記】

〔一〕『蛟』，原作『蚊』，按：何騰蛟，貴州黎平府人，明末重臣。

冬月望夕偶作

寒月匿無影，攤書坐夜長。凍雲將釀雪，薄雨不成霜。室煖爐餘火，燈昏電掣光。羣芳猶未歇，滬上冬月草花猶茂。偏靳早梅香。

十一月十六日即陽曆十二月十三日，德宗景皇帝孝定景皇后奉安崇陵，禮成誌哀四首

寢殿宏工竣，橋山典禮崇。九泉雙闕閉，二祖十朝終。棘長宜春苑，桐枯太甲宫。幽囚逾廿載，大孝憫宸躬。

官家夫婦苦，慈愛失媧皇。廢幾同昌邑，生悲作帝王。甘心從地下，折翼召天亡。漫灑殷墟淚，虞賓有少康。

金甌前代壞，身殉已嫌遲。國豈冲人失，魂應望帝隨。螫蛇甯斷腕，踣鹿僅留皮。鬱此傷懷抱，長留萬古悲。

呼號羣牧赴，痛甚顧亭林。勢面孤臣血，攀髯四海心。興亡覘世變，哀感入人深。草野無從報，濡毫涕滿襟。

得摶仙詩，寄此奉懷

年矢催人疾，匆匆歲又終。天涯思舊雨，書到已春風。夢怯邊城警，詩推老境工。耕桑秋大有，來書言秋獲甚豐。康樂羨南豐。

臘八日煮粥佐餐感賦

臘盡春遲草未茁，鳳曆從新數蓂莢。國旗賀誌月初三，民俗尚沿冬臘八。屑粥重逢浴佛期，佛家以臘八日爲浴佛節。乞米無需魯公帖。竈丁曉起治朝餐，許啜雙弓笑開靨。豪家甘食糖霜調，我嗜酸鹹殽品雜。鄉味争誇鹽豉投，雞㹠甘佐番椒辣。至味無如粳稻香，佳晨力戒庖丁殺。豆粥且救蕪蔞饑，菜園那懼芻牧踏。遥識蓬門祭臘辰，婦子歡呼芋羹噬。漸聽迎年臘鼓催，戚友盤飧互酬答。開樽定憶天涯人，天涯人更愁雙睫。太行西去白日沉，離宫冰綴冬青葉。蒲節射停角黍盤，榆火罷傳寒食蠟。回首錦袍賜歌舞，銅駝已見荊榛匝。滬上冬無片雪飛，但訝年光新舊接。一甌半菽安故吾，七寶五味嗤僧衲。家人象魏懔懸書，我惜餼羊存古法。陳咸莫笑觸屏風，終身惟知守漢臘。

即事

冬盡天無雪，風聲撼樹乾。午晴蒸暴熱，宵凍警奇寒。僕病防時疫，年衰慎晚餐。燃爐貪久坐，裘重怯行難。

寒霧四垂，頗有雪意，竟不獲降，殊可歎息

一冬無雪天晝陰，朔風徹夜號枯林。寒霧四垂冪屋角，去天咫尺如將沉。出視濃雲黯深墨，風銛刺骨毛髮森。華軒馳驟嘶驕馬，貧巷瑟縮蜷凍禽。天容勢將釀大雪，快慰村農百萬心。宵煨爐火燄力減，重衾潑水愁鐵衾。似聞樓外沙沙響，祥霙定許一尺深。隴麥溥蓋根荄漬，瓊瑶滿地千黄金。曉起忽睹日穿牖，滕六避匿陽烏臨。仰空咄咄呼怪事，醉夢天地難推尋。

午晴寒甚偶作

冬日照疏牖，玻璨透赭白。斗室水生稜，缸瓶連底徹。廚爨手皴龜，燭堆淚凝蠟。朔風吹益勁，凍將天地合。踆烏躍半空，欲解層冰結。微陽爍重陰，究乏摧陷力。譬持束緼火，思煅臨昂鐵〔一〕。力盡賁育錘，難下纖末屑。反添百斛寒，噤甚三尺雪。計惟彌月後，春氣雷電掣。陽盛陰自熸，涣如腐秭裂。花鳥笑春風，慘沮變和悦。老我擁敝裘，全資盆火爇。冷吟肩耐聳，煖浹眼舒纈。何處貪天功，亦不因人熱。

【校記】

〔一〕『煅』，原作『煆』，據詩意改。

臘月望夕玩月作

凍雲避月捲經綃，海口初更未上潮。客裏一年相見熟，銀花火樹待元宵。

十六夜月

圓影仍如昨，風微不動塵。皎霜明比雪，冷月静于人。魚鑰遲傳箭，蟾冰未減輪。虚盈争轉瞬，留賞歲華新。

僕病示仲孫

主僕僅四人，蝸角同昏朝。一僕出營業，一僕留治庖。本爲耕田夫，戇拙常呰謷。衣恐污寒具，脱皮珍敝袍。連旬值隆凍，刺骨風銛刀。忍寒尚力作，遘疾入肓膏。滬醫麟鳳貴，重金始能招。嗟嗟窶人子，那得錢與鈔。東隣有和扁，作善憫疲癆。勉爲市藥餌，午夜親督熬。病久未舉火，遣孫日市殽。分糜勸啜飲，如溉將偃苗。此僕侍我久，刀匕終日操。我今侍彼疾，睡夢防驚嚻。侍我與侍彼，此理忠恕包。况挈自鄉井，千里犯驚濤。忍視作路人，此心彌怛忉。汝輩充此心，並可懲忿驕。仰體天地仁，勿憚手足勞。

十九日爲坡公生日，詩以祝之

熙甯歲月去如梭，笠屐從新拜老坡。磨蝎不關千載事，飛鴻又是一年過。節逢漢臘生辰好，神麗文昌正氣多。昔訪瓊崖今霅上，追隨公跡快如何。

題粵東曆

新年甫馳賀，舊歲復踵接。相隔廿旬日，兩頭笑纖月。當官競言歡，彩旗颺五色。起視闤闠間，喁喁安靜默。來往鹿奔忙，貨貝雲錦疊。水陸萬千緡，贏縮競爭策。金融與銀根，近日商家通行語。均恃歲除結。赧債暨馮逋，先期無一獲。商家鐵門限，罔敢尺寸越。農人亦復爾，月令守舊則。荊楚記歲時，小正循夏節。穀雨耕耨忙，白露黍稌積。春秋重季孟，祭掃崇祖德。百世遵弗違，違即泯先澤。騍翻古人案，轉至黔首惑。立法本人情，荊公何拗捩。好惡拂民性，謨誥多扞格。粵曆洞此情，新舊眉燦列。首載新頒令，次臚舊晷刻。調和五味甘，編輯雙方揭。朝野交稱便，争先鳳曆擷。毋嫌瑣事微，理可天地徹。環球春一家，中西軌合轍。舞蹈長樂老，賡歌虞稷契。具此轉旋手，足彌造化缺。上不憲典悖，下愜窮黎悦。斟斡年四千，驩虞兆四百。

瓜豆息分剖，全甌鞏金鐵。陰陽大和會，億衆仰調燮。

小除夕送竈

東隣仍舊俗，祖餞具壺觴。不少王孫賈，誰爲陰子方。媚嫌貧巷冷，覩比大官忙。五祀行將廢，徒勞愬彼蒼。

除夕前一日過二馬路口，見賣梅花及南天竺者，捆列成市，感賦

故園梅樹多珍惜，風雪時防片蘂傷。此地賤同凡卉伍，歲除鬻作饋貧糧。枝攙竺實千珠麗，途擁花傭一市香。所賣臘梅尤多。争似老松能養晦，傲寒終古色蒼蒼。

除夕

老向煙波寄一廛，濫竽充隱媿前賢。高樓置酒歡今夕，明日題詩説去年。圈束春花門燦爛，

燈攢火樹市喧闐。吹豳餞臘從民好，此夕歡聲動海天。間有令聽從民俗，迎賀舊歲。

仿閬仙舊典陳詩，以酒勞之

海上攄吟已一年，儘多閒日事丹鉛。心肝嘔孰憐長吉，酒脯酬争仿閬仙。行卷勞從今歲始，大名占讓古人先。干戈摇落家山隔，半是憂時感事篇。

附録一　陳景星詩補遺㈠

【注釋】

㈠本附録所收，均爲陳景星未編入《疊岫樓詩草》而獨見於馮世瀛所編《二酉英華》之作品。

養晦軒雜詠二首録一

昔爲遊子吟，今作閒居賦。久客厭風塵，一朝返吾素。洗耳滌煩囂，清趣幾人悟。白雲來閉門，雜花時綴樹。箕踞松石間，高吟忘旦暮。滿志善刀藏，王侯奚足慕。不見追日人，狂奔未肯住。一蹶不能收，鄧林杳何處。

移梅

無酒不驅愁，無花不醫俗。飲酒勝作詩，栽花勝食肉。有酒無花孤負我，興來覓花急于火。呼童荷鍤隨我行，往訪寒梅忘坎坷。路出橋西纔五里，梅花見我色先喜。不肯埋沒老空山，留得香心報知己。我生愛花如愛色，移根暫作偷香賊。一笑如迎新婦來，魍魎山精奪不得。幾度栽培花竟活，巡簷索笑時踴躍。狂來劇想效林逋，老抱梅花慰寂寞。不識花神有意無，配得騷人原不惡。風過花梢如首肯，深情欵欵花能領。何時再有令威來，化箇鶴兒伴花影。轉眼雪消殘臘破，邀集詩人三兩箇。擊鉢學催粧，團團環樹坐。梅花知我意殊佳，一夜東風南枝破。

對月懷龍池諸友

舉頭見月歡，低頭見月歎。見月歡心喜可知，對月懷人情難斷。憶昔龍池策馬遊，一年兩度過中秋。壬戌秋閏八月。王維謝朓張平子，賞月同登一覽樓。登樓開宴更徵詩，竹濫絲哀樂不支。天教一片繁華月，催我三人絕妙辭。別後茫茫才一載，滄海桑田人事改。秋風一夜笳鼓喧，華屋灰餘青山在。李逆之亂，龍鎮半被焚毁〔一〕。楚尾吴頭各一天，魚雁音疎心悁悁。彈冠客已如雲散，知己人誰共月圓。可憐月亦與人同，孤寂淒清自太空。屢逢桂子飄香處，冰輪惆悵多朦朧。今兹幸值中秋夜，碧天如洗晶光射。四面浮雲一埽清，滿天星斗銀河瀉。月光如水逼人寒，對景懷人興未闌。二分明月蟾圓易，萬里人天會面難。我無縮地鞭，又無公遠杖。何時著翅飛天上，雙眸映月如雪亮。目極長空四海遥，遥見故人盡無恙。招攜並入月中遊，高詠霓裳競絶唱。十二萬年手不分，别離何處增惆悵。

【校記】

〔一〕『被』，原作『破』，據詩意改。

江滸阻雪，懷吳一齋弟

昨日既阻風，今日又阻雪，平生遭際太奇絶。竟夕聞蟹行，爬沙聲不歇。曉起推篷看，迷離一片長江白。隔岸人家混有無，螺洲鷺嶼時明滅。知是滕六對我騁，神通粧點瓊瑶幻。頃刻恍如大禹會塗山，玉帛紛紛朝萬國。又如寶塔造自阿育王，八萬四千江頭列。凍合水晶宫，魚鱉不可得。偏有素心人，孤舟獨釣蘆漪側，惹我鄉愁逸興杳難收。不願杜陵宏廣厦，白傅侈大裘，但願江水倒捲直向西北流。得似王子猷，駕我所乘舟，更假長風吹我走。兩耳但聽寒濤吼，一夜扁舟還二酉。急叩吳剛門，拍肩大笑同攜手。相邀徑登面山樓，賞雪銀鎗斟美酒，髡能一石我八斗。閒拈惡韻鬬尖叉，怒揮敗筆如揮帚。將我江上奇景一一細傾談，使之羨極妬極賛歎不容口。江天遥望獨搔首，此願茫茫那復有。回頭一笑身幾墜，篙師僵凍縮如蝟。

孤兒歎

十年前記東鄰宿，西鄰嗚嗚孤兒哭。衣不掩骭骨如柴，主人爾日爲余述〔一〕。兒身雖伶仃，兒家富金穀。父亡母去帷，移家依族叔。誰知阿叔狠如蝮〔二〕，吞噬孤兒忘骨肉。一尺布，一斗粟，便易孤兒穀百斛。先奪田園後房屋，兩年之間叔富足。孤兒饑餓供鞭扑，道旁歎息同惻目。此事依稀已數年，人事甯知有翻覆。金錢噉已飽，叔墳生蔓草，遺孤更比孤兒小。孤兒依舊肆牙爪，阿叔田園仍不保。我憶前聞拍案起，可惜惡奴身已死。不見趙璧還孤子，九原可作汗應泚。里鄰月旦論紛紛，天理循環有如此。嗚呼豈獨民間有如此，君不見宋朝天下得自孤寡手，後來孤寡仍不有。歌成擲筆三歎喟，天道好還真可畏。

【校記】

〔一〕『爾』，疑當作『兩』。

〔二〕『狠』，原作『狼』，據詩意改。

大雪與王少霞飲酒

一醉祛千冷，頹然意已仙。雲依孤寺定，雪擁亂山眠。樹影白無際，蘆灰紅可憐〔一〕。夜寒殊不覺，同誦郢中篇。

【校記】

〔一〕『蘆』，疑當作『爐』。

久雨

屋與天同漏，秋霖久不晴。入雲迷雁影，飛渡溼鴉聲。水陌禾齊仆，崖陰草怒生。茶烟難出户，鎮日聽瓶笙。

客思南月餘，臘八日堯夫作粥見招，詩以志感

冷逼殘冬盡，天涯客未歸。身如孤艇繫，雲望故鄉飛。得友情稍愜，依人事總非。捫心殊失計，容易別萱幃。

兵火初收刼，茫茫戰壘愁。崖從虛壁斷，烟擁大河流。客散東西屋，榔空上下舟。行踪難預定，使節太勾留。時學使久未至。

比舍將迎歲，狂夫苦憶家。一年無幾日，連夜憶三巴。學問遼東豕，功名畫足蛇。流光如箭過，勵志愧張華。

竟似前緣定，年年道路乖。頭顱仍故我，口腹累朋儕。世味同嘗胆，狂歌且放懷。好攜方朔傳，終日聽詼諧。

冬日偶作

野雪消無迹，山陰化獨遲。飢鷹盤古戍，晴鵲噪枯枝。縱酒偏宜熱，看書不厭奇。梅花消息近，索笑立多時。

重到黔江縣

橋頭小憩一鞭停，春草茸茸遍野坰。江影倒涵羣樹碧，烟痕濃抹半城青〔一〕。翹灘飢鷺窺魚笱，隔岸驚尨吠馬鈴。陳迹十年重認取，夕陽依舊柳公亭。

【校記】

〔一〕『抹』，原作『秣』，據詩意改。

寒夜

豔豔燈花怒吐芒，迢迢永夜一何長。寒驅萬斛爐添火，冷逼三更月有霜。堆案古書看卓犖，壓窗瘦石露奇礓。文人不合無仙骨，飽讀黄庭勝講章。

人日訪陶地山

天涯久別思難禁，喜共春風結伴尋。訪友恰逢人日好，連牀敢擬客星臨。高談脱盡酸寒氣，
覿面翻增感慨心。满腹牢騷聊一訴，松陰隱隱作龍吟。

感懷

案螢枯死蠹魚乾，斫地悲歌意轉安。沽酒喜邀豪士飲，有詩不送瞎人看。文章剽竊登科易，
貧賤疎狂入世難。羅隱無名翻妙絶，脚間夾筆敵朝官。

聞髮匪犯龍鎮

聞道龍池竟被兵，傳來風鶴倍心驚。繁華可惜逢烽火，師友從誰問死生。殺運乾坤無定著，

籌邊將帥盡虛名。少年無用毛錐子，激我雄心欲請纓。

遊高峯寺

殿影巍然萬嶺圍，風扶落葉打禪扉〔一〕。路從楓樹紅邊轉，僧在溪雲白處歸。削壁蟠藤佳似畫，層崖瀉瀑勢如飛。我來别有登臨興，坐聽秋蟬噪夕暉。

【校記】

〔一〕『扶』，疑當作『拂』。

送家柱峯師之萬縣廣文，時年七十有七

巋然人仰魯靈光，著述叢叢發古香。老境遭逢皆福地，新恩重叠下天閶。晨星近曉光逾大，舊雨無多壽獨長。身歷五朝神尚健，雙丸一任往來忙。

已兼富貴又康强，早歷人間七十霜。耄耋不難追白傅，功名何必羨馮唐。行看問字多佳士，

猶喜之官是故鄉。如此殊榮休恨晚，天留蔗境待公嘗。

大年將届祝期頤，儒雅原堪學者師。握管共驚公未老，及門不恨我生遲。菊花侑爵傾三雅，
桃李盈門總萬枝。删盡膚詞聊獻頌，自慙測海恰如蠡。

哭洪生即用其病中感懷原韻

參苓無效命難延，光氣長埋已一年。死到才人天夢夢，披來佳句恨綿綿。文章共結千秋想，
遇合偏慳一面緣。紙上招魂慙宋玉，何時攜酒哭牛眠。

與王少霞諸友重宿石鐘山絶頂

禪關重叩景全非，結伴尋詩上翠微。風勢怒將吹佛去，鐘聲晴欲出雲飛。孤峯插漢高千仞，
老樹蟠崖大十圍。百丈斜陽猶未落，憑欄飽看竟忘歸。

長筵燒肉促僧陪，破戒無妨共舉杯。四面奇峯窺檻笑，一輪明月破空來。移文怕對山靈誦，

分韻難禁寺鉢催。亂打佛樓驚欲起，松濤萬斛吼如雷。

秋暮對月感賦

搗盡寒衣已罷碪，雁聲何處尚流音。黄花伴月眠三徑，紅葉辭霜瘦一林。作客未興張翰思，吟秋先亂杜陵心。年光漸偪人如故，髀肉空生感不禁。

除夕

塵海茫茫歎此生，銷磨歲月竟無成。嘔心詩句誰千古，彈指光陰易五更。歲已難留何待守，年來無迹不須迎。宜春笑看姬人剪，銀燭光中倍有情。

闈後旅次排悶

恥向時流話屈伸，輪蹄碾碎悔風塵。徵歌偶逐忘年友，看初偏多下第人。富貴槐柯終是夢，文章花樣又翻新。雞蟲得失皆前定，莫詣君平再問津。

宿遵義

一鞭得得快重遊，表裡城圍古播州。幾輩英雄留割據，歷朝遷客盡名流。雉樓橫壓諸峯影，兔魄光凝萬里秋。儘有元龍豪氣在，不妨放胆卧高樓。

哭冉右之先生㊀

弱冠龍池策蹇遊，懷中刺滅未輕投。班荊先辱高軒過，和草重將大句留。一別他鄉謀口腹，十年知己感心頭。涪江返棹聞凶耗，淚雨隨波早暗流。

【注釋】

㊀本題共四首，此爲其四，前三首見前集《哭冉右之先生三首》。

邀陶地山諸友小集一弓園賞牡丹

蒔花終歲學三農，恰喜尋花聚客蹤。君有奇才誇繡虎，我餘豪氣似元龍。樓臺細簇雲霞色，酒盞同澆塊磊胸。從此小園添韻事，傾城名士盡相逢。

憫饑

誰云四野慶無鳩，徧地饑民大可憂。東作斷難期槁腹，西成何處望收頭。俗謂歲豐爲收頭好。人藏機巧恒心喪，天縱奇災極力酬。變故那堪輪指算，吾鄉風俗本來優。

炊斷茅檐漸不支，糶完新穀又新絲。傾囊賑濟無豪傑，曠野長啼有棄兒。書上賈生惟痛哭，圖思鄭俠繪流離。千錢斗米君休問，桐樹栽成已剥皮。

蕨根掘盡葛根殘，菜色沿途不忍看。羸弱漸填溝壑去，博施從古帝王難。頻年食歉無紅朽，幾輩尸居愧素餐。料得天心應毀禍，一春慘淡作嚴寒。

菽水萱堂自養親，承歡深悔逐勞薪。已看饑饉過三歲，况又干戈動四鄰。待斃民無生活計，救時我愧讀書人。蒼黎何日登仁壽，伏處衡門願食貧。

山居遣興

衡茅小構白雲隈，修竹無行四面栽。花徑曲隨流水去，柴門時對亂山開。曉烏啼葉驚人起，老樹當關揖客來。風月此中甯有價，豪家何事説樓臺。

八月初旬聞林中鵑聲

泠偪空山尚杜鵑，問渠何事久流連。黄催稻隴雲千畝，紅染丹楓月一天。聞道飛鳴因氣暖，可曾治亂識機先。洛陽消息憑誰証，古蹟茫茫七百年。

秋興八首用杜少陵韻

商音蕭瑟動園林，萬木蒼黄氣轉森。飛瀑勁懸高澗影，亂峰晴壓大江陰。三更聲感廬陵賦，《九辯》悲生宋玉心。裙服近來村落盡，溪頭清寂搗衣砧。

開簾風裊鬢絲斜，株守鄉閭閲歲華。萬里始回黔水棹，一帆思泛漢江槎。近陶地山約遊湖北。雲團野色沉宵柝，日落邊聲咽暮笳。白鳥營營殊攪睡，卧看新月上藤花。

半林紅樹晒斜暉，昨夜霜濃葉漸微。水落魚龍依岸静，天空鴻雁出雲飛。秋風場圃功尤急，舊雨關河面久違。樽酒菊籬勤囑咐，早開須及蟹螯肥。

死着人争打刧棋，生民塗炭絶堪悲。可憐中澤鴻哀日，偏值鄉侣豕突時。南畝茨粱今漸熟，東山絲竹起何遲。吳中丞制蜀未至。韋臯太息騎鯨去，百萬蒼黎起慕思。去冬羅宫保病薨。

經旬偃蹇卧空山，門繞秋花屋數間。滿腹牢騷聊自訴，斯民憂樂尚相關。揮毫如我徒搔首，請劍無人敢犯顔。何日東川登衽席，京朝引領望清班。

白刃尋仇徧隴頭，霜高殺氣更横秋。雄心欲戢鯨鯢怒，冷眼翻爲鷸蚌愁。火勢漸熏憑社鼠，礮聲驚亂遠灘鷗。是誰釀刼貽民害，鑄錯空嗟四十州。

苦吟於世百無功，收斂豪情付醉中。縮地欲尋牛渚月，懷人空望馬當風。王如卿居滕王閣久未歸。晚晴烟帶山光紫，秋醮壇摇燭影紅。時方建醮。濁酒自攜村外去，絮談往事聽鄰翁。

重岡排闥勢逶迤，夾路蒲荷老澤陂。夜雨冷生湘竹簟，曉風吹放桂花枝。身同嘉樹秋來瘦，心對名山静不移。還是書城堪坐擁，燕然奚羡姓名垂。

思南逆旅喜晤謝堯夫，賦此贈别㊀

關河修隔换星霜，月落雲停思倍長。鳥道本非千萬里，魚書終缺兩三行。浮踪逐歲飄遊子，覿面今朝感異鄉。同病共憐還一笑，天涯萍合賴文章。

促膝談心話夜分，風塵辛苦語紛紛。艱難作客偏逢友，潦倒如余又有君。勝蹟細詢巴子國，騷壇誰撼岳家軍。長卿珍重《長門賦》，莫爲黄金浪賣文。

家鄉客至笑顔開，君老僕自家至。觸我愁腸轉百回。前路難憑如漆黑，明年重約看花來。江山助興奇詩湧，風雪連宵別緒催。後會不須頻囑咐，試燈時節重銜杯。

【注釋】

㊀本題共四首，此爲後三首。其一見前集《思南逆旅喜晤謝堯夫》。

雙江口舟中作

夢破灘聲廢午眠，船飛高與浪争先。溪頭巨石堆成筍，水底奇峯倒插天。兩岸寒蘆翻雪意，半崖紅樹鎖江烟。我來直駕長風走，肯讓劉琨早著鞭。

舟中偶成㊀

十年全楚卧征騎，一棨臨江獨賦詩。奔雪白翻遥浦浪，斜陽紅閃戰船旗。喜陪舊雨杯重把，貪看奇峰棹自移。莽莽風塵誰是主，令人長憶鄭當時。

【注釋】

㈠本題共四首，此爲其四。前三首見前集《舟中偶成三首》。

歸舟遣興

萍踪無定恨淹留，閒倚須歸慰白頭。鄉思早隨彭蠡雁，豪吟未上岳陽樓。風欺野竹斜侵岸，雪擁蘆花怒壓舟。座對當罏須痛飲，酒錢隨意解貂裘。

無題六首

如蠟如蠶自縛煎，情絲宛轉斷仍連。欲求度世圓通佛，爲補今生缺陷天。霄壤王郎空有恨，人間蕭史總疑仙。虔心暗祝靈烏鵲，恨海銀河一夕填。

難超色相總根塵，苦被情魔累此身。影對嫦娥憐冷落，嫁爲廝養已酸辛。藏嬌自恨無金屋，伴讀何時擁玉人。欲托微波仍脉脉，桃花門巷未迷津。

銷魂曾識藕絲裙，雨潑巫陽漸釀雲。青鳥信從天外斷，黄鸝聲恨夢中聞。那堪對面如千里，未必憐才果十分。何物長卿饒豔福，知音能遇卓文君。

已拋偏又上心來，心似鴻溝劃不開。蘭草芬芳憐臭味，梅花清瘦稱身材。紅綃手語奚奴寄，碧玉情懷小婢猜。弱水尚教風力順，蓬萊隨處湧樓臺。

蒼苔小立夜霜侵，蓮苦梅酸耐索尋。鎖上眉尖愁種種，銘來心版字深深。一雙蝴蝶多情侶，七十鴛鴦比翼禽。春信年年逢杜牧，天涯緑葉半成陰。

小桃根葉遜楊枝，玉鏡金鈿事亦奇。醒到黄粱忘夢冷，拈來紅豆便堪思。無心打鴨成歌詠，笑指牽牛約誓期。從此赤繩牢繫足，老天應不負情痴。

哭從弟屏舟用煋山大兄韻

夢沉蝴蝶了莊周，簌簌臨風淚暗流。身世尚餘千古恨，弟生子甫三月，慈母猶在堂。文章空寫一生愁。拏雲未竟紆青願，前月猶將大白浮。幾陣落紅吹不定，荊花庭外已催秋〔一〕。

難將修短問蒼天，天遇文人總不憐。鴻爪枉教留戒外，麟兒差得見生前。恨無丹藥魂難返，剩有奇詩世可傳。足信蓋棺公論定，道旁嘖嘖歎君賢。

曾掾湘管寫詩篇，手跡猶留翰墨緣。累世冰霜悲別鵠，满林風雨慘啼鵑。三春短夢隨流水，幾輩長年到列仙。此後名園誰管領，落花啼鳥亦悽然。

【校記】

〔一〕『催』，原作『摧』，據詩意改。

遣懷六首㈠

升沉何必問枯龜，浪擲年華駟莫追。燕石有時同卞璞，長槍安見勝毛錐。偶拈古事平心論，欲著雄文放胆爲。可怪園中花怒發，垂簾半月未曾窺。

【注釋】

㈠本題共六首，此爲其六。前五首見前集《遣懷五首》。

種松

山低將松補，持松種山脊。他日作龍鱗，替山添百尺。

冬望

晴雪满空山，冒寒登嶺上。香氣隔林來，知有梅花放。

消夏雜詩 録九首

臨江不放夕陽紅，多感茅龍覆庇功。好趁午涼開閣坐，憑欄消受藕花風。草閣

胆瓶拂拭對雞缸，斜插名花傍小窗。底事清香關不住，引來蝴蝶總雙雙。花瓶

紅藕花中放棹歸，衣香人影漾斜暉。池頭剥得新蓮子，打起鴛鴦作隊飛〔一〕。荷沼

香醪灌頂勝醍醐，高捧碧筩自吸呼。酒後不愁身醉倒，荷陂自有萬枝扶。碧筒杯

玉柄清談想晉人，遊絲裊裊拂來頻。尋常莫埽窗前月，留撲胸中五斗塵。塵尾〔二〕

琢盡琅玕翠失斑，匡牀新置竹根間。歸來偶弄柯亭笛，響徹平湖水一灣。竹牀

小坐科頭總不情，剪裁桐帽最輕清。有時醉落空階上，錯認新秋葉墮聲。桐帽

何須三弄説桓家，高倚危欄一笛斜。滿院夜凉人語寂，一聲吹月上薇花。擫笛

鏖戰楸枰不憚勞，古松陰下絶塵囂。局中勝負終縈念，争及旁觀袖手高。圍棋

【校記】

〔一〕『隊』，疑當作『對』。

〔二〕『塵』，疑當作『麈』。

即事

苔蘚鱗鱗石徑斜，青楓紅到野人家。年來一事堪稱快，新種芙蓉盡著花。

七夕

殘漏聲聲滴井梧，中庭兒女笑胡盧。晚來一雨銀河漲，不識天孫渡得無。

家家瓜果列前楹，誰識千秋萬歲情。雲雨一年纔一度，不居天上也長生。

遮莫相逢醋意生，身旁經歲小星明。河東倘若聞獅吼，我替牛郎暗吃驚。

苦叙離愁又散開，痴情畢竟乏仙才。淹留未必干天怒，賺過河來莫便回。

江干雜興㊀

殘衫破帽困江干，榾柮煨紅歲已殘。潑墨天容將釀雪，夜來添到十分寒。

【注釋】

㊀本題共四首，此爲其四。前三首見前集《思南江干雜興》。

夜起偶作

大江東去浩無聲，城鼓傳三已報更。隔岸夜深人未睡，孤燈紅出小窗明。

即事

隙地墻陰十丈量，梅花疎密種成行。青桐移向高岡去，留長新枝待鳳凰。

過青灘

兩崖蘆荻亂開花，舟過青灘日未斜。剩得盤中蠶豆子，自抛篷背飯神鴉。

夜雨

漏滴烏篷夜不安，綠波珠濺韻珊珊。船頭夜雨山頭雪，併作江心一夜寒。

暮雪

秀峭芙蓉三兩峯，寒深古寺少人蹤。老僧不畏狂風雪，日暮柴門自打鐘。

上鳳灘

歸時更較去時難，纜曳巉巖客胆寒。費盡篙師千氣力，未能上得一分灘。

堯夫見贈紅梅並繫以詩，次韻答之録二首

高懸紙帳隔塵埃，伴我圍爐嬾畫灰。乞得紫雲當面贈，不勞驛使寄將來。

寄語梅花漫守株，空山何苦伴林逋。海棠顔色天然豔，我作紅娘許聘無。

附録二　酬唱詩録

人日與陳小山游學黔南代内戲作長句

陶祖謙

晨起炊扊扅，開籠烹伏雌。遠行勸君飯，切切訂歸期。歸期須及早，高堂人已老。游子客異鄉，親心懸遠道。遠道阻且長，引領不能望。君是多病人，晨夕慎風霜。風霜邊地惡，起居宜斟酌。半宿客行程，無爲過情樂。情樂雖可好，恩愛只斯須。斯須何足戀，歲月如飛電。君家有長男，年已將及弁。兒弁須完婚，女笄當嫁人。兒女各成立，萬累集君身。君身無多筆，惟仗一枝筆。作客遍天涯，扶持賴膠漆。膠漆若雷陳，因毋失其親。朋友重夫婦，相敬宜如賓。如賓交乃久，傾蓋同白首。莫學賤丈夫，見利棄良友。良友古稱稀，吾家非式微。元龍是難弟，夙與君相依。願君與伊人，前程各自珍。得意即來歸，無徒老風塵。懷安敗名具，誤人千載事。

君志在四方，妾豈昧君意。但虞水上塵，隨風漫飄零。空使覆雛鷄，戒旦長惺惺。君看門前樹，桃李春將露。又看堤邊枝，楊柳已垂絲。再遲一二月，又是清明節。子規喚不歸，淚染千枝血。君不念妾身，豈不思親年。親年能幾何，粲粲兩華顛。願君偕良友，早著錦衣還。渠亦有慈母，日日倚門闌。渠亦有佳兒，時時盼遠山。渠亦有良匹，年華方盛顔。渠心即妾心，同夢大刀環。此心良可念，此意更足傷。請歌采緑詩，無爲薄倖郎。

送別陳小山

陶祖謙

相見時難別更難，柳陰路曲曉風寒。離亭揮手雲千里，舊夢縈心月一丸。從古搏沙多聚散，制今判袂劇心酸。遄歸好踐游山約，莫遣尋春客興殘。

（馮世瀛輯《二酉英華》卷二十四）

陳小山以詩集屬定，清新俊逸，迥絶恒流，《二酉英華》集中又添一健者，加墨既竟，題以短章

馮世瀛

岁崱西山多，榛苓饒彼美。夙聞陳驚座，英妙近無比。瓊樹遲解渴，景行空仰止。天風日昃，芋約五溪水。急學蔡中郎，迎門忘倒屣。惠我示新詩，咳唾皆珠玉。宛如出水荷，秀色奪江緑。披閱雙眸争，迴環竟夕讀。餘芳溢齒牙，雋永縈心曲。饞涎笑老饕，得隴重思蜀。

烺烺楚遊編，八九吞雲夢。魚龍奔腕底，詼詭不可控。竇璐燦星冠，衙官卑屈宋。擬結飛霞珮，藹雲相伯仲。跛牂翻自慚，仙驥難追從。

（馮世瀛《候蟲吟草》卷十六）

乙未九日偕郭竹居中廣教諭同年、陳笑山景星大令至城北郊外寶漢茶寮小飲，笑山有詩次韻奉答

黎汝謙

番禺再遇茱萸節，步出城坰漫引觴。夾路黄連遲稻熟，亂山赤立夕陽荒。小寮竹樹粗違俗，野店盤餐味帶鄉。幸有嘉賓能枉顧，高談元化贊陰陽。

河西九郡正干戈，杜老憂時賦七歌。十道但知開府貴，八州空見庶民多。長懷雄傑扶危局，坐惜山河付逝波。一笑書迂空壯激，唾壺擊碎奈天何。

題陳笑山詩卷

黎汝謙

惟言本心聲，美惡覘懷抱。才高倘昧學，又同不熟稻。學識誠備優，出語貴深造。有述果逼真，後世誰不好。吾觀笑山詩，體物機幽窅。大若決江河，細乃窮微杪。入日燭萬象，隱顯無不到。如鏡照群形，鬚眉都了了。泰岱不爲高，毫末不爲小。當其落想時，似有鬼神繞。曲

折自奔騰，光輝澈裏表。使筆如使刀，取物必取腦。但言我欲言，卻道人難道。惟詞必己出，頓覺古人少。豈獨過時賢，實已欺諸老。是謂古作者，隻字皆成寶。以此絶代姿，斷爛付叢稿。長笑呫嗶流，公然禍梨棗。

（黎汝謙《夷牢溪廬詩鈔》卷六）

陳君笑山爲先君在貴陽所得士，作令山左，乞病歸，年過六十矣〔一〕，相遇滬上，辱荷贈詩，輒賦贈一首，即題其詩集

易順鼎

先君種樹武鄉祠，今日煙消剩幾枝。西水移家兵亂後，君眷屬在酉陽秀山。中江爲客歲寒時。杜陵老絶收京望，陶令歸多止酒時。三十餘年猶及見，與君握手未嫌遲。

【校記】

〔一〕『六十』，當作『七十』。

戲和陳笑山詩老嘲余醉心琴客韻二首

易順鼎

煬帝堪憐太喫虛，爲誰撞破好家居。美人顏色誇三妹，才子風流笑六如。自縛全身千萬繭，願爲比目一雙魚。秋波轉處銷魂絶，除却靈均獨與余。

恨少纏頭百萬金，買春孤負到而今。玉爲鎖骨花爲貌，珠作歌喉藕作心。西子倘若隨少伯，南無惟有念觀音。自憐海雪風魔甚，他日還應死抱琴。

題陳笑山《黔中釣游集》

易順鼎

以我秦洞之桃花，鄰君黔山之木瓜。太白謫夜郎，有木瓜山詩。關索關前古夷國，巢經巢後今名家。今人論黔詩，以鄭子尹先生《巢經巢詩》爲第一。五丁縋幽復鑿險，二酉含英且咀華。飛將大黄衆却走，夜郎太白再來耶。同光間有馮先生者，選黔蜀人詩，名《二酉英華》，時君詩已入選。

（易順鼎《琴志樓詩集》卷十七）

和答陳笑山大令

陳夔龍

東風料峭一春寒，浮海居夷随遇安。捫腹有慚經笥富，来詩有『牙籤萬軸鄴侯居』等句。量腰翻覺帶圍寛。文園久渴思歸蜀，東野耽吟忝附韓。聞説移家廛市遠，善居違計美兼完。

（陳夔龍《花近樓詩存》卷三）